Cónclave

ROBERT HARRIS

Cónclave

Traducción de
Raúl García Campos

Grijalbo

Título original: *Conclave*
Primera edición: febrero, 2017

© 2016, Canal K Limited
© 2017, Penguin Random House Grupo Editorial, S. A. U.
Travessera de Gràcia, 47-49. 08021 Barcelona
© 2017, Raúl García Campos, por la traducción

Printed in Spain – Impreso en España

ISBN: 978-84-253-5485-4
Depósito legal: B-300-2017

Compuesto en La Nueva Edimac, S. L.

Impreso en Liberdúplex
Sant Llorenç d'Hortons (Barcelona)

GR54854

Penguin
Random House
Grupo Editorial

Nota del autor

Pese a que por motivos de verosimilitud he empleado nombres de cargos verdaderos a lo largo de la novela (arzobispo de Milán, decano del Colegio Cardenalicio, etc.), he obrado del mismo modo en que se suele proceder cuando se escribe acerca de un presidente de Estados Unidos o de un primer ministro británico ficticios. Los personajes que he creado para que ostenten estos títulos no tienen por qué guardar parecido alguno con sus equivalentes actuales; si he errado, y si por casualidad hubiera alguna similitud, pido disculpas. Asimismo, a pesar de cierta semejanza superficial, el difunto Santo Padre descrito en *Cónclave* no pretende ser un reflejo del actual Papa.

Para Charlie

No me parecía apropiado comer con los cardenales. Comía en mis dependencias. En la undécima votación fui elegido Papa. Ay, Dios mío, yo también puedo decir las palabras que Pío XII pronunció cuando resultó elegido: «Ten piedad de mí, Señor, en tu inmensa misericordia». Diría que parece un sueño y, sin embargo, hasta el día de mi muerte, será la realidad más solemne de toda mi vida. Por ello estoy preparado, Señor, «para vivir y morir contigo». Unas trescientas mil personas rompieron a aplaudirme cuando les hablaba desde el balcón de San Pedro. El resplandor de los focos no me permitía ver más que una masa informe y agitada.

PAPA JUAN XXIII,
Entrada de diario, 28 de octubre de 1958

Antes estaba solo, pero ahora mi soledad se torna plena y abrumadora. Por ello este mareo, esta suerte de vértigo. Como una estatua sobre su plinto, así es como vivo yo ahora.

PAPA PABLO VI

MAPA DEL CÓNCLAVE PAPAL

JARDINES VATICANOS

Cortile della
Sentinella

Cort
Borg

CAPILLA
SIXTINA

S
R

PALACIO DEL
GOVERNATORATO

Via delle Fondamenta

Capi
Pauli

BASÍLICA DE
SAN PEDRO

IGLESIA DE
SAN ESTEBAN

PLAZA DE
SANTA MARTA

PALACIO DE
SAN CARLOS

CASA DE
SANTA MARTA

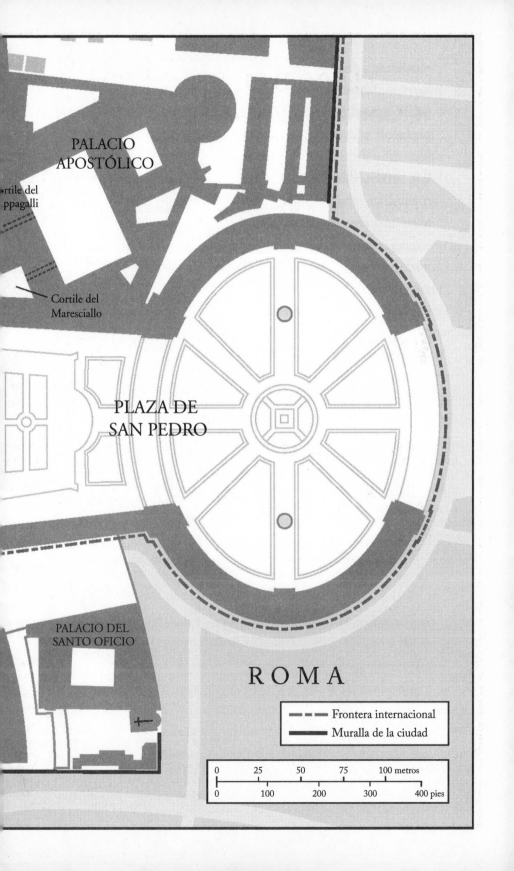

PALACIO
APOSTÓLICO

rtile del
ppagalli

Cortile del
Maresciallo

PLAZA DE
SAN PEDRO

PALACIO DEL
SANTO OFICIO

R O M A

- - - - Frontera internacional
──── Muralla de la ciudad

0   25   50   75   100 metros

0   100   200   300   400 pies

1

Sede vacante

El cardenal Lomeli salió del apartamento que ocupaba en el palacio del Santo Oficio poco antes de las dos de la madrugada y recorrió aprisa los soportales penumbrosos del Vaticano en dirección a los aposentos del Papa.

Por el camino rezaba: «Señor, aún tiene mucho por hacer, mientras que yo ya he terminado la labor con que debía servirte. A él lo quieren todos, mientras que de mí nadie se acuerda. Déjalo vivir, Señor. Déjalo vivir. Llévame a mí en su lugar».

Salvó a duras penas la pendiente adoquinada que conducía a la plaza de Santa Marta. El aire de Roma fluía apacible y neblinoso, aunque Lomeli percibía ya en él los primeros soplos fríos del otoño. Lloviznaba. Por teléfono el prefecto de la Casa Pontificia parecía tan aterrado que el cardenal esperaba encontrarse con un escenario de caos total. En realidad, en la plaza reinaba una inusitada atmósfera de calma, quebrada tan solo por una ambulancia solitaria que había aparcada a una distancia discreta, con su contorno recortado contra el iluminado flanco sur de San Pedro. La luz del habitáculo estaba encendida, los limpiaparabrisas se balanceaban de un lado a otro, y él se encontraba lo bastante cerca para distinguir las caras del conductor y su auxiliar. Al ver que el conductor estaba hablando por un teléfono móvil, Lomeli pensó conmocionado que no habían acudido a trasladar al hospital a un enfermo, sino a llevarse un cadáver.

Al llegar a la incongruente entrada de cristal cilindrado de la casa de Santa Marta, el guardia suizo lo saludó llevándose una mano protegida por un guante blanco al casco coronado por un penacho rojo.

—Eminencia.

Lomeli señaló el vehículo con la cabeza y le dijo:

—¿Te importaría cerciorarte de que ese hombre no esté llamando a la prensa?

La atmósfera austera y aséptica de la residencia semejaba la de una clínica privada. En el vestíbulo, donde dominaban los mármoles blancos, un grupo de sacerdotes, tres de ellos en bata, aguardaban consternados, como si hubiera saltado la alarma antiincendios y no supieran muy bien cómo proceder. Lomeli titubeó en el umbral y, al sentir algo en la mano izquierda, vio que estaba apretando su solideo rojo. No recordaba haberlo cogido. Lo desplegó y se cubrió la coronilla con él. Notó el cabello húmedo al tacto. Un obispo africano intentó detenerlo según avanzaba hacia el ascensor, pero Lomeli se limitó a saludarlo con la cabeza y siguió adelante.

El aparato tardaba demasiado en llegar. Debería haber subido por las escaleras. Pero estaba exhausto. Percibía las miradas de los demás clavadas en su espalda. Debería decirles algo. El ascensor llegó. Las puertas se abrieron. Dio media vuelta y levantó la mano para bendecirlos.

—Recen —dijo.

Pulsó el botón de la segunda planta, las puertas se cerraron y el compartimento emprendió el ascenso.

«Si es Tu voluntad llamarlo a Tu lado y dejarme atrás a mí,

concédeme entonces la fortaleza para ser la roca en la que los demás se apoyen.»

En el espejo, bajo la luz ambarina, su rostro cadavérico aparecía lívido y moteado. Buscaba con desesperación una señal, los posos de sus fuerzas. Cuando el ascensor se detuvo de una sacudida, su estómago parecía querer seguir subiendo, obligándolo a asirse a la barandilla metálica para recuperar el equilibrio. Recordó la ocasión en que montó con el Santo Padre en ese mismo ascensor, en los comienzos de su papado, y dos ancianos monseñores entraron tras ellos. Sin pensárselo dos veces, se arrodillaron, asombrados por haberse encontrado cara a cara con el representante de Cristo en la Tierra, ante lo cual él se rio y les dijo: «No os preocupéis, levantaos, no soy más que un viejo pecador, igual que vosotros».

El cardenal elevó la barbilla. La máscara que llevaba en público. Las puertas se abrieron. Una gruesa cortina de trajes oscuros se escindió para dejarlo pasar. Oyó a un agente susurrarle a su manga:

—El decano está aquí.

En el otro extremo del rellano, frente a la entrada de los aposentos papales, tres monjas, miembros de la compañía de Hijas de la Caridad de San Vicente de Paúl, esperaban cogidas de las manos, incapaces de contener el llanto. El arzobispo Woźniak, prefecto de la Casa Pontificia, se acercó a recibirlo. Sus gafas con montura de acero ocultaban unos ojos grises llorosos e hinchados. Levantó las manos y le dijo impotente:

—Eminencia…

Lomeli tomó entre sus manos las mejillas del arzobispo y se las apretó con delicadeza. Percibió la aspereza de la barba que empezaba a asomar de la cara de aquel hombre más joven.

—Janusz, su presencia le hacía muy feliz.

A continuación, otro escolta (o tal vez un empleado de la

funeraria —en ambas profesiones se utilizaban trajes muy parecidos—) o, en cualquier caso, otra persona vestida de negro abrió la puerta que daba a los aposentos.

El pequeño cuarto de estar y el dormitorio que quedaba al otro extremo, aún más reducido, estaban atestados. Lomeli elaboró una lista con los nombres de la decena larga de personas que había presentes, sin contar el personal de seguridad: dos médicos; dos secretarios privados; el maestro de celebraciones litúrgicas pontificias, el arzobispo Mandorff; al menos cuatro sacerdotes de la Cámara Apostólica; Woźniak; y, por supuesto, los cuatro cardenales veteranos de la Iglesia católica: el secretario de Estado, Aldo Bellini; el camarlengo o chambelán de la Santa Sede, Joseph Tremblay; el cardenal penitenciario mayor o «confesor principal», Joshua Adeyemi; y él mismo, el decano del Colegio Cardenalicio. En su vanidad, había dado por hecho que él era el primero a quien habían avisado; en realidad, como acababa de comprobar, era el último.

Accedió al dormitorio detrás de Woźniak. Era la primera vez que entraba. Hasta ahora las inmensas puertas de doble hoja siempre habían estado cerradas. El renacentista lecho papal, con un crucifijo sobre él, se encontraba orientado hacia el cuarto de estar. El pesado armazón cuadrado de roble pulido ocupaba casi toda la estancia, en medio de la cual parecía demasiado grande. Era el único toque de magnificencia que podía apreciarse en los aposentos. Bellini y Tremblay estaban arrodillados junto a la cama con la cabeza gacha. Lomeli tuvo que sortear las piernas de ambos para situarse al lado de los almohadones sobre los que el Papa se hallaba ligeramente recostado, oculto el cuerpo por el cubrecama blanco, las manos plegadas sobre el pecho, por encima de la plana cruz pectoral de hierro que llevaba colgada del cuello.

Lomeli no estaba acostumbrado a ver al santo Padre sin las

gafas. Estas descansaban plegadas sobre la mesita de noche, junto a un maltrecho despertador de viaje. La montura le había dejado una marca rojiza a ambos lados del puente de la nariz. A menudo la expresión de los muertos, según la experiencia de Lomeli, se antojaba laxa y bobalicona. Pero la de este parecía atenta, casi jovial, como si lo hubieran interrumpido en mitad de una frase. Al inclinarse para besarle la frente, reparó en una leve mancha blanca de dentífrico junto a la comisura izquierda de la boca, y asimismo percibió el olor de la menta y de algún champú floral. ¿No estaría a punto de decir algo?

—¿Por qué le ha llamado, santidad —susurró—, cuando aún deseaba hacer tantas cosas?

—*Subvenite, Sancti Dei...*

Adeyemi inició la entonación de la liturgia. Lomeli comprendió que habían estado esperándolo. Se arrodilló despacio en el suelo de parquet pulido, juntó las manos para concentrarse en su oración y las apoyó sobre el costado del cubrecama. Hundió la cara entre las palmas.

—*... occurrite, Angeli Domini...*

—... Acudid en su ayuda, santos de Dios; corred a su encuentro, ángeles del Señor...

La voz de bajo profundo del cardenal nigeriano reverberaba por la apretada estancia.

—*Suscipientes animam eius. Offerentes eam in conspectu Altissimi...*

—... Acoged su alma y presentadla ante el Altísimo...

La plegaria resonaba en la cabeza de Lomeli carente de significado. Le ocurría cada vez con mayor frecuencia. «Yo Te imploro, Señor, pero Tú no me respondes.» Una especie de insomnio espiritual, de interferencia ruidosa, se había instalado en él a lo largo del último año, imposibilitando la comunión con el Espíritu Santo que antes alcanzaba con absoluta naturalidad. E, igual que ocurría con el sueño, mientras más se esforzaba por encontrarle un sentido a sus oraciones, más le costaba vérselo. Le confesó su crisis al Papa durante la última reunión que mantuvieron, en la que él solicitó permiso para abandonar Roma, renunciar a su deber de decano y retirarse a una orden religiosa. Tenía setenta y cinco años, edad suficiente para jubilarse. Sin embargo, el Santo Padre se mostró inusualmente rígido con él. «Unos son elegidos pastores y otros son necesarios para administrar la granja. La tuya no es una labor pastoral. Tú no eres pastor. Eres administrador. ¿Crees que para mí sí es fácil? Te necesito aquí. No te preocupes. Dios regresará a ti. Siempre lo hace.» A Lomeli le dolió —«Un administrador. ¿Eso es lo que me considera?»—, hasta el punto de que se despidieron de un modo un tanto frío. Aquella fue la última vez que lo vio.

—... *Requiem aeternam dona ei, Domine; et lux perpetua luceat ei...*

—... Concédele el descanso eterno, Señor; y que la luz perpetua brille sobre él...

Concluida la liturgia, los cuatro cardenales permanecieron en torno al lecho de muerte rezando en silencio. Transcurridos un par de minutos, Lomeli giró apenas la cabeza y entreabrió los ojos. Tras ellos, en el cuarto de estar, todos se encontraban de rodillas con la cabeza agachada. Volvió a recoger el rostro entre las manos.

Le entristecía que su larga colaboración hubiera terminado de este modo. Intentó recordar cuándo había sucedido. ¿Hacía dos semanas? No, hacía un mes, el 17 de septiembre, para ser exactos, después de la misa para conmemorar la estigmatización de san Francisco, el período más largo que había pasado sin que el Papa lo recibiera en audiencia privada desde que fue elegido. Quizá el Santo Padre presintiera que la muerte se acercaba y que no vería cumplida su misión; ¿explicaría eso su desacostumbrada irritabilidad?

Una quietud total reinaba en la estancia. Se preguntó quién sería el primero en romper la meditación. Supuso que se encargaría Tremblay. El francocanadiense siempre tenía prisa, como solía ocurrir entre los norteamericanos. Y, de hecho, transcurridos unos instantes más, Tremblay suspiró, realizando una espiración prolongada, teatral, casi extática.

—Está con Dios —certificó a la vez que estiraba los brazos. Lomeli supuso que seguidamente realizaría una bendición pero, en lugar de eso, les hizo señas a dos de los asistentes de la Cámara Apostólica, que entraron en el dormitorio y lo ayudaron a levantarse. Uno de ellos portaba una caja de plata.

—Arzobispo Woźniak —dijo Tremblay al tiempo que los demás comenzaban a incorporarse también—, ¿sería tan amable de acercarme el anillo del Santo Padre?

Lomeli se irguió, provocando el crujido de unas rodillas que habían soportado siete décadas de reverencias continuas. Se apretó contra la pared para que el prefecto de la Casa Pontificia pasara como pudiera. El anillo no salió con facilidad. El pobre Woźniak, que sudaba con cierto embarazo, tenía que empujarlo hacia delante y hacia atrás en torno al nudillo. Pero al final el anillo se soltó y Woźniak procedió a llevárselo sobre la palma extendida a Tremblay, quien introdujo la mano en la caja de plata para sacar unas tijeras —del tipo que se empleaba para podar rosales, pensó Lomeli—, entre cuyas hojas encajó el sello del anillo. Apretó con decisión e hizo una mueca a causa del esfuerzo. Se oyó un chasquido seco, momento en que el disco metálico en el que aparecía san Pedro recogiendo una red de pescador se desprendió.

—*Sede vacante* —anunció Tremblay—. El trono de la Santa Sede está vacío.

Lomeli pasó unos minutos con la vista perdida en la cama, sumido en una despedida contemplativa, y a continuación ayudó a Tremblay a extender un fino velo blanco sobre el rostro del Papa. El velatorio se disolvió en varios grupos cuyos miembros comenzaron a conversar entre susurros.

Regresó al cuarto de estar. Se preguntó cómo había podido soportarlo el Papa, año tras año, no solo vivir rodeado de guardias armados, sino el mero lugar. Cincuenta anodinos metros cuadrados, que se dirían amueblados conforme a los ingresos y el gusto de un comercial cualquiera. No había nada de personal en aquel espacio. Paredes pintadas de limón deslavado y suelo de parquet para facilitar la limpieza. Una mesa y un escritorio corrientes, además de un sofá y dos sillones, festoneados y tapizados con algún tipo de tela lavable azul. Incluso el reclinatorio de madera bruna era idéntico al centenar de ellos que podían encontrarse en la residencia. El Santo Padre se instaló ahí en calidad de cardenal antes de que se celebrase el cónclave que lo eligió Papa y ya nunca se marchó; un simple vistazo al lujoso apartamento que se le asignó en el Palacio Apostólico, con su biblioteca y su capilla privada, bastaron para espantarlo. Su guerra con la vieja guardia del Vaticano empezó ahí mismo, por esta cuestión, el primer día. Cuando algunas cabezas de la curia opusieron reparo a su decisión por no considerarla apropiada para la dignidad de un papa, él les recordó, como si de escolares se tratara, las instrucciones que Jesucristo les dio a sus discípulos: «No toméis nada para el camino, ni bastón, ni alforja, ni pan, ni plata; ni tengáis dos túnicas cada uno». En adelante, humanos como eran, empezaron a notar su mirada reprobatoria clavada en ellos cada vez que se retiraban a descansar a sus suntuosos apartamentos oficiales; y, humanos como eran, se ofendían por ello.

El secretario de Estado, Bellini, estaba de pie junto al escritorio, de espaldas a la habitación. Su período en el cargo había finalizado con la ruptura del anillo del Pescador, y su enjuto y espigado cuerpo de asceta, que solía mantener tan derecho como un álamo de Lombardía, parecía haberse partido junto con aquel.

—Mi apreciado Aldo, lo siento muchísimo —le dijo Lomeli.

Vio que Bellini estaba examinando el ajedrez portátil que el Santo Padre acostumbraba a llevar en su maletín. Deslizaba su largo y pálido dedo índice adelante y atrás sobre las pequeñas fichas de plástico rojas y blancas. Estaban arracimadas de un modo enrevesado en el centro del tablero, enfrascadas en una suerte de batalla abstrusa que ya jamás se resolvería.

—¿Cree que a alguien le importaría que me lo llevase, como recuerdo? —preguntó Bellini distraído.

—Seguro que no.

—A menudo jugábamos al final de la jornada. Decía que lo ayudaba a relajarse.

—¿Quién ganaba?

—Él. Siempre.

—Lléveselo —lo instó Lomeli—. Lléveselo. A usted lo quería más que a nadie. Le habría gustado que se lo quedara.

Bellini miró en derredor.

—Supongo que lo apropiado sería esperar y pedir permiso. Pero parece que nuestro celoso camarlengo está a punto de sellar el apartamento.

Señaló hacia Tremblay y los sacerdotes que lo asistían, todos los cuales se hallaban dispuestos en torno a la mesita del café, sobre la que estaban colocando los materiales que aquel necesitaba para fijar las puertas: galones rojos, cera y cinta adhesiva.

De pronto los ojos de Bellini se encharcaron de lágrimas. Tenía fama de hombre frío, de ser el clásico intelectual distante y sin sangre. Lomeli nunca le había visto mostrar emoción alguna. Lo desconcertaba. Le puso una mano en el brazo.

—¿Qué ha ocurrido, lo sabe? —le preguntó en tono compasivo.

—Dicen que un ataque al corazón.

—Creía que tenía el corazón de un toro.

—No exactamente, a decir verdad. Había habido algunos avisos.

Lomeli pestañeó sorprendido.

—No estaba al tanto de eso.

—Bien, no quería que nadie lo supiera. Decía que en cuanto corriera la voz, ellos empezarían a difundir rumores sobre su futura renuncia.

«Ellos.» Bellini no necesitó especificar quiénes. Se refería a la curia. Por segunda vez en una misma noche, Lomeli se sentía desairado sin comprender muy bien por qué. ¿Sería esa la razón de que no supiese nada sobre este problema de salud que afectaba al Papa desde hacía tiempo? ¿Que el Santo Padre no solo lo consideraba un administrador, sino uno de ellos?

—Creo —dijo Lomeli— que deberemos tener mucho cuidado con lo que le decimos a la prensa acerca de su salud. Usted sabe mejor que yo cómo son los periodistas. Querrán conocer su historial de afecciones cardíacas y qué hicimos nosotros al respecto exactamente. Y si resulta que se tapó todo sin que hiciéramos nada, exigirán saber por qué. —Ahora que se iba recuperando de la impresión inicial, empezó a darle vueltas a una montaña de preguntas acuciantes para las que el mundo entero querría una respuesta… para las que, de hecho, él mismo querría una respuesta—. Dígame: ¿había alguien más con el Santo Padre cuando falleció? ¿Recibió la absolución?

Bellini negó con la cabeza.

—No, creo que ya había fallecido cuando lo encontraron.

—¿Quién lo encontró? ¿Cuándo? —Lomeli le hizo señas al arzobispo Woźniak para que se uniera a ellos—. Janusz, sé que es difícil para usted, pero necesitamos preparar una declaración detallada. ¿Quién descubrió el cadáver del Santo Padre?

—Yo, eminencia.

—Bien, gracias a Dios, algo es algo. —De todos los miembros de la Casa Pontificia, Woźniak era quien mantenía una relación más estrecha con el Papa. Era tranquilizador pensar que hubiera sido él el primero en llegar al escenario de la defunción. Y además, en lo que a las relaciones públicas respectaba, mejor él que un guardia de seguridad; y, desde luego, mucho mejor él que una monja—. ¿Qué hizo?

—Llamé al médico del Santo Padre.

—¿Y cuánto tardó en llegar?

—Se presentó de inmediato, eminencia. Siempre pasaba la noche en la habitación contigua.

—Pero ¿no había nada que se pudiera hacer?

—No. Disponíamos de todo el equipo necesario para la reanimación. Aunque era demasiado tarde.

Lomeli meditó.

—¿Lo encontró usted en la cama?

—Sí. Parecía hallarse en paz, tenía casi el mismo aspecto que ahora. Di por hecho que estaba dormido.

—¿A qué hora fue eso?

—En torno a las once y media, eminencia.

«¿Las once y media?» De eso hacía ya más de dos horas y media. La consternación de Lomeli debió de reflejarse en su expresión porque Woźniak se apresuró a añadir:

—Le habría avisado antes, pero el cardenal Tremblay se hizo cargo de la situación.

Tremblay giró la cabeza al oír su nombre. Así de pequeña era la habitación. Se encontraba tan solo a un par de pasos de distancia. Se acercó a ellos al instante. A pesar de la hora, presentaba un aspecto despierto y pulcro, con su denso cabello argénteo peinado con esmero, y su porte elegante y natural. Parecía un atleta retirado al que ahora le fuese de maravilla como presentador de programas deportivos de televisión; Lomeli recordaba de manera imprecisa que de joven había jugado al hockey sobre hielo. El francocanadiense dijo, con su italiano cauteloso:

—Lo siento mucho, Jacopo, si se siente ofendido por la tardanza con que se le ha avisado. Sé que Su Santidad no contaba con colaboradores más allegados que usted y Aldo. Pero, como camarlengo, consideré que la prioridad era garantizar la integridad de la Iglesia. Le dije a Janusz que no le llamase para así disponer de unos momentos de calma que nos permitieran esclarecer los hechos. —Apretó las palmas de las manos en un gesto de devoción, como si se dispusiera a rezar.

Aquel hombre era insoportable. Lomeli le dijo:

—Mi apreciado Joe, lo único que me preocupa es el alma del Santo Padre y el orden de la Iglesia. Que se me avise de algo a las doce o a las dos es lo de menos por lo que a mí respecta. Estoy seguro de que actuó en beneficio de todos.

—Es solo que cuando un papa fallece de forma inesperada, cualquier error que se cometa a causa del desconcierto y la confusión iniciales puede provocar que después surjan todo tipo de rumores malintencionados. Solo hay que recordar la tragedia del papa Juan Pablo I. Llevamos cuarenta años intentando convencer al mundo de que no fue asesinado, y todo porque nadie quiso admitir que fue una monja quien encontró su cadáver. Esta vez no debe haber discrepancias en la declaración oficial.

De debajo de su sotana sacó un papel plegado que le tendió

a Lomeli. Estaba caliente al tacto. Recién impreso, pensó Lomeli. Elaborado con minuciosidad mediante un procesador de textos, llevaba un titular en inglés: *Timeline*, «Cronología». Lomeli deslizó la yema del dedo por las columnas del texto. A las siete y media de la tarde el Santo Padre cenó con Woźniak en el espacio reservado para él en el comedor de la casa de Santa Marta. A las ocho y media se retiró a su apartamento, donde leyó y meditó sobre un pasaje de *La imitación de Cristo* (Capítulo 8, «De los peligros de la intimidad»). A las nueve y media se acostó. A las once y media el arzobispo Woźniak fue a comprobar que estuviera bien, pero se encontró con que las funciones vitales se habían detenido. A las 23.34 el doctor Giulio Baldinotti, enviado en calidad de residente por el hospital vaticano San Rafael, ubicado en Milán, inició el tratamiento de emergencia. Se intentó una combinación de masaje cardíaco y desfibrilación sin resultado satisfactorio. El Santo Padre fue declarado muerto a las 0.12.

El cardenal Adeyemi se situó detrás de Lomeli y empezó a leer por encima de su hombro. El nigeriano despedía siempre un fuerte olor a colonia. Lomeli podía sentir el calor de su aliento en el lado de su cuello. Su imponente presencia física le abrumaba. Le entregó el documento y se apartó, solo para que Tremblay le pusiera más papeles en la mano.

—¿Qué es todo esto?

—Los últimos registros médicos del Santo Padre. He pedido que los trajeran. Esto es una angiografía que se realizó el mes pasado. Aquí puede ver —indicó Tremblay, alzando una radiografía hacia la luz del centro— la prueba de una obstrucción.

La imagen monocromática presentaba una maraña de tentáculos fibrosos, siniestros. Lomeli se echó atrás. Por el amor de Dios, ¿a qué venía todo esto? El Papa tenía más de ochenta años. No había nada sospechoso en su fallecimiento. ¿Qué edad se esperaba que alcanzara? Era en su alma en lo que debían concentrarse en estos momentos, no en sus arterias. Con firmeza, dijo:

—Hago públicos estos datos si quiere, pero no la fotografía. Es demasiado intrusiva. Lo degrada.

—Estoy de acuerdo —convino Bellini.

—Supongo —añadió Lomeli— que ahora nos dirá que tendrá que practicársele una autopsia.

—Bien, correrán rumores si no se le realiza una.

—Es cierto —dijo Bellini—. Antes Dios explicaba todos los misterios. Ahora las teorías de la conspiración han usurpado Su lugar. Son la herejía de nuestro tiempo.

Adeyemi había terminado de leer la cronología. Se quitó sus gafas de montura dorada y se llevó una patilla a los labios.

—¿Qué estaba haciendo el Santo Padre antes de las siete y media?

—Estaba celebrando las vísperas, eminencia —le respondió Woźniak—, aquí, en la casa de Santa Marta.

—Entonces eso es lo que deberíamos decir. Ese fue su último acto sacramental y, además, implica un estado de gracia, sobre todo puesto que no tuvo ocasión de recibir el viático.

—Bien visto —opinó Tremblay—. Lo añadiré.

—Y si retrocedemos un poco más, hasta antes de las vísperas —insistió Adeyemi—. ¿Qué estaba haciendo entonces?

—Estaba ocupado en reuniones rutinarias, según tengo entendido. —Tremblay parecía ofendido—. No conozco todos los hechos. Me he limitado a las horas más inmediatas a su muerte.

—¿Con quién mantuvo la última reunión programada?

—Creo que, en realidad, fue conmigo —estimó Tremblay—. Lo vi a las cuatro. ¿Estoy en lo cierto, Janusz? ¿Fui yo el último?

—Así es, eminencia.

—¿Y cómo estaba el Santo Padre cuando usted habló con él? ¿Mostró algún síntoma de malestar?

—No, no que yo recuerde.

—¿Y después, cuando cenó con usted, arzobispo?

Woźniak miró a Tremblay, como si necesitase su permiso para responder.

—Estaba cansado. Muy, muy cansado. No tenía apetito. Su voz sonaba áspera. Debería haberme dado cuenta... —Se interrumpió.

—No tiene nada que reprocharse. —Adeyemi le devolvió el documento a Tremblay y volvió a ponerse las gafas. Se apreciaba cierta teatralidad meticulosa en su ademán. A cada momento se le notaba preocupado por su dignidad. Un auténtico príncipe de la Iglesia—. Añadamos todas las reuniones que debía mantener. La cantidad da una idea de lo duro que trabajó, hasta el final. Demostrará que no había motivos para sospechar que estaba enfermo.

—Por otro lado —sopesó Tremblay—, si facilitamos su agenda completa, ¿no corremos el peligro de que parezca que estábamos obligando a portar una pesada carga a un enfermo?

—El papado es, de hecho, una pesada carga. La gente necesita que se lo recuerden.

Tremblay frunció el ceño y guardó silencio. Bellini miró hacia el suelo. Se había originado una tensión sutil pero indiscutible, la cual Lomeli tardó unos instantes en comprender. Recordarle a la gente que el papado supone un esfuerzo descomunal equivalía a decir que se trataba de una responsabilidad que convenía asignar a un hombre más joven, y Adeyemi, que contaba poco más de sesenta años, era casi una década más joven que los otros dos.

—¿Puedo sugerir —dijo Lomeli al fin— que modifiquemos el documento e incluyamos que el Santo Padre había celebrado las vísperas, y que dejemos el resto como está? ¿Y que, por precaución, preparemos también un segundo documento en el que figuren todas las citas que el Santo Padre tenía programadas para la jornada, y que lo reservemos por si necesitásemos utilizarlo?

Adeyemi y Tremblay intercambiaron una mirada breve y asintieron, tras lo cual Bellini dijo con laconismo:

—Gracias, Señor, por nuestro decano. Creo que sus dotes diplomáticas nos serán de gran ayuda en los días venideros.

Con el tiempo Lomeli recordaría este momento como aquel en el que dio comienzo la carrera de la sucesión.

Se sabía que los tres cardenales contaban con sus respectivos partidarios dentro del colegio electoral. Bellini, la gran esperanza intelectual de los liberales desde que Lomeli lo conocía, exrector de la Universidad Gregoriana y exarzobispo de Milán; Tremblay, quien además de servir como camarlengo era prefecto de la Congregación para la Evangelización de los Pueblos, un candidato, por ende, que tenía vínculos con el tercer mundo, que contaba con la ventaja de parecer estadounidense sin padecer la desventaja que suponía serlo de verdad; y Adeyemi, quien portaba en su interior a modo de llama divina la revolucionaria posibilidad, siempre fascinante para la prensa, de convertirse algún día en «el primer Papa negro».

Y poco a poco, mientras veía dar comienzo a las maniobras en la casa de Santa Marta, entendió que le correspondería a él, como decano del Colegio Cardenalicio, organizar la elección. Nunca imaginó que alguna vez tendría que asumir semejante tarea. Hacía unos años le diagnosticaron un cáncer de próstata y aunque en principio se había recuperado, siempre dio por hecho que fallecería antes que el Papa. Se consideraba a sí mismo un mero sustituto. Había intentado renunciar. Aun así, todo apuntaba a que ahora tendría que encargarse de organizar un cónclave en las circunstancias más adversas.

Cerró los ojos. «Si es Tu voluntad, oh, Señor, que yo cumpla con este cometido, rezo porque me concedas la sabiduría necesaria para llevarlo a cabo de tal modo que fortalezca a nuestra madre Iglesia.»

Ante todo, habría de ser imparcial. Abrió los ojos y dijo:

—¿Alguien ha telefoneado al cardenal Tedesco?

—No —respondió Tremblay—. ¿A Tedesco, precisamente? ¿Por qué? ¿Cree que es necesario?

—Bien, dado el cargo que ocupa en la Iglesia, sería una muestra de cortesía...

—¿Una muestra de cortesía? —exclamó Bellini—. ¿Qué ha hecho para merecer muestras de cortesía? ¡Si se puede acusar a alguien de haber matado al Santo Padre, es a él!

Lomeli sintió cierta afinidad con su angustia. De todos los que habían criticado al difunto Papa, Tedesco era quien más se ensañaba con él, hasta el punto de llevar sus ataques contra el Santo Padre y contra Bellini, a decir de algunos, hasta la antesala de un cisma. Incluso se había llegado a hablar de excomunión. No obstante, los fervientes partidarios con los que contaba entre los tradicionalistas podían convertirlo en un candidato destacado a la sucesión.

—Aun así, debería llamarlo —insistió Lomeli—. Mejor que conozca la noticia por nosotros que por algún periodista. Sabe Dios qué podría declarar a bote pronto.

Levantó el teléfono del escritorio y marcó el cero. Una operadora con la voz temblorosa por la emoción le preguntó en qué podía ayudarlo.

—Por favor, póngame con el palacio del Patriarcado de Venecia, con el número privado del cardenal Tedesco.

Temía que la llamada no fuese atendida —a fin de cuentas, eran las tres de la madrugada—, pero no había terminado de sonar el primer tono cuando el auricular fue descolgado. Se oyó una voz brusca.

—Tedesco.

Los otros cardenales hablaban discretamente entre ellos acerca de la programación del funeral. Lomeli levantó la mano para pedirles silencio y se volvió de espaldas a ellos para poder concentrarse en la llamada.

—¿Goffredo? Soy Lomeli. Lamento tener que darle la peor de las noticias. El Santo Padre acaba de fallecer. —Se produjo un largo silencio. Lomeli oyó un ruido de fondo. ¿Pasos? ¿Una puerta?—. ¿Patriarca? ¿Ha oído lo que le he dicho?

La voz de Tedesco sonó hueca en la inmensidad de su residencia oficial.

—Gracias, Lomeli. Rezaré por su alma.

Se oyó un clic. La línea quedó sin comunicación.

—¿Goffredo? —Lomeli se quitó el teléfono de la oreja y lo miró con el ceño fruncido.

—¿Bien? —preguntó Tremblay interesado.

—Ya lo sabía.

—¿Seguro? —El canadiense sacó lo que parecía ser un misal forrado en cuero negro pero que en realidad era un teléfono móvil.

—Claro que lo sabía —dedujo Bellini—. Esta casa está llena de partidarios suyos. Puede que lo supiera incluso antes que nosotros. Si no somos cautos, él mismo se encargará de hacer el anuncio oficial en la plaza de San Marcos.

—Me ha dado la impresión de que había alguien con él.

Tremblay acariciaba la pantalla del móvil rápidamente con el pulgar, repasando los datos.

—Es muy posible. Los rumores sobre la muerte del Papa

empiezan a ser tendencia en las redes sociales. Tenemos que actuar rápido. ¿Puedo hacer una sugerencia?

Se produjo ahora el segundo desacuerdo de la noche, cuando Tremblay urgió a que el traslado de los restos del Papa al tanatorio se efectuase de inmediato en lugar de posponerlo hasta la mañana («No podemos permitir que las noticias nos aventajen; sería un desastre»). Propuso que el anuncio oficial se realizase cuanto antes y que a dos equipos de filmación del Centro Televisivo Vaticano, además de a tres fotógrafos «del consorcio» y a un reportero, se les concediera acceso a la plaza de Santa Marta para que grabasen el traslado del cadáver desde el edificio hasta la ambulancia. Según él, si reaccionaban rápido, las imágenes se emitirían en directo y la Iglesia captaría la atención del mundo entero. En los grandes núcleos asiáticos de la fe católica ya era por la mañana; en América del Norte y del Sur, por la tarde; solo los europeos y los africanos se despertarían con la noticia.

Adeyemi volvió a objetar. Por la dignidad del cargo, arguyó que deberían esperar a que amaneciese, y a que llegara el coche fúnebre con un ataúd apropiado que pudiera sacarse cubierto con la bandera papal.

—Al Santo Padre —replicó Bellini— le habría importado un comino la dignidad. Quería vivir como las personas más humildes de este mundo y como a los pobres humildes desearía que lo vieran en su muerte.

Lomeli se mostró de acuerdo.

—Recordemos que siempre se negó a montar en limusina. Una ambulancia es lo más parecido a un transporte público que podemos ofrecerle ahora.

Adeyemi, aun así, no cambió de opinión. Al final tuvieron que votar y perdió por tres a uno. Asimismo, se acordó que el cadáver del Papa fuese embalsamado.

—Pero debemos cerciorarnos de que se haga como es debido. —Todavía recordaba cuando desfiló junto al cuerpo del papa Pablo VI en San Pedro, en 1978; bajo el calor de agosto, la cara había adquirido una coloración gris verdosa, el mentón se le había descolgado y se percibía un inconfundible tufillo a putrefacción. Pero ni siquiera aquel bochorno macabro fue tan grave como la situación que se vivió veinte años antes, cuando los restos del papa Pío XII, que habían fermentado en el interior del ataúd, estallaron como una traca frente a la iglesia de San Juan de Letrán—. Y otra cosa —añadió—. Debemos asegurarnos también de que nadie tome fotografías del cuerpo. —También de esta degradación fue víctima el papa Pío XII, cuyo cadáver copó las portadas de las revistas de todo el planeta.

Tremblay los dejó para iniciar los preparativos con el gabinete de prensa de la Santa Sede y en menos de treinta minutos los operarios de la ambulancia —cuyos teléfonos habían sido requisados— llegaron y sacaron al Santo Padre del apartamento papal dentro de una bolsa para cadáveres de plástico blanco sujeta por medio de correas a una camilla con ruedas. Se detuvieron con esta en la segunda planta mientras los cuatro cardenales bajaban primero en el ascensor para recibir los restos en el vestíbulo y acompañarlos fuera de las instalaciones. La humildad del cuerpo en la muerte, su menudencia, el compacto y redondeado contorno fetal de los pies y la cabeza parecían declarar con solemnidad a juicio de Lomeli: «Comprando una sábana, lo descolgó de la cruz, lo envolvió en la sábana y lo puso en un sepulcro». Todos los descendientes del Hijo del hombre eran iguales en el fondo, reflexionó; todos dependían de la misericordia de Dios en cuanto a la esperanza de la resurrección.

El vestíbulo y el primer tramo de las escaleras estaban bordeados por clérigos de todos los rangos. Su silencio quedó grabado de forma indeleble en la memoria de Lomeli. Cuando las puertas del ascensor se abrieron y sacaron el cuerpo en la camilla, lo único que se oyó, para su consternación, fueron los clics y los pitidos de las cámaras de los móviles, entremezclados con algún que otro sollozo. Tremblay y Adeyemi se situaron delante de la camilla y Lomeli y Bellini, detrás, con los prelados de la Cámara Apostólica dispuestos en fila al final. Cruzaron las puertas y se entregaron al frío de octubre. La llovizna había cesado. Incluso habían aparecido algunas estrellas. Pasaron entre los dos guardias suizos y se encaminaron hacia un crisol de luces multicolores: los destellos de la ambulancia que los esperaba y los de la escolta policial, que se deslizaban como haces de sol azules alrededor de la plaza abrillantada por la lluvia; el efecto estroboscópico que producían los flashes blancos de los fotógrafos; el abrumador resplandor dorado que proyectaban los focos de los equipos de televisión; y al fondo de la escena, erigida por encima de las sombras, la descomunal refulgencia de San Pedro.

Una vez que llegaron a la ambulancia, Lomeli imaginó el estado de la Iglesia universal, unos mil doscientos millones de almas, en ese instante: las multitudes harapientas apiñadas alrededor de los televisores en las chabolas de Manila y São Paulo; las masas de tokiotas y shangaianos que viajaban en metro hipnotizados por sus móviles; los aficionados a los deportes reunidos en los bares de Boston y de Nueva York, que se encontraban con que estaban interrumpiendo la emisión de los partidos que ansiaban ver.

«Id, pues, y haced discípulos a todas las gentes bautizándolas en el nombre del Padre y del Hijo y del Espíritu Santo.»

El cuerpo se deslizó de cabeza en la parte de atrás de la ambulancia. Las puertas traseras se cerraron. Los cuatro cardenales observaron con solemnidad la partida del cortejo: dos motocicletas, un coche de policía, la ambulancia, otro coche de policía y, cerrando la marcha, más motocicletas. El convoy bordeó un tramo de la plaza y después desapareció. En cuanto se perdió de vista, las sirenas iniciaron su coro.

Para esto tanta humildad, pensó Lomeli. Para esto tanto pensar en los pobres del mundo. Bien podría haberse tratado del séquito de un dictador.

Los aullidos del cortejo se ahogaron en la noche.

Tras el cordón, los periodistas y los fotógrafos empezaron a llamar a los cardenales, como turistas que se encontraran en un zoológico y dieran voces para hacer que los animales se les acercaran.

—¡Eminencia! ¡Eminencia! ¡Aquí!

—Uno de nosotros debería decir algo —supuso Tremblay, que, sin esperar una respuesta, cruzó la plaza. Las luces parecían conferirle a su silueta un halo ígneo. Adeyemi logró contenerse durante unos segundos más y a continuación salió tras él.

Bellini dijo, entre dientes y con un profundo desprecio:

—¡Qué espectáculo!

—¿No debería unirse a ellos? —inquirió Lomeli.

—¡Por Dios, no! No pienso complacer a esa gente. Creo que prefiero retirarme a la capilla a rezar. —Sonrió con tristeza y sacudió algo en la mano, y entonces Lomeli vio que sostenía en ella el ajedrez portátil—. Vamos —lo animó—. Únase a mí. Digamos una misa juntos por nuestro amigo. —Según regresaban a la casa de Santa Marta, tomó a Lomeli del brazo y le susurró—: El Santo Padre me habló de las dificultades que usted tenía para orar. Tal vez yo pueda ayudarlo. ¿Sabe que en realidad también él albergaba sus dudas?

—¿El Papa tenía dudas acerca de Dios?

—¡No acerca de Dios! ¡En absoluto acerca de Dios! —A continuación, le reveló algo que Lomeli jamás olvidaría—. En lo que había perdido la fe era en la Iglesia.

2

Casa de Santa Marta

La historia del cónclave empezó algo menos de tres semanas más tarde.

El Santo Padre había fallecido el día siguiente a la festividad de San Lucas Evangelista, es decir, el decimonoveno día de octubre. El resto de octubre y la primera semana de noviembre fueron dedicados al funeral y a las congregaciones casi diarias del Colegio Cardenalicio, cuyos miembros habían afluido a Roma procedentes de todos los rincones del mundo para elegir al sucesor. Se celebraron diversas reuniones privadas, durante las cuales se debatió acerca del futuro de la Iglesia. Para alivio de Lomeli, si bien de vez en cuando habían surgido diferencias entre los progresistas y los tradicionalistas, siempre se habían resuelto sin mayor controversia.

Ahora, en el día de la festividad de San Herculano Mártir —domingo, siete de noviembre—, se encontraba en el umbral de la capilla Sixtina, flanqueado por el secretario del Colegio Cardenalicio, monseñor Raymond O'Malley, y por el maestro de celebraciones litúrgicas pontificias, el arzobispo Wilhelm Mandorff. Los cardenales electores se recluirían en el Vaticano esa misma noche. La votación comenzaría al día siguiente.

La comida acababa de terminar y los tres prelados se encontraban detenidos junto a la cara interior de la pantalla de mármol y hierro forjado que separa el cuerpo principal de la capilla Sixtina del vestíbulo. Juntos analizaban la escena. El suelo temporal de madera estaba casi terminado. Una alfombra beis estaba siendo sujetada con clavos. Asimismo, los operarios procedían a encender los televisores, a introducir las sillas y a montar los escritorios. A dondequiera que uno mirase, veía algún tipo de movimiento. La multitudinaria actividad del techo de Miguel Ángel —con su profusión de cuerpos semidesnudos, sonrosados y grisáceos, que se estiraban, gesticulaban, se postraban y cargaban con diversos elementos— parecía tener ahora, a juicio de Lomeli, su burdo equivalente terrenal. Al fondo de la Sixtina, en el colosal fresco de *El juicio final* de Miguel Ángel, la humanidad flotaba en medio de un cielo cerúleo en torno al trono de los cielos, al son de un resonante coro de martillos, taladros eléctricos y sierras circulares.

O'Malley, el secretario del Colegio, dijo, con su acento irlandés:

—Bien, eminencia, diría que esta es una representación muy aproximada del infierno.

—No sea blasfemo, Ray —lo reprendió Lomeli—. El infierno se desatará mañana, cuando traigamos a los cardenales.

El arzobispo Mandorff se rio con excesiva sonoridad.

—¡Excelente, eminencia! ¡Muy bueno!

Lomeli miró a O'Malley.

—Se cree que lo digo de broma.

O'Malley, que llevaba un sujetapapeles, se acercaba a la cincuentena; era alto, estaba al borde ya del sobrepeso y tenía el rostro curtido y colorado de quien se ha pasado toda la vida soportando las inclemencias climatológicas —cabalgando detrás de los sabuesos, quizá—, aunque nunca hubiera hecho ninguna de esas cosas; era la ascendencia de Kildare y su afición al whisky lo que le había conferido esta complexión. El renano Mandorff era mayor, con sesenta años, también alto, y tenía una cabeza tan lisa, abovedada y calva como un huevo; se había hecho un nombre en la Universidad de Eichstätt-Ingolstadt con un tratado acerca de los orígenes y los fundamentos teológicos del celibato clerical.

A ambos lados de la capilla, enfrentadas a lo largo del inmenso pasillo, dos decenas de sencillas mesas de madera habían sido dispuestas en cuatro filas. Solo la mesa más cercana a la pantalla había sido cubierta con paños hasta ahora, y estaba lista para que Lomeli la examinase. Se adentró en la capilla y deslizó la mano por la doble capa de tela: un terso fieltro carmesí que llegaba hasta el suelo, y otro tejido más denso y suave —beis, a juego con la alfombra— que cubría el tablero superior y el borde, y que proporcionaba una superficie lo bastante firme para escribir sobre ella. La mesa contaba además con una Biblia, un libro de oraciones, un misal, una tarjeta identificativa, estilográficas, lápices, una pequeña papeleta y una larga hoja que relacionaba los nombres de los ciento diecisiete cardenales que tenían derecho a voto.

Lomeli cogió la tarjeta identificativa: XALXO SAVERIO. ¿Quién era? Sintió una punzada de pánico. Durante los días posteriores al funeral del Papa se había propuesto conocer a todos y cada uno de los cardenales y memorizar algún detalle personal. Pero había tantas caras nuevas —el difunto Papa había concedido más de sesenta capelos, quince de ellos solo en el último año— que se vio obligado a cejar en el intento.

—¿Cómo rayos se pronuncia esto? «Salso», ¿no?

—«Jal-co», eminencia —le aclaró Mandorff—. Es indio.

—«Jal-co». Le debo una, Willi. Gracias.

Lomeli probó la silla. Le agradó ver que contaba con un cojín. Y con espacio suficiente para estirar las piernas. Se re-

costó contra el respaldo. Sí, se podía decir que era cómoda. Teniendo en cuenta que iban a pasarse mucho tiempo ahí encerrados, debía serlo. Había leído la prensa italiana durante el desayuno. Era la última vez que vería un periódico hasta que la elección finalizase. Los analistas del Vaticano eran unánimes en su predicción de un cónclave prolongado y reñido. Lomeli rezaba porque no fuese así y porque el Espíritu Santo no se demorase en entrar en la Sixtina y revelarles un nombre. Pero si esta circunstancia no se daba, y ciertamente no había observado rastro alguno de Él durante las catorce congregaciones previas, tendrían que pasar no pocos días atrapados allí.

Recorrió con la mirada la Sixtina en toda su longitud. Le llamó la atención que el hecho de estar sentado un metro por encima de los mosaicos del suelo alterase la perspectiva de la capilla. En la cavidad que tenían bajo sus pies los expertos en seguridad habían instalado diversos inhibidores de frecuencias para impedir las escuchas por medio de aparatos electrónicos. No obstante, una compañía consultora de la competencia insistía en que tales precauciones eran insuficientes. Aseguraba que proyectando rayos láser hacia las ventanas de la galería superior se podrían registrar las vibraciones de los cristales originadas por las voces del interior, ondas que podrían transcribirse en forma de discurso. Así, recomendaba entablar todas las ventanas. Lomeli rechazó la propuesta. La falta de luz diurna y la claustrofobia habrían sido insoportables.

Agitó la mano educadamente para rechazar la ayuda de Mandorff, se levantó de la silla y continuó con su recorrido por el edificio. La alfombra recién extendida olía igual que la cebada en una era. Los operarios se hicieron a un lado para permitirle el paso; el secretario del Colegio y el maestro de celebraciones litúrgicas pontificias lo siguieron. Todavía le costaba creer que esto estuviera ocurriendo, que él estuviera al cargo. Parecía un sueño.

—¿Saben? —dijo, levantando la voz sobre el estruendo de un taladro eléctrico—, cuando yo era un muchacho, en el cincuenta y ocho, cuando todavía estaba en el seminario de Génova, de hecho, y también en el sesenta y tres, antes incluso de haberme ordenado, me encantaba mirar las imágenes de aquellos cónclaves. Todos los periódicos incluían representaciones artísticas. Recuerdo que los cardenales se sentaban en tronos endoselados distribuidos en torno a las paredes durante la votación. Cuando la elección concluía, uno tras otro tiraban de una palanca para bajar el dosel, salvo el cardenal elegido. ¿Se lo imaginan? El viejo cardenal Roncalli, quien ni en sus mejores sueños se veía como cardenal, nombrado Papa. Y Montini, al que la vieja guardia odiaba tanto que la capilla Sixtina se convirtió en una gallera durante la votación. ¡Imagínenselos aquí sentados, en sus tronos, y a los hombres que apenas unos minutos antes eran sus iguales, haciendo cola para inclinarse ante ellos!

Se dio cuenta de que O'Malley y Mandorff lo escuchaban por cortesía. Se reprendió a sí mismo. Estaba divagando como un viejo. Aun así, los recuerdos lo conmovieron. En 1965, tras el Concilio Vaticano II, se decidió prescindir de los tronos, igual que de muchas otras viejas costumbres de la Iglesia. Se llegó a la conclusión de que el Colegio Cardenalicio había crecido demasiado y se había tornado demasiado internacional como para que siguiera aferrándose a las vacuidades del Renacimiento. Con todo, una parte de Lomeli extrañaba esas vacuidades, y en su fuero interno opinaba que el difunto Papa podría haber llevado demasiado lejos su filosofía de sencillez y humildad. El exceso de sencillez, al fin y al cabo, era otra forma de ostentación; y enorgullecerse de la propia humildad, un pecado.

Pasó por encima de una maraña de cables y se colocó bajo *El juicio final* con los brazos en jarras. Contempló el desorden. Virutas, serrín, palés, cajas, láminas de refuerzo. Las partículas de serrín y de tela que se arremolinaban bajo los haces del sol. El alboroto de los martillos. De las sierras. De los taladros.

Caos. Un caos infernal. Como el de unas obras. ¡Y en la capilla Sixtina!

De nuevo tuvo que gritar para imponerse al estrépito.

—Supongo que terminaremos a tiempo, ¿verdad?

—Trabajarán toda la noche si es necesario —le informó O'Malley—. Todo saldrá bien, eminencia, siempre sale bien. —Se encogió de hombros—. Italia, ya sabe.

—¡Ah, sí, Italia! ¡Desde luego!

Bajó del altar. A la izquierda había una puerta, al otro lado de la cual quedaba la sacristía conocida como «la sala de las lágrimas». Aquí era adonde el nuevo Papa se retiraría nada más resultar elegido para que le pusieran la túnica. Era una habitación pequeña y curiosa, con un techo bajo y abovedado y las paredes enjalbegadas, una especie de mazmorra atestada de muebles: una mesa, tres sillas, un sofá y el trono que sería llevado afuera para que el nuevo pontífice lo ocupara y recibiera en él las promesas de obediencia de los cardenales electores. El centro lo ocupaba un perchero metálico del que colgaban tres sotanas papales blancas —pequeña, mediana y grande— envueltas en celofán, además de tres roquetes y tres mucetas. Una pila de cajas contenía múltiples tallas de calzado papal. Lomeli sacó un par de zapatos, rellenos de papel de seda, y les dio la vuelta. Carecían de cordones y estaban confeccionados en un cuero marroquí rojo sin adornos. Se acercó uno a la nariz y lo olió.

Hay que prever todas las eventualidades, aunque nunca se

sabe. Por ejemplo, el papa Juan XXIII era demasiado corpulento incluso para la sotana más grande, por lo que tuvieron que abotonar la pechera y abrir la costura de la espalda. Dicen que se la puso introduciendo primero los brazos, como los cirujanos cuando se cubren con la bata, y que después el sastre papal la cerró volviendo a coserla. —Dejó de nuevo los zapatos en su caja y se santiguó—. Que Dios bendiga a quien sea llamado a calzárselos.

Los tres clérigos salieron de la habitación, recorrieron el pasillo alfombrado, cruzaron la pantalla de mármol y bajaron la rampa de madera que conducía al vestíbulo. En un rincón había dos achaparradas estufas metálicas de color grisáceo que no parecían servir de nada allí. Las dos llegaban más o menos a la altura de la cadera, una redonda y la otra cuadrada, ambas dotadas de una chimenea de cobre. Las chimeneas estaban soldadas la una a la otra a fin de formar un único humero. Lomeli lo examinó con desconfianza. Tenía un aspecto destartalado. Alcanzaba casi veinte metros de altura, apuntalado por una torre de andamios, hasta que desaparecía por un orificio abierto en la ventana. En la estufa redonda, en principio, debían quemarse las papeletas después de cada votación, a fin de garantizar la confidencialidad; en la cuadrada se había de introducir un bote de humo: negro para anunciar que la votación no era concluyente y blanco cuando tuvieran un nuevo papa. Era un trasto arcaico, absurdo y, por alguna extraña razón, maravilloso.

—¿Han comprobado el sistema? —preguntó Lomeli.

—Sí, eminencia. Varias veces —le confirmó un paciente O'Malley.

—Claro que lo han hecho. —Le dio una palmadita en el brazo al irlandés—. Perdóneme por importunarlo.

Recorrieron los amplios suelos marmóreos de la Sala Regia, bajaron las escaleras y salieron al aparcamiento adoquinado del Cortile del Maresciallo. Los grandes contenedores estaban rebosantes de basura.

—Se los habrán llevado para mañana, entiendo.

—Sí, eminencia.

Pasaron bajo una arcada y accedieron al siguiente patio, y al siguiente, y al siguiente... dejando atrás un laberinto de soportales secretos, con la Sixtina siempre a su izquierda. A Lomeli nunca había dejado de asombrarle lo anodino y pardo que era el enladrillado de la fachada de la capilla. ¿Por qué hasta el último ápice del genio de los hombres se invirtió en aquel interior exquisito —casi excesivo, en su opinión, ya que incluso llegaba a provocar cierta indigestión estética—, sin que pareciera haberse prestado atención alguna al exterior? El edificio parecía un almacén, o una fábrica. O ¿tal vez ese era el propósito? «La plena inteligencia y perfecto conocimiento del misterio de Dios, en el cual están ocultos todos los tesoros de la sabiduría y de la ciencia.»

Su reflexión se vio interrumpida por el comentario que hizo O'Malley, que caminaba junto a él.

—Por cierto, eminencia, el arzobispo Woźniak desea hablar con usted.

—Bien, no creo que eso sea posible, ¿verdad? Los cardenales empezarán a llegar dentro de una hora.

—Se lo he recordado, pero parecía muy alterado.

—¿Por qué motivo?

—Se ha negado a concretarlo.

—¡Pero, de verdad, no tiene ningún sentido! —Buscó apoyo en Mandorff—. El acceso a la casa de Santa Marta quedará restringido a las seis. Debería haber venido a verme. Ahora ya no dispongo de tiempo.

—Es una desconsideración, como mínimo.

—Se lo haré saber —dijo O'Malley.

Siguieron caminando, dejaron atrás a los guardias suizos del Cortile della Sentinella, quienes los recibieron con un saludo, y apenas habían dado unos pocos pasos cuando a Lomeli le entraron remordimientos. Se había expresado con excesiva rigidez. Había sido muy soberbio por su parte. Muy poco caritativo. Se le estaba subiendo el cargo a la cabeza. Haría bien en recordar que en cuestión de pocos días el cónclave habría terminado, con lo que también a él dejarían de prestarle atención. Ya nadie tendría que fingir que escuchaba sus historias sobre doseles y papas obesos. Y entonces se sentiría igual que Woźniak, quien se había quedado no solo sin su amado Santo Padre, sino también sin puesto, ni hogar ni perspectivas, todo a la vez. «Perdóname, Señor.»

—En realidad —dijo Lomeli—, soy un mezquino. El pobre hombre estará preocupado por su futuro. Dígale que estaré en la casa de Santa Marta recibiendo a los cardenales a medida que lleguen y que después procuraré dedicarle unos minutos.

—Sí, eminencia —asintió O'Malley, que tomó nota en su sujetapapeles.

Antes de que la casa de Santa Marta fuese construida, más de veinte años atrás, los cardenales electores se alojaban en el Palacio Apostólico durante el cónclave. El poderoso arzobispo de Génova, el cardenal Siri, un veterano que contaba con la experiencia de cuatro cónclaves y que ordenó sacerdote a Lomeli en la década de los sesenta, siempre se quejaba de que era como estar «enterrado vivo». Las camas se amontonaban en los despachos y las salas de visitas del siglo xv, separadas por cortinas que aportaban una cuestionable intimidad. Cada cardenal contaba con una jarra y una palangana como única forma de aseo; el sanitario consistía en una silla dotada de un orinal. Fue Juan Pablo II quien decidió que tan anacrónicas condiciones de miseria no podían seguir tolerándose a las puertas del siglo XXI, por lo que ordenó que se construyera la casa de Santa Marta en el sector sudoeste de la Ciudad del Vaticano, cuyo coste de veinte millones de dólares lo sufragó la Santa Sede.

En opinión de Lomeli, parecía un edificio de apartamentos soviético, un ceniciento rectángulo de piedra tendido de costado, con seis plantas de altura. Estaba distribuido en dos bloques, de catorce ventanas de longitud cada uno, comunicados por una breve sección central. En las fotografías aéreas que la prensa había publicado aquella mañana, el conjunto semejaba una H alargada, con la mitad norte, el bloque A, orientado en dirección a la plaza de Santa Marta, y con la mitad sur, el bloque B, hacia los muros del Vaticano y la ciudad de Roma. La casa contenía ciento veintiocho dormitorios con cuarto de baño adjunto y estaba administrada por las monjas de hábito azul pertenecientes a la compañía de Hijas de la Caridad de San Vicente de Paúl. En los intervalos que transcurrían entre las elecciones papales, es decir, la mayor parte del tiempo, servía como hotel para los prelados que visitaban la ciudad, y como residencia semipermanente para algunos de los sacerdotes que trabajaban en la burocracia de la curia. Los últimos que quedaban de estos habían sido invitados a abandonar sus habitaciones a primera hora de la mañana para trasladarlos medio kilómetro fuera del Vaticano, a la Domus Romana Sacerdotalis, ubicada en la Via della Traspontina. Cuando el cardenal Lomeli llegó al edificio tras la visita a la capilla Sixtina, la casa había adquirido una fantasmal atmósfera de abandono. Atravesó el escáner que habían instalado en la entrada del vestíbulo y se dirigió al mostrador de recepción, donde la hermana que lo atendía le ofreció su llave.

Las habitaciones habían sido adjudicadas la semana previa por sorteo. A Lomeli se le había asignado una en la segunda planta del bloque A. Para acceder a ella, debía pasar frente a las dependencias del difunto Papa. Llevaban selladas desde la mañana siguiente a su deceso, conforme a las leyes de la Santa Sede, y a juicio de Lomeli, cuya pasión secreta eran las novelas policíacas, la situación recordaba de un modo inquietante a aquellos escenarios del crimen sobre los que tan a menudo leía. Los galones rojos discurrían en zigzag entre la puerta y el marco, fijados en su sitio mediante pegotes de cera marcados con el blasón del cardenal camarlengo. A la entrada había un gran jarrón de lirios blancos recién cortados que exhalaban un olor empalagoso. En las mesas colocadas a ambos lados, decenas de velas votivas, contenidas en sus vasos de cristal rojo, titilaban en la penumbra glacial. El rellano, antes siempre bullicioso por acoger la sede de la Iglesia, se encontraba ahora desierto. Lomeli se arrodilló y sacó su rosario. Intentó rezar pero no dejaba de darle vueltas a la última conversación que mantuvo con el Santo Padre.

«Conocía mis dificultades —le dijo a la puerta cerrada— y, aun así, rechazó mi dimisión. Muy bien. Lo entiendo. Tendría sus razones. Ahora al menos ayúdeme a encontrar la fuerza y la sabiduría necesarias para superar esta prueba.»

Oyó que a su espalda el ascensor se detenía y las puertas se abrían, pero cuando miró hacia atrás de soslayo no vio a nadie. Las puertas volvieron a cerrarse y el aparato retomó su ascenso. Guardó las cuentas y se puso de pie trabajosamente.

Su habitación quedaba en medio del pasillo, a la derecha. Abrió la puerta con la llave y se encontró con la oscuridad del interior. Palpó la pared en busca del interruptor y encendió la luz. En un principio se llevó una decepción al comprobar que no se trataba de una suite, sino de un dormitorio sencillo, con las paredes blancas, el suelo de parquet pulido y el armazón de la cama de hierro. Pero después pensó que era mejor así. En el palacio del Santo Oficio disponía de un apartamento de cuatrocientos metros cuadrados, con espacio de sobra para acomodar un piano de cola. Le vendría bien retomar un estilo de vida más sencillo.

Abrió la ventana y tiró del postigo, pues no recordaba que estaba sellado, igual que el resto de las ontraventanas del edificio. Todos los aparatos de televisión y de radio habían sido retirados. Los cardenales tendrían que permanecer totalmente aislados del mundo hasta el término de la elección, a fin de que ninguna persona ni noticia influyese en su meditación. Se preguntó qué vista habría contemplado si los postigos hubiesen estado abiertos. ¿Una panorámica de San Pedro o de la ciudad? Se encontraba ya un tanto desorientado.

Examinó el armario y comprobó con satisfacción que el eficiente capellán, el padre Zanetti, ya le había llevado su maleta desde el apartamento y que incluso la había deshecho por él. Sus hábitos corales pendían de su percha. Su birreta roja descansaba en el estante superior; su ropa interior, en los cajones. Contó los pares de calcetines y sonrió. Suficientes para una semana. Zanetti era muy pesimista. En el cuarto de baño, el cepillo de dientes, la cuchilla y la brocha de afeitar ocupaban ya su sitio, junto con una caja de somníferos. En el escritorio estaban su breviario y su Biblia, un ejemplar forrado de *Universi Domini gregis*, el reglamento a aplicar durante la elección de un nuevo papa, y un conjunto de documentos mucho más grueso, elaborado por O'Malley, que contenía los detalles sobre los distintos cardenales con derecho a voto, con sus respectivas fotografías. Al lado había una carpeta de cuero en la que estaba guardado el borrador del sermón que debía pronunciar al día siguiente, cuando diera la misa televisada en la basílica de San Pedro. El mero hecho de verla bastó para que se le revolviera el estómago, lo que lo obligó a correr al cuarto de baño. Después se sentó en el borde de la cama con la cabeza agachada.

Intentó convencerse de que la sensación de incapacidad que lo asolaba no era más que la demostración de la humildad con que debía obrar. Era el cardenal obispo de Ostia. Antes había sido cardenal sacerdote de San Marcello al Corso, en Roma. Antes, arzobispo titular de Aquilea. En todos estos puestos, pese a su carácter simbólico, desempeñó un papel activo, pronunciando homilías, celebrando misas y escuchando confesiones. Aun así, incluso un excelso príncipe de la Iglesia universal podía carecer de las habilidades más básicas de un sacerdote de pueblo cualquiera. ¡Ojalá hubiera disfrutado de la vida en una parroquia normal, siquiera durante un año o dos! No obstante, desde que fuera ordenado, el camino por el que orientó su servicio —primero como profesor de Derecho Canónico, después como diplomático y, por último, durante una breve temporada, como secretario de Estado—, en lugar de acercarlo, parecía haberlo alejado cada vez más de Dios. Mientras más arriba llegaba, más parecía apartarse el cielo de él. Y ahora le correspondía a él, precisamente a un ser indigno, guiar a sus compañeros cardenales en la elección del hombre que habría de guardar las llaves de san Pedro.

«*Servus fidelis*.»

—Un fiel servidor. —El texto que se recogía en su blasón. Un lema prosaico para un hombre prosaico—. Un administrador.

Momentos después entró en el cuarto de baño y llenó un vaso de agua.

«De acuerdo, entonces —pensó—. Administremos.»

Las puertas de la casa de Santa Marta se cerraban a las seis. Pasada esta hora ya no estaba permitida la entrada.

—Vengan pronto, eminencias —les aconsejó Lomeli a los cardenales durante la última congregación—, y, por favor, recuerden que no se autorizará ningún tipo de comunicación con el exterior una vez que se hayan registrado. Los teléfonos móviles y los ordenadores portátiles deberán quedar depositados en recepción. Tendrán que pasar por un escáner para asegurarse de que no se han olvidado de entregar ningún dispositivo. El proceso de registro se agilizaría de forma considerable si los dejaran en su residencia.

A las tres menos cinco, con un abrigo de invierno sobre la sotana negra, se encontraba frente a la entrada, flanqueado por sus adjuntos. De nuevo, monseñor O'Malley, secretario del Colegio, y el arzobispo Mandorff, maestro de celebraciones litúrgicas pontificias, lo acompañaban, junto con los cuatro auxiliares de Mandorff: dos maestros de ceremonias, uno de ellos monseñor y el otro sacerdote; y dos frailes de la orden de San Agustín, sujetos a la sacristía papal. Se le proporcionaron también los servicios de su capellán, el joven padre Zanetti. Todos ellos, además de dos médicos que estarían siempre de guardia por si surgía una emergencia, se encargarían de supervisar la elección de la figura espiritual más poderosa del planeta.

Empezaba a hacer frío. Invisible pero cercano bajo el cada vez más cerrado cielo de noviembre, un helicóptero se cernía sobre ellos a unos doscientos metros de altitud. El estruendo de sus rotores parecía amortiguarse e intensificarse de forma aleatoria, según el aparato o el viento cambiaban de dirección. Lomeli escrutó las nubes, intentando determinar dónde estaba. Sin duda pertenecía a alguna cadena de televisión, que lo habría enviado para filmar tomas aéreas de los cardenales a medida que llegaban a la entrada; o eso o se trataba de una aeronave de las fuerzas de seguridad. Había sido informado acerca de las distintas medidas de defensa por el ministro del Interior italiano, un economista inexperto criado en el seno de una célebre familia católica, el cual nunca había trabajado fuera del ámbito de la política y al que le temblaban las manos mientras leía sus notas. La amenaza de un ataque terrorista era grave e inminente, le había dicho el ministro. Se colocarían misiles tierra-aire y se apostarían francotiradores en las azoteas de los edificios que circundaban el Vaticano. Cinco mil policías de uniforme, apoyados por personal del ejército, patrullarían las calles aledañas en una demostración de fuerza mientras que cientos de agentes de paisano se mezclarían con la multitud. Al término de la reunión, el ministro le pidió a Lomeli que lo bendijera.

De vez en cuando, por encima del estrépito del helicóptero, llegaban gritos de protesta desde la distancia, miles de voces que coreaban lemas al unísono, enfatizados por medio de cláxones, redobles y silbatos. Lomeli intentó reconocer de qué se estaban quejando. No había manera. Los partidarios del matrimonio homosexual y los contrarios a las uniones civiles, los defensores del divorcio y las Familias para la Unidad Católica, las mujeres que reclamaban ser ordenadas sacerdotisas y las que exigían el apoyo al aborto y los métodos anticonceptivos, los musulmanes y los antimusulmanes, los inmigrantes y los antiinmigrantes… Las voces de todos ellos se enmarañaban en un ininteligible clamor furibundo. Por alguna parte se oían aullar las sirenas de la policía, primero una sola, después otra y luego una tercera, como si se persiguieran las unas a las otras por toda la ciudad.

Somos un arca, pensó, hostigada por el diluvio cada vez más feroz de la discordia.

Al otro extremo de la plaza, en la esquina más cercana de la basílica, el melodioso reloj tocó los cuatro cuartos en rápida sucesión; seguidamente la gran campana de San Pedro anunció las tres.

Minutos más tarde llegaron los primeros cardenales. Vestían las habituales sotanas negras de ribetes rojos, con anchas fajas rojas de seda atadas a la cintura y solideos rojos en la cabeza. Subían por la pendiente desde el palacio del Santo Oficio. Los escoltaba un miembro de la Guardia Suiza, equipado con su casco empenachado y una alabarda. Parecía una escena sacada del siglo XVI, salvo por las maletas con ruedas, que repiqueteaban contra los adoquines.

Los prelados se acercaron. Lomeli cuadró los hombros. Reconoció a dos de ellos tras haberlos visto en sus informes. A la izquierda caminaba el cardenal brasileño Sá, arzobispo de Salvador de Bahía —«sesenta años, teólogo de la liberación, posible Papa, pero no ahora»—, y a la derecha, el anciano chileno, el cardenal Contreras, arzobispo emérito de Santiago —«setenta y siete años, ultraconservador, exconfesor del general Augusto Pinochet»—. Entre los dos flanqueaban a un hombre menudo, de porte solemne, al que tardó más en identificar, el cardenal Hierra, arzobispo de Ciudad de México, del que Lomeli no recordaba nada a excepción del nombre. Enseguida dedujo que habían comido juntos, sin duda para intentar ponerse de acuerdo sobre las candidaturas. Había diecinueve cardenales electores latinoamericanos, de modo que, si votaran en bloque, el peso de su decisión podría ser determinante. Sin embargo, solo había que fijarse en el lenguaje corporal del brasileño y del chileno, en la manera en que se negaban siquiera a mirarse el uno al otro, para entender que jamás formarían semejante frente único. Seguramente incluso les habría costado ponerse de acuerdo sobre el restaurante en el que reunirse.

—Hermanos míos —dijo, extendiendo los brazos hacia los lados—, bienvenidos.

De inmediato, el arzobispo mexicano empezó a quejarse en una mezcla de español e italiano de su trayecto por Roma —mostró el brazo, la manga negra cubierta de escupitajos— y de cómo los habían tratado al entrar en el Vaticano, experiencia que no había sido mucho más placentera. Los habían obligado a mostrar el pasaporte, a someterse a un cacheo y a abrir las maletas para que las inspeccionaran.

—¿Acaso somos vulgares criminales, decano, o qué es esto?

Lomeli tomó su mano gesticulante entre las suyas y se la estrechó.

—Eminencia, espero que al menos hayan disfrutado de una buena comida, tal vez no puedan repetirla hasta dentro de unos cuantos días, y lamento que el trato recibido le haya parecido degradante. Sin embargo, debemos hacer todo lo posible para garantizar la seguridad de este cónclave, y me temo que aceptar ciertas incomodidades es el precio a pagar por ello. El padre Zanetti los acompañará a recepción.

Dicho esto, y sin soltarle la mano, orientó con delicadeza a Hierra hacia la entrada de la casa de Santa Marta, momento en que lo liberó de su presa. Según se alejaban, O'Malley puso una marca junto a sus nombres en la lista, se volvió hacia Lomeli y enarcó las cejas, ante lo cual este lo lanceó con una mirada tan cargada de desaprobación que el monseñor no pudo evitar ruborizarse. Le gustaba el sentido del humor del irlandés. Pero no toleraría que se rieran de sus cardenales.

Entretanto, un segundo trío había comenzado a salvar la pendiente. Norteamericanos, intuyó Lomeli, siempre van codo con codo; incluso daban ruedas de prensa diarias juntos hasta que él ordenó que parasen. Imaginaba que habrían compartido taxi desde la casa clerical estadounidense, Villa Stritch. Reconoció al arzobispo de Boston, Willard Fitzgerald —sesenta y ocho años, entregado a los deberes pastorales, todavía ocupado en la reparación del escándalo de los abusos, bueno con los medios»—; Mario Santos S. J., arzobispo de Galveston-Houston —«setenta años, presidente de la Conferencia Estadounidense de Obispos Católicos, reformista cauto»—, y Paul Krasinski —«setenta y nueve años, arzobispo emérito de Chicago, prefecto emérito de la Signatura Apostólica, tradicionalista, ferviente partidario de los Legionarios de Cristo»—. Al igual que los latinoamericanos, los norteamericanos manejaban diecinueve votos, y muchos daban por hecho que Tremblay, como arzobispo emérito de Quebec, captaría la mayor parte de ellos. Pero no se llevaría el voto de Krasinski; el de Chicago ya se había manifestado a favor de Tedesco, y en unos términos con los que atacaba de forma consciente al difunto Papa —«Necesitamos un santo padre capaz de devolver a la Iglesia al buen camino, pues ya es demasiado el tiempo que lleva perdida»—. Avanzaba con la ayuda de dos bastones, uno de los cuales levantó para saludar a Lomeli. El guardia suizo cargaba con su voluminosa maleta de cuero.

—Buenas tardes, decano. —Estaba lleno de júbilo por pisar Roma de nuevo—. ¡Apuesto a que no esperaba volver a verme!

Era el miembro más anciano del cónclave; un mes más y cumpliría ochenta años, la edad máxima para votar que establecía el reglamento. Padecía además párkinson, por lo que hasta el último minuto había habido dudas sobre si estaría en condiciones de viajar. Bien, pensó Lomeli abatido, ya estaba allí, y no había nada que pudiera hacerse al respecto.

—Al contrario, eminencia —le dijo Lomeli—, no nos habríamos atrevido a celebrar este cónclave sin usted.

Krasinski miró la casa de Santa Marta con los ojos entornados.

—¡De acuerdo! ¿Dónde me han puesto?

—Lo he arreglado para que le asignen una suite en la planta baja.

—¡Una suite! Es muy amable por su parte, decano. Creía que las habitaciones se adjudicaban por sorteo.

Lomeli se inclinó hacia él y le confesó a media voz:

—Amañé la papeleta.

—¡Ja! —Krasinski golpeó los adoquines con el bastón—. ¡A los italianos los creo capaces incluso de amañar las otras!

Se alejó renqueando. Sus acompañantes se quedaron atrás, avergonzados, como si se hubieran visto obligados a llevar a una boda a un pariente anciano de cuyo comportamiento ellos no podían responder. Santos se encogió de hombros.

—Así es el viejo Paul, me temo.

—Ah, no tiene importancia. Llevamos años tomándonos el pelo el uno al otro.

Y, por alguna extraña razón, Lomeli sí que echaba de menos al viejo cascarrabias. Habían vivido muchas cosas juntos. Esta sería la tercera elección papal de los dos. Muy pocos de los demás podían decir lo mismo. La mayoría de los convocados nunca había tomado parte en un cónclave con anterioridad; y si el Colegio elegía a un sucesor joven, muchos no asistirían nunca a otra junta. Estaban haciendo historia y, según avanzaba la tarde y los eclesiásticos seguían subiendo la pendiente con sus maletas, en algunos casos sin compañía pero por lo general en grupos de tres o cuatro, a Lomeli le emocionaba la impresión que la experiencia causaba en muchos de ellos, incluso en los que se esforzaban por mostrarse despreocupados.

Qué extraordinario abanico de etnias componían; ¡no había mejor prueba del alcance de la Iglesia universal que el hecho de que aquellos hombres nacidos tan distintos compartieran el vínculo de su fe en Dios! De los ministerios orientales, el maronita y el copto, habían acudido los patriarcas del Líbano, de

Antioquía y de Alejandría; de la India, los arzobispos mayores de Trivandrum y de Ernakulam-Angamaly, así como el arzobispo de Ranchi, Xalxo Saverio, cuyo nombre Lomeli se deleitó en pronunciar de la forma correcta:

—Cardenal Jal-co, bienvenido al cónclave.

Del Lejano Oriente llegaron nada menos que trece arzobispos asiáticos: Yakarta y Cebú, Bangkok y Manila, Seúl y Tokio, Ciudad Ho Chi Minh y Hong Kong, entre otros. Y de África, otros trece: Maputo, Kampala, Dar es-Salam, Jartum, Adís Abeba, entre otros. A Lomeli no le cabía ninguna duda de que los africanos votarían en bloque por el cardenal Adeyemi. Corría la media tarde cuando vio que el nigeriano cruzaba la plaza en dirección al palacio del Santo Oficio. Al cabo de unos minutos regresó junto con un grupo de cardenales africanos. Debía de habérselos encontrado en las puertas. Según caminaban, les iba señalando los distintos edificios, como si fuera el propietario de la ciudad. Cuando se acercó con ellos para que fueran recibidos de forma oficial por Lomeli, a este le llamó la atención la naturalidad con que se atenían al dictamen de Adeyemi, incluidas las eminencias de cabello plateado, como el mozambiqueño Zucula y el keniano Mwangale, mucho más experimentados.

Aun así, para ganar, Adeyemi necesitaría buscar apoyos más allá de África y del tercer mundo, y ese sería su principal obstáculo. Tal vez obtuviese algunos votos de África si se pronunciaba, como acostumbraba a hacer, contra «el Satanás del capitalismo mundial» y la «abominación de la homosexualidad», pero entonces los perdería en América y en Europa. Y, además, seguían siendo los cardenales europeos (cincuenta y seis en total) los que dominaban el cónclave. A estos Lomeli los conocía mejor. De algunos, como Ugo de Luca, el arzobispo de Génova, con quien estudió en el seminario diocesano, era amigo desde hacía medio siglo. A otros se los llevaba encontrando en distintas conferencias más de treinta años. Cogidos del brazo subían por la pendiente los dos grandes teólogos liberales de Europa occidental, antaño repudiados, si bien en los últimos tiempos el Santo Padre les había entregado su capelo en un gesto de desafío: el cardenal belga Vandroogenbroek —«sesenta y ocho años, exprofesor de Teología en la Universidad de Lovaina, partidario del acceso de las mujeres a la curia, un caso perdido»— y el cardenal alemán Löwenstein —«setenta y siete años, arzobispo emérito de Rotemburgo-Stuttgart, investigado por herejía por la Congregación para la Doctrina de la Fe, 1997»—. El patriarca de Lisboa, Rui Brandão D'Cruz, llegó fumando un puro y se detuvo en el umbral de la casa de Santa Marta, reacio a apagarlo. El arzobispo de Praga, Jan Jandaček, cruzó la plaza con la cojera que padecía a consecuencia de la tortura que había sufrido a manos de la policía secreta checa cuando, siendo un joven sacerdote, durante los años sesenta, trabajaba de forma clandestina. Se presentaron también el arzobispo emérito de Palermo, Calogero Scozzazi, investigado tres veces por blanqueo de dinero, acusación por la que nunca llegó a ser procesado, y el arzobispo de Riga, Gatis Brotzkus, cuya familia se había convertido al catolicismo después de la guerra y cuya madre judía fue asesinada por los nazis. Llegó asimismo el francés Jean-Baptiste Courtemarche, arzobispo de Burdeos, en su día excomulgado por apoyar al hereje Marcel-François Lefebvre, y del que existía una grabación secreta en la que negaba los acontecimientos del Holocausto. No faltaba tampoco el arzobispo español de Toledo, Modesto Villanueva —el miembro más joven del cónclave, a sus cincuenta y cuatro años—, organizador de la Juventud Católica, quien sostenía que el camino a Dios pasaba por la belleza de la cultura.

Y al fin, tomándose su tiempo, llegaron los cardenales de la clase más selecta y exclusiva, las dos decenas de miembros de la curia, quienes residían de forma permanente en Roma y quienes regían los departamentos más relevantes de la Iglesia. Conformaban en efecto una liga aparte dentro del Colegio, la orden de los cardenales decanos. Muchos, como Lomeli, disfrutaban de apartamentos de gracia y favor dentro de los muros del Vaticano. En su mayor parte eran de nacionalidad italiana. Para ellos no suponía ningún problema atravesar la plaza de Santa Marta cargados con sus maletas. Así, alargaron la comida y fueron de los últimos en presentarse. Y aunque Lomeli los recibió con la misma calidez que a los demás —eran vecinos, al fin y al cabo—, no pudo evitar fijarse en que carecían de la valiosa capacidad de asombro que sí había observado en aquellos que habían recorrido medio mundo. Pese a su bonhomía, estaban resabiados, eran indiferentes. Lomeli había experimentado esta desfiguración espiritual en sus propias carnes. Había rezado para encontrar las fuerzas que le permitieran combatirla. El difunto Papa solía prevenirles de ella sin ambages: «Estad alerta, hermanos míos, y no cedáis a los vicios que a tantos cortesanos han atrapado a través de los siglos, los pecados de la vanidad y de la intriga, de la malicia y del rumor». Cuando Bellini le confió, el día en que falleció el Santo Padre, que este había perdido la fe en la Iglesia (una revelación tan desconcertante para Lomeli que desde entonces le había sido imposible quitársela de la cabeza), con toda seguridad se refería a estos burócratas.

Y, aun así, fue el Papa quien los nombró a todos ellos. Nadie lo obligó a elegirlos. Por ejemplo, estaba el prefecto de la Congregación para la Doctrina de la Fe, el cardenal Simo Guttuso. Los liberales tenían muchas esperanzas puestas en el afable arzobispo de Florencia. «Un segundo papa Juan XXIII», lo llamaban. Pero, lejos de concederles más autonomía a los obispos, de los que antes de que entrase en la curia dijo que constituían su gran causa, una vez que se acomodó en el puesto, Guttuso poco a poco empezó a demostrar que era tan autoritario como sus predecesores, solo que más perezoso. Llegó a adquirir una gran corpulencia, hasta el punto de asemejarse a los personajes del Renacimiento, y ahora recorría con dificultad la breve distancia que separaba su inmenso apartamento, ubicado en el palacio de San Carlos, de la casa de Santa Marta, prácticamente la puerta contigua. Su capellán personal caminaba a duras penas tras él, cargado con sus tres maletas.

Lomeli, al ver el equipaje, inquirió:

—Mi querido Simo, ¿no estará intentando introducir de contrabando a su chef privado?

—Bueno, decano, uno no sabe cuándo podrá volver a casa, ¿verdad? —Guttuso envolvió la mano de Lomeli entre sus dos sudorosas y rollizas zarpas y añadió con voz deshilachada—: Ni, de hecho, si volverá a casa. —El comentario flotó en el ambiente durante unos instantes, mientras Lomeli pensaba «Dios mío, cree de verdad que podría salir elegido», pero enseguida Guttuso le guiñó un ojo—. ¡Ah, Lomeli! ¡Qué cara ha puesto! ¡No tema, solo bromeaba! Soy muy consciente de mis limitaciones. Al contrario que algunos de nuestros compañeros…

Besó a Lomeli en las mejillas y lo rodeó balanceando el cuerpo. Lomeli vio como se detenía en la puerta para recobrar el aliento y a continuación desaparecía en la casa de Santa Marta.

Supuso que Guttuso había tenido suerte de que el Santo Padre falleciera en el momento en que lo hizo. Lomeli tenía la certeza de que, de haber transcurrido unos meses más, le habría pedido que dimitiera. «Quiero una Iglesia pobre —se lamentó el Papa en más de una ocasión en presencia de Lomeli—. Quiero un Iglesia más cercana al pueblo. Guttuso tiene un alma buena pero ha olvidado de dónde viene.» Citó a Mateo: «Si quieres ser perfecto, anda, vende lo que tienes y dáselo a los pobres, y tendrás un tesoro en los cielos; luego sígueme». Lomeli estimaba que el Santo Padre pretendía retirar a casi la mitad de los veteranos a los que había designado. Bill Rudgard, por ejemplo, quien llegó poco después que Guttuso, tal vez hubiera llegado de Nueva York y tuviese el aspecto de un banquero de Wall Street, pero había fracasado por completo en su cometido, la administración financiera de la Congregación para las Causas de los Santos. «Ahora que no nos oye nadie, nunca debería haberle dado el puesto a un estadounidense. Son demasiado inocentes, no tienen ni idea de cómo funcionan los sobornos. ¿Sabía que, según dicen, la tasa actual para la beatificación se sitúa en los tres cuartos de millón de euros? El milagro sería que alguien pagase esa suma.»

En cuanto al siguiente en entrar en la casa de Santa Marta, el cardenal Tutino, prefecto de la Congregación para los Obispos, seguramente lo habrían quitado de en medio para Año Nuevo. Había salido en todos los periódicos por gastar medio millón de euros en unas obras para fusionar dos apartamentos con el propósito de crear una residencia lo bastante grande para alojar a las tres monjas y al capellán que necesitaba para que le sirvieran. A Tutino lo habían vapuleado los medios de tal manera que parecía haber recibido una paliza en el sentido literal. Alguien había filtrado sus correos electrónicos personales. Estaba obsesionado con averiguar quién había sido. Caminaba con actitud huidiza. No dejaba de echar la vista atrás, de soslayo. Le costó mucho trabajo mirar a los ojos a Lomeli. Tras balbucir un saludo superficial, se escabulló al interior de la casa, mientras llevaba sus pertenencias de forma llamativa en una bolsa de viaje de plástico barata.

A las cinco ya empezaba a oscurecer. A medida que el sol se ponía, el aire se tornaba más frío. Lomeli preguntó cuántos cardenales faltaban por llegar. O'Malley consultó la lista.

—Catorce, eminencia.

—De modo que ciento tres de nuestras ovejas han llegado sanas y salvas al redil antes de medianoche. Rocco —dijo, mirando a su sacerdote—, ¿sería tan amable de traerme mi bufanda?

El helicóptero se había marchado, pero los últimos manifestantes insistían en su bulla. Se oía un retumbar de tambores constante y rítmico.

—Me pregunto dónde se habrá metido el cardenal Tedesco.

—Quizá no venga —teorizó O'Malley.

—¡No caerá esa breva! Ah, discúlpeme. Ha sido innoble por mi parte. —Debía recordar confesar su pecado. No podía reprender al secretario del Colegio por una falta de respeto cuando tampoco él lo mostraba.

El padre Zanetti regresó con la bufanda justo cuando llegaba también Tremblay, que acudía sin acompañantes desde el Palacio Apostólico. Colgados del hombro llevaba sus hábitos corales protegidos por una funda de celofán de la tintorería. De su mano derecha pendía una bolsa de deporte de Nike. Era la imagen que venía proyectando desde el funeral del Santo Padre, la de un papa para los tiempos modernos, modesto, desenfadado, accesible, aunque ni un solo pelo del lustroso cabello plateado que llevaba cubierto por su solideo rojo se descolocaba nunca mínimamente. Lomeli imaginaba que el interés por la candidatura del canadiense terminaría diluyéndose en cuestión de un par de días. Sin embargo, Tremblay sabía cómo mantener su nombre en los titulares. Como camarlengo, era responsable de la gestión cotidiana de la Iglesia hasta que fuese elegido un nuevo pontífice. No había mucho que hacer. Aun así, convocaba reuniones diarias de los cardenales en la Cámara Sinodal, al cabo de las cuales daba una rueda de prensa, de modo que pronto empezaron a aparecer artículos, en los que se citaba a «fuentes del Vaticano», que hablaban de lo mucho que su hábil administración había impresionado a sus compañeros. Tremblay empleaba además otro método, más tangible, para caer en gracia. Era a él, como prefecto de la Congregación para la Evangelización de los Pueblos, a quien los cardenales de los países en vías de desarrollo, sobre todo los de los países más pobres, acudían para solicitar fondos, no solo para desempeñar la labor de sus misiones, sino también para afrontar los gastos de alojamiento que habían tenido en Roma durante los días transcurridos entre el funeral del Papa y el cónclave. Costaba no admirarse. Cuando una persona demostraba un sentido del destino tan claro, ¿se debía a que en efecto lo habían elegido? ¿Acaso se le había mostrado una señal que los demás no conseguían ver? Desde luego era invisible para Lomeli.

—Joe, bienvenido.

—Jacopo —le respondió Tremblay en tono afable, tras lo cual levantó los brazos con una sonrisa de disculpa para mostrarle que le resultaba imposible estrecharle la mano.

«Si gana —se prometió Lomeli a sí mismo en cuanto el canadiense hubo entrado—, abandonaré Roma a la mañana siguiente.»

Se enroscó al cuello la bufanda de lana negra y hundió las manos en los bolsillos del abrigo. Zapateó contra los adoquines.

—Podríamos esperar dentro, eminencia —le propuso Zanetti.

—No, prefiero respirar aire puro mientras pueda.

El cardenal Bellini no apareció hasta las cinco y media. Lomeli divisó su silueta enjuta y espigada según caminaba entre las sombras que bordeaban la plaza. Con una mano tiraba de una maleta. En la otra portaba un abultado maletín negro tan rebosante de libros y documentos que no había logrado cerrarlo del todo. Llevaba la cabeza agachada con aire meditabundo. Por consenso, se había alzado como favorito para ocupar el trono de san Pedro. Lomeli se preguntó qué ideas albergaría Bellini sobre esa posibilidad. Era demasiado altivo para rebajarse a opinar sobre habladurías o urdimbres. Las críticas que el Papa vertía sobre la curia no lo incluían a él. Desempeñaba con tanta entrega su función de secretario de Estado que sus oficiales se habían visto obligados a proporcionarle un segundo equipo de auxiliares para que entrasen a trabajar a las seis de la tarde y se quedaran con él hasta la madrugada. Tanto en el sentido físico como en el mental, era el miembro más capaz del Colegio para ascender al papado. Además, nunca desaprovechaba una ocasión para rezar. Lomeli había decidido darle su voto, aunque prefería no comentarlo con nadie, y Bellini era demasiado respetuoso para preguntar. El exsecretario iba tan abstraído que a punto estuvo de pasar de largo al llegar a la altura del grupo de bienvenida. Pero en el último segundo recordó dónde estaba, levantó la vista y les deseó buenas tardes a todos. Tenía la cara más pálida y demacrada de lo habitual.

—¿Soy el último?

—En absoluto. ¿Cómo está, Aldo?

—¡Ay, desolado! —Intentó forzar una sonrisa y llevó a Lomeli a un aparte—. Bien, habrá leído los periódicos de hoy, ¿cómo espera que esté? He meditado hasta en dos ocasiones sobre los *Ejercicios espirituales* de san Ignacio solo para intentar mantener los pies en la tierra.

—Sí, he visto la prensa, y si quiere mi consejo, haría bien

en ignorar a todos esos autodenominados expertos. Déjelo en manos de Dios, amigo mío. Si es Su voluntad, sucederá; si no, no.

—Pero yo no soy un simple instrumento de Dios, Jacopo. Tengo una opinión al respecto. Nos dio libre albedrío. —Bajó la voz para que los demás no lo oyeran—. No es algo que yo desee, ¿entiende? Nadie en su sano juicio podría desear el papado.

—Algunos de nuestros compañeros parece que sí.

—Bien, pues entonces son unos necios, o algo peor. Los dos vimos lo que hizo del Santo Padre. Es un calvario.

—Aun así, debería mentalizarse. Tal como están las cosas, podría recaer sobre usted.

—Pero ¿y si yo no lo quiero? ¿Y si en mi fuero interno sé que no soy digno?

—Pamplinas. Usted es más digno que cualquiera de nosotros.

—No lo soy.

—En ese caso, dígales a sus partidarios que no voten por usted. Pásele el cáliz a otro.

Una mirada de angustia ensombreció el gesto de Bellini.

—¿Y permitir que recaiga en él? —Señaló con la cabeza al hombre rechoncho, corpulento, casi cuadrado, que subía por la pendiente en su dirección, acentuada la ridiculez de sus formas por los estilizados guardias suizos que lo flanqueaban tocados con sus penachos—. Él no alberga ninguna duda. Está más que listo para deshacer todos los progresos que hemos realizado durante los últimos sesenta años. ¿Cómo podría mirarme al espejo si no intentara pararle los pies? —Y, sin esperar una respuesta, se apresuró a entrar en la casa de Santa Marta, dejando que fuese Lomeli quien recibiera al patriarca de Venecia.

El cardenal Goffredo Tedesco era el religioso con el aspecto menos clerical que Lomeli había visto nunca. Si le mostrases una foto de él a alguien que no lo conociera, esa persona te diría que era un carnicero jubilado, tal vez, o un conductor de autobús. Procedía de una familia de campesinos de Basilicata, una región del sur, y era el menor de doce hermanos; la clase de familia numerosa que antes abundaba en Italia y que terminó desapareciendo casi por completo tras la Segunda Guerra Mundial. De joven le rompieron la nariz, que ahora tenía un perfil bulboso y un tanto torcido. Llevaba el pelo demasiado largo y la raya hecha de cualquier manera. Se había afeitado sin excesivo esmero. Bajo la luz mortecina semejaba, a ojos de Lomeli, un hombre sacado de otro siglo, Gioachino Rossini, tal vez. No obstante, su apariencia agreste era una mera fachada. Tenía dos carreras de Teología, hablaba cinco idiomas con fluidez y fue protegido de Ratzinger en la Congregación para la Doctrina de la Fe, donde se le conocía como el brazo ejecutor del cardenal Panzer. Tedesco se había mantenido bien lejos de Roma desde el funeral del Papa, lo que justificó aduciendo que padecía un grave constipado. Por supuesto, nadie lo creyó. No necesitaba mucha más publicidad, y su ausencia no hizo sino intensificar su halo de misticismo.

—Mis disculpas, decano. Mi tren sufrió un retraso en Venecia.

—¿Se encuentra bien?

—Ah, más o menos, aunque ¿se puede estar bien del todo a nuestra edad?

—Le hemos echado de menos, Goffredo.

—Seguro que sí. —Se carcajeó—. Por desgracia, me fue imposible acudir. Pero mis amigos me han mantenido bien informado. Lo veré después, decano. No, no, buen hombre —le dijo al guardia suizo—, dame eso. —Y así, rebosante de campechanía, pasó adentro insistiendo en cargar con su equipaje.

3

Revelaciones

A las seis menos cuarto apareció el arzobispo emérito de Kiev, Vadim Yatsenko, a quien llevaban en silla de ruedas. O'Malley trazó una marca pronunciada en su sujetapapeles y anunció que los ciento diecisiete cardenales se encontraban congregados en la seguridad del interior.

Aliviado y conmovido, Lomeli agachó la cabeza y cerró los ojos. Los siete oficiales del cónclave lo imitaron al instante.

—Padre celestial —dijo—. Creador del cielo y de la tierra, nos has elegido para que seamos Tu pueblo. Ayúdanos a contribuir a Tu gloria con cada cosa que hagamos. Bendice este cónclave y guíalo con Tu sabiduría. Haz que nosotros, Tus sirvientes, nos acerquemos los unos a los otros y ayúdanos a que nos recibamos con amor y con júbilo. Padre, adoramos Tu nombre ahora y siempre. Amén.

—Amén.

Dio media vuelta, hacia la casa de Santa Marta. Ahora que todas las contraventanas estaban bloqueadas, no se apreciaba el menor asomo de luz en las plantas superiores. Sumida en la oscuridad, se había convertido en un búnker. Solo la entrada permanecía iluminada. Tras el grueso cristal antibalas, los sacerdotes y el personal de seguridad circulaban en silencio bajo el resplandor amarillento como criaturas que pululasen por un acuario.

Lomeli casi había llegado a la puerta cuando alguien le puso la mano en el brazo.

—Eminencia —lo llamó Zanetti—, recuerde que el arzobispo Woźniak lo espera para hablar con usted.

—Ah, sí… Janusz. Lo había olvidado. Va con el tiempo un poco justo, ¿verdad?

—Sabe que tiene que marcharse antes de las seis, eminencia.

—¿Dónde está?

—Le he pedido que espere en una de las salas de reuniones de la planta baja.

Lomeli respondió al saludo del guardia suizo y se refugió en la calidez de la residencia. Siguió a Zanetti por el vestíbulo, desabotonándose el abrigo sobre la marcha. Tras el saludable frío de la plaza, dentro parecía hacer demasiado calor. Entre las columnas de mármol, los cardenales conversaban de pie en grupos reducidos. Les sonrió según pasaba junto a ellos. ¿Quiénes eran? Le fallaba la memoria. En sus días de nuncio apostólico recordaba sin problemas los nombres de todos los demás diplomáticos, incluidos los de sus esposas e hijos. Ahora siempre afrontaba las conversaciones con el temor de quedar en evidencia.

En la entrada de la sala de reuniones, situada frente a la capilla, le pasó el abrigo y la bufanda a Zanetti.

—¿Le importaría llevármelos arriba?

—¿Quiere que lo sustituya?

—No, ya me ocupo yo. —Llevó la mano al picaporte—. Dígame: ¿a qué hora eran las vísperas?

—A las seis y media, eminencia.

Lomeli abrió la puerta. El arzobispo Woźniak se encontraba de espaldas a él en el otro extremo de la sala. Parecía tener la mirada perdida en la pared desnuda. Flotaba en el ambiente un sutil pero inconfundible olor a alcohol. De nuevo Lomeli se obligó a reprimir su irritación. ¡Como si no tuviera bastantes problemas que solucionar!

—¿Janusz? —Se acercó a Woźniak con la intención de abrazarlo pero, para su conmoción, el exprefecto de la Casa Pontificia se arrodilló y se santiguó.

—Eminencia, en el nombre del Padre, del Hijo y del Espíritu Santo. Hace cuatro semanas que me confesé por última vez.

Lomeli extendió el brazo.

—Janusz, Janusz, discúlpeme, pero no dispongo de tiempo para escuchar su confesión. Las puertas quedarán cerradas en cuestión de minutos y usted tendrá que marcharse. Tome asiento, por favor, y cuénteme brevemente qué es eso que lo atormenta. —Ayudó al arzobispo a levantarse, lo llevó hasta una silla y se sentó a su lado. Le dirigió una sonrisa alentadora y le dio una palmada en la rodilla—. Adelante.

La cara mofletuda de Woźniak estaba perlada de sudor. Lomeli se encontraba lo bastante cerca de él para ver el polvo que manchaba sus gafas.

—Eminencia, debería haber acudido antes a usted. Pero prometí que no diría nada.

—Lo entiendo. No se preocupe. —Daba la impresión de que su sudor era puro vodka. ¿Quién se inventaría esa leyenda de que era inodoro? Le temblaban las manos. Apestaba a alcohol—. Y cuando dice que prometió no hablar de ello, ¿a quién le hizo esa promesa?

—Al cardenal Tremblay.

—Comprendo. —Lomeli se apartó un tanto. Después de toda una vida escuchando secretos, había desarrollado cierto instinto para ello. Muchos pensaban que había que intentar averiguarlo todo; por su experiencia, a menudo era mejor saber lo menos posible—. Antes de que prosiga, Janusz, quiero que se tome un momento para preguntarle a Dios si es correcto que rompa la promesa que le hizo al cardenal Tremblay.

—Se lo he preguntado muchas veces, eminencia, y esa es la razón por la que estoy aquí. —Le temblaba el mentón—. Pero si le resulta violento…

—No, no, por supuesto que no. Pero, por favor, le ruego concisión. Nos queda poco tiempo.

—Muy bien. —Tomó aire—. ¿Recuerda que el día en que el Santo Padre falleció la última persona que mantuvo una reunión oficial con él, a las cuatro en punto, fue el cardenal Tremblay?

—Lo recuerdo.

—Bien, durante ese encuentro el Santo Padre apartó al cardenal Tremblay de todos los cargos que ocupaba en la Iglesia.

—¿Cómo?

—Lo despidió.

—¿Por qué?

—Por conducta censurable.

Al principio, Lomeli se quedó sin palabras.

—De verdad, arzobispo, debería haber elegido un momento más adecuado para venir a contarme algo así.

Woźniak encorvó la cabeza.

—Lo sé, eminencia, le pido perdón.

—¡De hecho, ha tenido nada menos que tres semanas para venir a verme!

—Comprendo su enfado, eminencia. Pero solo hace uno o dos días que he empezado a oír esos rumores acerca del cardenal Tremblay.

—¿Qué rumores?

—Que podría resultar elegido Papa.

Lomeli guardó un silencio lo bastante largo para manifestar el enojo que le producía semejante exceso de sinceridad.

—¿Y considera que es su deber impedirlo?

—Yo ya no sé cuál es mi deber. He rezado una y otra vez para saber cómo obrar, hasta que he llegado a la conclusión de que usted tiene que conocer los hechos, y después decidir si compartirlos o no con los demás cardenales.

—Pero ¿cuáles son esos hechos, Janusz? No los ha especificado. ¿Presenció usted la reunión que mantuvieron ellos dos?

—No, eminencia. El Santo Padre me habló de ella después, cuando cenamos juntos.

—¿Le explicó por qué había despedido al cardenal Tremblay?

—No. Dijo que los motivos no tardarían en saberse. Sin embargo, estaba muy alterado... Furioso.

Lomeli lo escrutó. ¿Le estaría mintiendo? No. El polaco era un hombre sin dobleces, salido de una aldea de Polonia para convertirse en capellán y acompañante de Juan Pablo II durante sus años de decrepitud. Estaba seguro de que decía la verdad.

—¿Alguien más sabe esto, aparte de usted y el cardenal Tremblay?

—Monseñor Morales. Asistió a la reunión entre el Santo Padre y el cardenal Tremblay.

Lomeli lo conocía, aunque no demasiado bien. Era uno de los secretarios privados del Papa. Héctor Morales. Uruguayo.

—Escuche —le dijo Lomeli—, ¿está absolutamente seguro de lo que dice, Janusz? Veo que está muy conturbado. Pero, por ejemplo, ¿por qué monseñor Morales no ha mencionado este asunto en ningún momento? Estaba allí, en el apartamento, con nosotros, la noche en que el Santo Padre falleció. Podría haber sacado el tema entonces. O podría habérselo confiado a alguno de los otros secretarios.

—Eminencia, me había pedido que le expusiera los hechos con concisión. Seré conciso. No he parado de darles vueltas y más vueltas. Encontré muerto al Santo Padre. Llamé al médico. El médico llamó al cardenal Tremblay. Como sabe, son las normas: «El primer miembro de la curia que debe recibir notificación oficial si se produjera el fallecimiento del Papa es el camarlengo». Nada más llegar, el cardenal Tremblay se hizo cargo de la situación. Como es natural, yo no me hallaba ni mucho menos en posición de objetar nada y, además, estaba conmocionado. Pero luego, alrededor de una hora más tarde, me llevó a un aparte y me preguntó si el Santo Padre había manifestado estar preocupado por algo en concreto mientras cenábamos. Ahí es cuando yo debería haberle dicho algo. Pero estaba asustado, eminencia. En principio, yo no tenía por qué saber nada acerca de esas cuestiones. Así que me limité a responderle que parecía apesadumbrado por algo, sin entrar en detalles. Después vi al cardenal hablando entre susurros con monseñor Morales en una esquina. Supongo que estaría intentando persuadirlo para que no dijera nada acerca del encuentro.

—¿Qué le lleva a hacer esa deducción?

—El hecho de que cuando después intenté exponerle al monseñor lo que el Papa me había confiado, se mostrase muy tajante al respecto. Dijo que no se había producido ningún despido, que hacía semanas que el Santo Padre no era el de siempre y que por el bien de la Iglesia no volviera a mencionar el asunto. Y no lo he hecho. Pero no está bien, eminencia. Dios me dice que no está bien.

—No —convino Lomeli—, no está bien.

Se devanó los sesos pensando en las implicaciones. Bien podría tratarse de una trivialidad; Woźniak estaba azorado. Sin embargo, si en efecto Tremblay resultaba elegido Papa y después se destapaba algún escándalo, las consecuencias podrían ser devastadoras para la Iglesia.

Alguien llamó a la puerta con contundencia.

—¡Ahora no! —respondió Lomeli.

Abrieron la puerta con apremio. O'Malley entró en la sala. Balanceó su corpulencia sobre el pie derecho, como un patinador artístico; con la mano izquierda se afianzó en la jamba.

—Eminencia, arzobispo, lamento mucho interrumpirlos, pero se requiere su presencia de manera urgente.

—Dios bendito, ¿qué ocurre ahora?

O'Malley miró por un instante a Woźniak.

—Lo siento, eminencia. Preferiría no decírselo aquí. ¿Sería tan amable de venir ahora?

Dio un paso atrás y señaló hacia el vestíbulo. Lomeli se levantó con renuencia.

—Tendrá que dejar esta cuestión en mis manos —le dijo a Woźniak—. Pero ha hecho lo correcto.

—Gracias. Sabía que siempre podría contar con usted. ¿Le importaría bendecirme, eminencia?

Lomeli le puso la mano en la cabeza.

—Vaya en paz a amar y a servir al Señor. —Al llegar a la puerta dio media vuelta y le sugirió—: Y tal vez pueda hacerme el favor de incluirme en sus oraciones esta noche, Janusz. Me temo que yo sí que necesito que intercedan por mí.

El vestíbulo se había llenado un poco más durante los últimos minutos. Los cardenales habían empezado a salir de sus habitaciones y se disponían a ir a la misa que se celebraría en la capilla de la residencia. Tedesco estaba hablando largo y tendido con un grupo que se había formado al pie de las escaleras; Lomeli lo vio por el rabillo del ojo según caminaba junto a

O'Malley hacia la recepción. Un miembro de la Guardia Suiza, con el casco bajo el brazo, aguardaba frente al largo mostrador de madera pulida. Lo rodeaban dos guardias de seguridad y el arzobispo Mandorff. Se adivinaba algo funesto en la fijeza con que miraban al frente, sin hablar, lo que le llevó a deducir sin asomo de duda que algún cardenal había muerto.

—Lamento el secretismo, eminencia —se disculpó O'Malley—, pero no me ha parecido apropiado decir nada en presencia del arzobispo.

—Sé muy bien lo que está ocurriendo: van a comunicarme que hemos perdido a un cardenal.

—Al contrario, decano, según parece, hemos ganado uno. —El irlandés liberó una risita nerviosa.

—¿Se supone que es una broma?

—No, eminencia. —O'Malley adoptó un aire sombrío—. Hablo en un sentido literal: acaba de llegar un nuevo cardenal.

—¿Cómo es posible? ¿Faltaba alguien en la lista?

—No, su nombre nunca figuró en nuestro registro. Asegura que fue designado *in pectore*.

Lomeli tuvo la impresión de haber chocado contra un muro invisible. Se detuvo por un segundo en medio del vestíbulo.

—¿Seguro que no es un impostor?

—Eso mismo he pensado yo, eminencia. Pero el arzobispo Mandorff ha hablado con él. Y opina que no lo es.

Lomeli se acercó aprisa a Mandorff.

—¿Qué es lo que estoy oyendo?

Tras el mostrador de recepción, dos monjas tecleaban afanadas en sus ordenadores, fingiendo no escucharlos.

—Se llama Vincent Benítez, eminencia. Es el arzobispo de Bagdad.

73

—¿De Bagdad? No sabía que tuviéramos un arzobispo en un sitio así. ¿Es iraquí?

—¡En absoluto! Es filipino. El Santo Padre lo designó el año pasado.

—Sí, creo que empiezo a caer en la cuenta.

Conservaba un recuerdo vago de una fotografía aparecida en una revista. Un prelado católico de pie en medio de la estructura calcinada de una iglesia. ¿De verdad ahora era cardenal?

—Al menos usted debía estar al tanto de su nombramiento.

—No lo estoy. Parece sorprendido.

—Bien, daba por hecho que, si ha sido designado cardenal, el Santo Padre tendría que haber avisado al decano del Colegio.

—No, nunca me habló de él. Aunque, como es lógico, si fue designado *in pectore*, yo no tendría por qué estar al corriente.

Lomeli procuró aparentar despreocupación, aunque en realidad este último desaire se le hacía incluso más lacerante que los demás. *In pectore*, «en el corazón», consistía en una antigua disposición según la cual un papa podía designar un cardenal sin necesidad de revelar su nombre, ni siquiera a sus colaboradores más cercanos; aparte del beneficiado, solo Dios lo sabría. En todos los años que llevaba en la curia, Lomeli solo había tenido conocimiento de un cardenal nombrado *in pectore*, cuya identidad nunca se hizo pública, ni siquiera tras la muerte del Papa. Aquello ocurrió en 2003, durante el papado de Juan Pablo II. Nunca se supo quién fue el elegido; siempre se había dado por hecho que se trataba de un chino y que tuvo que mantenerse en el anonimato para que no lo persiguieran. En principio, estas mismas precauciones se podían aplicar al principal representante de la Iglesia en Bagdad. ¿Sería eso lo que ocurría?

Notaba los ojos de Mandorff clavados todavía en él. El alemán sudaba en abundancia a causa del calor. Las luces del candelabro se reflejaban en su calva humedecida.

—Aun así —observó Lomeli—, estoy seguro de que el Santo Padre no habría tomado una decisión tan delicada sin consultárselo al menos al secretario de Estado. Ray, ¿sería tan amable de ir a buscar al cardenal Bellini y pedirle que se una a nosotros? —Cuando O'Malley se hubo marchado, miró de nuevo a Mandorff—. ¿Y de verdad cree que es cardenal?

—Trae una cédula de nombramiento firmada por el difunto Papa y dirigida a la archidiócesis de Bagdad, la cual mantuvieron en secreto a petición del Santo Padre. Tiene el sello del cargo. Compruébelo usted mismo. —Le mostró el paquete de la documentación a Lomeli—. Y sí que es arzobispo; de hecho, está inmerso en una misión en una de las regiones más peligrosas del planeta. No veo por qué iba a falsificar sus credenciales, ¿usted sí?

—Supongo que no. —Desde luego, a juicio de Lomeli, los papeles parecían auténticos. Se los devolvió—. ¿Dónde está ahora?

—Le he pedido que aguardara en la oficina de atrás.

Mandorff condujo a Lomeli tras el mostrador de recepción. Por la pared de cristal vio a un hombre delgado sentado en una silla de plástico naranja en un rincón, entre una fotocopiadora y varias cajas llenas de hojas de papel. Vestía una sotana de color negro liso. Llevaba la cabeza destocada, sin solideo. Estaba inclinado hacia delante con los codos apuntalados en las rodillas, un rosario en las manos, la vista baja y, según parecía, sumido en sus oraciones. Un mechón de cabello moreno le tapaba parte del rostro.

—Se ha presentado en la entrada justo cuando estaban cerrando las puertas —observó Mandorff en voz baja, como si estuvieran contemplando a un hombre dormido—. Su nombre no figuraba en la lista, por supuesto, y no lleva el atavío propio de un cardenal, por lo que la Guardia Suiza ha decidido avisarme. Les he pedido que lo llevaran adentro mientras realizábamos las averiguaciones pertinentes. Espero haber actuado de la forma correcta.

—Desde luego.

El filipino acariciaba el rosario con insistencia, abstraído por completo. Lomeli se sentía como un intruso por el mero hecho de estar observándolo. Sin embargo, le costaba apartar la mirada. Lo envidiaba. Hacía mucho tiempo que le resultaba imposible concentrarse lo suficiente para aislarse del mundo. Últimamente solo oía ruido dentro de su cabeza. Primero Tremblay, pensó, y ahora esto. Se preguntó que más sorpresas lo aguardaban.

—Estoy convencido de que el cardenal Bellini aclarará este asunto —aseguró Mandorff.

Lomeli miró en derredor y vio que Bellini se acercaba con O'Malley. La expresión del exsecretario de Estado titubeaba entre la inquietud y la perplejidad.

—Aldo, ¿estaba al tanto de esto? —le preguntó Lomeli.

—No, desconocía que el Santo Padre hubiera decidido seguir adelante y hacerlo. —Se quedó mirando al otro lado del cristal con aire pensativo, como si Benítez fuese una suerte de criatura mítica—. Y, sin embargo, aquí está.

—Entonces era algo que el Papa tenía en mente.

—Sí, planteó la posibilidad hace un par de meses. Yo le insistí para que descartara la idea. Los cristianos de esa parte del mundo viven demasiado atormentados como para seguir enfureciendo a los islamistas más beligerantes. ¡Un cardenal en Irak! Los estadounidenses no darían crédito. ¿Cómo podríamos garantizar su seguridad?

—Quizá sea ese el motivo por el que el Santo Padre quería mantenerlo en secreto.

—Pero ¡la gente terminaría enterándose! Todo termina siempre por filtrarse, sobre todo en este lugar... algo que él sabía mejor que nadie.

—Bien, está claro que no seguirá siendo un secreto, ocurra lo que ocurra. —Al otro lado del cristal, el filipino seguía dándoles vueltas en silencio a las cuentas del rosario—. Puesto que usted confirma que el Papa tenía la intención de nombrarlo cardenal, hemos de dar por hecho que sus credenciales son auténticas. Por lo tanto, entiendo que no nos queda más opción que admitirlo.

Fue a abrir la puerta. Para su asombro, Bellini le sujetó el brazo.

—¡Un momento, decano! —le susurró—. ¿Es preciso que lo hagamos?

—¿Por qué no iba a serlo?

—¿Sabemos con certeza si el Santo Padre se encontraba en plenas facultades para tomar esta decisión?

—Mida bien sus palabras, amigo mío. Lo que acaba de decir raya en la herejía. —Lomeli también le hablaba en voz baja. No quería que los demás los oyeran—. No nos corresponde a nosotros decidir si el Santo Padre hizo bien o mal. Nuestro cometido es encargarnos de que su voluntad se cumpla.

—La infalibilidad pontificia se aplica a la doctrina. No se extiende a los nombramientos.

—Conozco muy bien los límites de la infalibilidad pontificia. Pero este es un asunto de derecho canónico. Y a este respecto mi juicio es tan válido como el suyo. El párrafo treinta y nueve de la constitución apostólica es muy específico: «Si un cardenal elector llegara *re integra*, es decir, antes de que el nuevo pastor de la Iglesia haya sido elegido, se le permitirá incorporarse a la fase actual de la votación». Este hombre es cardenal por derecho.

Retiró el brazo para liberarse y abrió la puerta.

Benítez levantó la cabeza al verlo entrar y se puso de pie poco a poco. Era un poco más bajo de lo normal y tenía un rostro perfilado y agradable. Costaba calcular su edad. Tenía la piel tersa, los pómulos afilados y el cuerpo enjuto, hasta el punto de que se antojaba demacrado. Apenas hizo fuerza con la mano en el momento del saludo. Parecía estar exhausto.

—Bienvenido al Vaticano, arzobispo —lo acogió Lomeli—. Lamento que haya tenido que esperar aquí pero necesitábamos hacer algunas comprobaciones. Confío en que lo entienda. Soy el cardenal Lomeli, decano del Colegio.

—Soy yo quien debe disculparse, decano, por presentarme de una manera tan poco ortodoxa. —Hablaba con una voz atenuada y precisa—. Es muy amable ya solo por recibirme.

—No se preocupe. Estoy seguro de que tiene un buen motivo para haber actuado así. Este es el cardenal Bellini, a quien creo que ya conoce.

—¿Cardenal Bellini? Me temo que no tengo el placer.

Benítez le tendió la mano y, por un instante, Lomeli pensó que Bellini se negaría a estrechársela. Al cabo, la aceptó.

—Lo siento mucho, arzobispo —le comunicó—, pero debo manifestarle que, en mi opinión, ha cometido un grave error al venir aquí.

—Y ¿por qué motivo, eminencia?

—Porque la situación de los cristianos en Oriente Próximo es demasiado delicada como para que incurramos en la provocación de que usted sea nombrado cardenal y se presente en Roma.

—Naturalmente, soy consciente de los riesgos. Esa es una de las razones por las que dudaba si debía venir o no. Aunque puedo asegurarle que recé con toda mi devoción antes de emprender este viaje.

—Bien, ya ha tomado una decisión, y poco se puede hacer al respecto. Sin embargo, ahora que está aquí, debo decirle que veo complicado que pueda regresar a Bagdad.

—Por supuesto que regresaré, y afrontaré las consecuencias de mi fe, como hacen millares de personas.

—No dudo ni de su coraje ni de su fe, arzobispo —le aclaró con frialdad Bellini—. Pero su regreso tendrá repercusiones diplomáticas y, por lo tanto, no es necesariamente decisión suya.

—Tampoco es necesariamente suya, eminencia. La decisión le corresponderá al siguiente Papa.

Benítez era más duro de lo que parecía, pensó Lomeli. Por primera vez, Bellini parecía haberse quedado sin palabras.

—Creo que nos estamos precipitando, hermanos míos —estimó Lomeli—. La cuestión es que se encuentra aquí. Ahora debemos ser prácticos; necesitamos comprobar que haya una habitación disponible para usted. ¿Dónde está su equipaje?

—No traigo equipaje.

—¿Cómo, de ninguna clase?

—Me pareció más adecuado entrar en el aeropuerto de Bagdad con las manos vacías, para no evidenciar mis intenciones. La gente del gobierno me sigue a dondequiera que vaya. He dormido durante la noche en el vestíbulo de llegadas de Beirut y hace dos horas que he llegado a Roma.

—Cielo santo. Veamos qué podemos hacer por usted. —Lomeli lo invitó a salir de la oficina para dirigirse a la parte delantera del mostrador de recepción—. Monseñor O'Malley es el secretario del Colegio Cardenalicio. Él se encargará de proporcionarle cuanto necesite. Ray —le dijo a O'Malley—, Su Eminencia requerirá artículos de aseo, algo de ropa limpia... y hábitos corales, por supuesto.

—¿Hábitos corales? —preguntó Benítez.

—Cuando vamos a la capilla Sixtina para votar, se requiere

que vistamos el atavío oficial completo. Estoy seguro de que aquí en el Vaticano habrá alguno disponible.

—«Cuando vamos a la capilla Sixtina para votar...» —repitió Benítez. De súbito parecía acongojado—. Discúlpeme, decano, esto me supera por completo. ¿Cómo puedo emitir mi voto con la debida seriedad si no conozco ni a uno solo de los candidatos? El cardenal Bellini tiene razón. No debería haber venido.

—¡Pamplinas! —Lomeli le agarró los brazos. Estaba en los huesos. Aun así, percibió cierta solidez fibrosa en él—. Escúcheme, eminencia. Esta noche se unirá a todos nosotros para cenar. Yo lo presentaré, y en la mesa tendrá ocasión de conversar con sus hermanos cardenales; seguro que al menos algunos le sonarán, aunque solo sea por su reputación. Rezará, como haremos también los demás. Y a su debido tiempo el Espíritu Santo nos mostrará un nombre. Y será una maravillosa experiencia espiritual para todos nosotros.

Las vísperas habían dado comienzo en la capilla de la planta baja. La melodía del canto llano revoloteaba por el vestíbulo. De pronto Lomeli se sentía agotado. Dejó que O'Malley se ocupase de Benítez y tomó el ascensor a su habitación. Allí arriba también hacía un calor infernal. Los mandos del aire acondicionado no parecían funcionar. Por un momento se olvidó de los postigos sellados e intentó abrir la ventana. Derrotado, miró en torno a su celda. Las luces brillaban en exceso. Las paredes enjalbegadas y el suelo pulido parecían multiplicar el resplandor. Intuía la inminencia de un dolor de cabeza. Apagó las lámparas del dormitorio, caminó a tientas hasta el cuarto de baño y dio con el cable que alimentaba la banda de neón de encima del espejo. Dejó la puerta entornada. Por último, se tendió en la cama bajo la penumbra azulada con la intención de rezar, pero al cabo de un minuto ya estaba dormido.

En un momento dado soñó que se encontraba en la capilla Sixtina y que el Santo Padre estaba rezando en el altar, pero cada vez que intentaba acercarse a él, el anciano se apartaba, hasta que finalmente se situó en la entrada de la sacristía. Dio media vuelta y sonrió a Lomeli, abrió la puerta de la sala de las lágrimas y se precipitó al vacío.

Lomeli se despertó dando un grito que se apresuró a reprimir mordiéndose un nudillo. Durante unos segundos en los que mantuvo los ojos abiertos como platos ni siquiera sabía dónde estaba. Todos los objetos de su cotidianidad se habían esfumado. Se quedó tumbado a la espera de que se le relajase el pulso. Poco a poco intentó recordar qué más cosas habían aparecido en el sueño. Vio muchas, muchísimas imágenes, estaba seguro. Podía percibirlas. Pero en el instante en que intentaba concretarlas en pensamientos, se agitaban y se desvanecían como pompas de jabón. Solo la espantosa visión del Santo Padre cayendo en picado permanecía grabada en su cabeza.

Oyó que dos hombres hablaban en inglés en el pasillo. Su acento parecía africano. Debían de estar forcejando con una llave. Alguien abrió y cerró una puerta. Uno de los cardenales se alejó arrastrando los pies por el corredor mientras el otro encendía la luz de la habitación contigua. La pared era tan delgada que parecía hecha de cartón. Lomeli lo oía andar de aquí para allá, hablando para sí —pensó que podría ser Adeyemi—, hasta que se detuvo para toser y gargajear, tras lo cual se oyó la cisterna del aseo.

Consultó su reloj. Eran casi las ocho. Llevaba más de una hora durmiendo. Y, aun así, estaba extenuado, como si el tiempo que había pasado soñando le hubiera producido una tensión mayor de la que ya sentía antes de acostarse. Pensó en todas las tareas que aún le quedaban pendientes. «Dame fuerzas, oh, Señor, para enfrentarme a esta prueba.» Se volvió con cuidado, se sentó, bajó los pies al suelo y se meció hacia delante varias veces, a fin de ganar la inercia necesaria para ponerse de pie. Así era la vejez: muchos de los movimientos que antes se ejecutaban con toda naturalidad —el sencillo acto de levantarse de la cama, por ejemplo— ahora requerían de una minuciosa secuencia de maniobras planificadas. Al tercer intento consiguió su propósito y recorrió con paso rígido la escasa distancia que lo separaba del escritorio.

Tomó asiento, encendió la lamparilla y la orientó hacia la carpeta de cuero marrón. Extrajo doce hojas de tamaño A5, un haz de papeles cosidos con firmeza, de color crema, elaborados a mano e identificados con filigrana, cuya calidad se juzgaba apropiada para esta ocasión histórica. La tipografía era grande y clara, y estaba configurada a doble espacio. Cuando terminase de trabajar con ellos, los documentos quedarían guardados para toda la eternidad en los archivos del Vaticano.

El sermón llevaba por título «*Pro eligendo romano pontifice*», «Para la elección de un pontífice romano», y servía, conforme a la tradición, para establecer las características que debía reunir el nuevo Papa. En la historia reciente estas homilías habían llegado a decidir las elecciones papales. En 1958 el cardenal Antonio Bacci realizó una descripción del perfecto pontífice para los liberales —«que el nuevo vicario de Cristo tienda un puente que una todos los estratos de la sociedad, que abarque todas las naciones...»—, con la que básicamente retrató de palabra al cardenal veneciano Roncalli, quien se habría de convertir en el papa Juan XXIII. Cinco años más tarde los conservadores recurrieron a la misma táctica con la homilía de monseñor Amleto Tondini —«debería ponerse en tela de juicio el fervoroso aplauso recibido por el "Papa de la paz"»—, pero lo único que consiguieron fue provocar tal indignación entre los moderados, a quienes el ardid les pareció de mal gusto, que en realidad el intento ayudó a garantizar la victoria del cardenal Montini.

La prédica de Lomeli, por el contrario, había sido concebida desde un enfoque neutral rayano en la insipidez. «Nuestros últimos papas han sido incansables promotores de la paz y la cooperación a nivel internacional. Recemos porque el futuro pontífice continúe con esta eterna tarea de caridad y amor...» Nadie podría oponerse a algo así, ni siquiera Tedesco, quien olía el relativismo con la facilidad con que un sabueso adiestrado encontraba una trufa. Era la idea de la misa en sí lo que lo desazonaba, la validez espiritual que él mismo se atribuía. Todo el mundo estaría pendiente de él. Las cámaras de televisión mostrarían su cara en un continuo primer plano.

Apartó el discurso a un lado y se acercó al reclinatorio. El mueble estaba elaborado en madera sin ornamentar, al igual que el que el Santo Padre tenía en sus aposentos. Se arrodilló poco a poco, se agarró a ambos lados y agachó la cabeza, posición en la que permaneció durante casi media hora, hasta que llegó la hora de bajar a cenar.

4

In pectore

El comedor era la sala más grande de la casa de Santa Marta. Se extendía a lo largo del flanco derecho del vestíbulo, al cual quedaba abierto en su mayor parte, con su suelo de mármol blanco y su atrio de techo acristalado. Ya no quedaba rastro de la hilera de macetas que antes acordonaba la sección donde se sentaba el Santo Padre para comer. Quince grandes mesas redondas habían sido preparadas para dar cabida cada una a ocho comensales, con botellas de agua y de vino en el centro de los manteles de encaje blanco. Cuando Lomeli salió del ascensor, la sala estaba llena. El tumulto de las voces que resonaban en las sólidas superficies le resultaba agradable y emocionante, como si de la primera noche de un congreso empresarial se tratara. Las hermanas de San Vicente de Paúl ya les habían servido la bebida a muchos de los cardenales.

Lomeli miró a su alrededor en busca de Benítez, al que vio apartado detrás de una columna que había a la salida del comedor. De alguna manera O'Malley le había conseguido una sotana con la faja y los ribetes rojos de los cardenales, aunque le quedaba un poco holgada. Parecía perdido dentro de ella. Lomeli se acercó.

—Eminencia, ¿ya se ha instalado? ¿Monseñor O'Malley le ha encontrado una habitación?

—Sí, decano, gracias. En la última planta. —Extendió la mano y le mostró la llave con lo que parecía cierta fascinación por verse en un lugar así—. Me han dicho que tiene unas vistas maravillosas a la ciudad, pero los postigos no se abren.

—Es para evitar que desvele nuestros secretos y que reciba información del exterior —le explicó Lomeli, que, al ver la expresión desencajada de Benítez, añadió—: Es broma, eminencia. A todos nosotros nos sucede lo mismo. Bien, no debe quedarse solo toda la noche. De ninguna manera. Acompáñeme.

—Estoy muy a gusto aquí, decano, observando.

—Pamplinas. Voy a presentarlo.

—¿Es necesario? Todos están conversando entre sí...

—Ahora es cardenal. Le recomiendo que tenga alguna confianza en sí mismo.

Tomó al filipino del hombro y lo condujo al centro del comedor, mientras saludaba afablemente con la cabeza a las monjas que esperaban para empezar a servir los platos; se escurrieron entre las mesas hasta que llegaron a un hueco donde había espacio para los dos. Levantó un cuchillo y dio unos golpecitos en el costado de una copa de vino. Un silencio repentino se propagó por la sala, salvo por el anciano arzobispo emérito de Caracas, que seguía hablando a voz en cuello, hasta que su interlocutor realizó un aleteo con la mano para acallarlo al tiempo que señalaba a Lomeli. El venezolano recorrió la sala con los ojos entornados mientras trasteaba con su audífono. Un pitido estridente hizo que quienes se encontraban más cerca de él hicieran una mueca y encogiesen los hombros. El arzobispo levantó la mano a modo de disculpa.

Lomeli se inclinó en su dirección.

—Gracias, eminencia. Hermanos míos —dijo—, por favor, siéntense.

Aguardó a que todos ocupasen sus respectivas sillas.

—Eminencias, antes de la cena de esta noche, me gustaría presentarles a un nuevo miembro de nuestra orden, cuya existencia no era conocida por ninguno de nosotros y que ha llegado al Vaticano hace tan solo unas horas. —Se produjo un revuelo de sorpresa—. Se trata de un procedimiento perfectamente legítimo, conocido como «designación *in pectore*». La razón por la que se ha formalizado de este modo es conocida tan solo por Dios y por el difunto Santo Padre. Pero creo que no es difícil de imaginar. La labor de nuestro nuevo hermano entraña un grave peligro. No ha sido un viaje fácil el que ha realizado para unirse a nosotros. Tuvo que rezar con toda su devoción antes de partir. Razón de más, por lo tanto, para que le ofrezcamos el recibimiento más caluroso. —Miró a Bellini, que mantenía la mirada fija en el mantel—. Por la gracia de Dios, esta hermandad de ciento diecisiete miembros pasa ahora a contar con ciento dieciocho. Bienvenido a nuestra orden, Vincent Benítez, cardenal arzobispo de Bagdad.

Se volvió hacia Benítez y le aplaudió. Durante unos segundos embarazosos, el suyo fue el único palmoteo que se oyó en la sala. Poco a poco, no obstante, los demás cardenales se sumaron a él hasta conformar una animada ovación. Benítez miró atónito las caras sonrientes que lo rodeaban.

Extinguido el aplauso, Lomeli señaló la sala y le dijo:

—Eminencia, ¿sería tan amable de bendecir nuestra cena?

La expresión de Benítez reflejaba tal pasmo que por un absurdo instante Lomeli temió que nunca antes lo hubiera hecho en una mesa. Sin embargo, Benítez balbució al cabo:

—Por supuesto, decano. Será un honor. —Hizo la señal de la cruz y agachó la cabeza. Los cardenales lo imitaron. Lomeli cerró los ojos y esperó. Durante un largo momento, la sala quedó enmudecida. Por último, cuando Lomeli empezaba a preguntarse si le habría pasado algo, Benítez comenzó—: Bendícenos a nosotros, oh, Señor, y bendice estos dones que vamos a recibir gracias a Tu generosidad. Bendice, también, a los que no pueden compartir esta cena. Y ayúdanos, oh, Señor, mientras comemos y bebemos, a recordar a los hambrientos y a los sedientos, a los que están enfermos y a los que están solos, y ayuda a las hermanas que han preparado esta comida para nosotros, y que ahora nos la van a servir. Por Cristo, nuestro Señor. Amén.

—Amén.

Lomeli se santiguó.

Los cardenales levantaron la cabeza y desplegaron sus servilletas. Las hermanas de hábito azul, que esperaban para distribuir los platos, empezaron a salir de la cocina con las fuentes de la sopa. Lomeli tomó a Benítez del brazo y miró en torno a sí para ver si quedaba alguna mesa donde pudiera recibir una bienvenida amigable.

Llevó al filipino con sus compatriotas, el cardenal Mendoza y el cardenal Ramos, los arzobispos de Manila y de Cotabato respectivamente. Estaban sentados a una mesa en compañía de algunos otros cardenales de Asia y de Oceanía, y ambos se levantaron admirados al verlo aproximarse. Mendoza se mostró particularmente efusivo. Se acercó desde el otro lado de la mesa y le estrechó la mano.

—Me siento muy orgulloso. Todos nos sentimos orgullosos. El país entero se sentirá orgulloso cuando conozca su nombramiento. Decano, ¿sabía que este hombre es una leyenda para la diócesis de Manila? ¿Sabe lo que hizo? —Miró de nuevo a Benítez—. ¿Cuánto tiempo hace ya? ¿Veinte años?

—Más bien treinta, eminencia —estimó Benítez.

—¡Treinta! —Mendoza empezó a hacer memoria: Tondo y San Andrés, Bahala Na y Kuratong Baleleng, Payatas y Bagong Silangan... En principio, ninguno de aquellos nombres le decía nada a Lomeli. Pero poco a poco fue comprendiendo que se trataba de barrios de chabolas en los que Benítez había servido como sacerdote, o de bandas callejeras a las que hizo frente al construir misiones de la Iglesia donde amparar a las víctimas, niñas prostituidas y toxicómanos en su mayoría. Estas misiones seguían en pie y la gente nunca había dejado de hablar del «sacerdote de la voz amable» que las levantó—. Es un verdadero placer para nosotros dos conocerlo por fin —concluyó Mendoza, que señaló a Ramos para referirse también a él. Ramos asintió con entusiasmo.

—Un momento —dijo Lomeli. Quería cerciorarse de que lo había entendido bien—. ¿De verdad no se conocían ustedes tres?

—No, en persona no. —Los cardenales negaron con la cabeza y Benítez añadió—: Hace muchos años que me marché de Filipinas.

—¿Quiere decir que lleva en Oriente Próximo desde entonces?

—¡En absoluto, decano! —exclamó alguien a sus espaldas—. ¡Durante mucho tiempo estuvo con nosotros, en África!

Ocho cardenales africanos ocupaban la mesa contigua. El que había respondido a Lomeli, el anciano arzobispo emérito de Kinshasa, Beaufret Muamba, se levantó, le hizo una seña a Benítez para que se acercase a él y le dio un fuerte abrazo.

—¡Bienvenido! ¡Bienvenido!

Lo guio alrededor de la mesa. Uno tras otro, los cardenales dejaron las cucharas de la sopa y se pusieron de pie para estrecharle la mano. Al verlos, Lomeli dedujo que tampoco ellos se habían encontrado nunca con Benítez. Habían oído hablar de él, como era obvio. Incluso lo reverenciaban. Pero Benítez siempre había trabajado en lugares remotos, y a menudo fuera de la estructura tradicional de la Iglesia. Por lo que Lomeli pudo averiguar —situándose cerca, sonriendo, asintiendo y escuchando con atención en todo momento, como había aprendido a hacer durante su etapa de diplomático—, el papel de Benítez en África fue como el que desempeñó en las calles de Manila, activo y arriesgado. Entre otras labores fundó clínicas y refugios en los que atender a las mujeres y a las niñas que habían sido violadas en las distintas guerras del continente.

Lomeli empezaba a encajar las piezas. Oh, sí, ahora entendía muy bien por qué aquel sacerdote misionero había despertado el interés del Santo Padre, quien a menudo manifestaba su convicción de que era más fácil encontrar a Dios en los lugares más pobres y desamparados de la Tierra que en las cómodas parroquias del primer mundo, y que se requería mucho valor para salir en su búsqueda. «Si alguno quiere venir en pos de mí, niéguese a sí mismo, tome su cruz cada día, y sígame. Porque quien quiera salvar su vida, la perderá; pero quien pierda su vida por mí, ese la salvará.» Benítez era exactamente del tipo de hombres que nunca ascenderían a los estratos superiores de la Iglesia, que nunca soñarían siquiera con intentarlo y que siempre se sentirían fuera de lugar entre sus semejantes. Por lo tanto, ¿cómo iba a verse catapultado al Colegio Cardenalicio si no era mediante un extraordinario acto de patrocinio? Sí, Lomeli podía entender todo eso. Lo único que lo desconcertaba era el secretismo. ¿De verdad habría sido mucho más peligroso para Benítez el nombramiento público de cardenal que el de arzobispo? ¿Y por qué el Santo Padre había optado por no confiárselo a nadie?

Alguien que llegó por detrás de él le pidió educadamente que le permitiera pasar. El arzobispo de Kampala, Oliver Nakitanda, llevaba una silla libre y un cubierto que había conseguido en una mesa contigua mientras los cardenales se desplazaban alrededor de la mesa para que Benítez se uniera a ellos.

El nuevo arzobispo de Maputo, cuyo nombre Lomeli había olvidado, le hizo señas a una de las hermanas para que sirviera un plato más de sopa. Benítez rehusó tomar una copa de vino. Lomeli le deseó *bon appétit* y se volvió sobre sus talones. A dos mesas de distancia, el cardenal Adeyemi peroraba para el resto de los comensales. Los africanos se estaban riendo con una de sus famosas peripecias. Con todo, el nigeriano parecía distraído y Lomeli reparó en el modo en que de vez en cuando miraba a Benítez entre perplejo y molesto.

Tan desproporcionado era el número de cardenales italianos que participaban en el cónclave que se necesitaban más de tres mesas para darles cabida a todos. Una de ellas la ocupaban Bellini y sus partidarios liberales. En la segunda, Tedesco presidía a los tradicionalistas. La tercera congregaba a varios cardenales que, o bien no terminaban de decidirse entre una facción u otra, o bien perseguían sus propias metas. En las tres mesas, según observó un consternado Lomeli, los comensales habían reservado una silla para él. Tedesco lo vio antes que nadie.

—¡Decano! —Fue tal la firmeza con que le indicó que se uniera a ellos que le resultó imposible negarse.

Habían terminado la sopa y pasado al antipasto. Lomeli se sentó frente al patriarca de Venecia y aceptó media copa de vino. Por mera cortesía, tomó también un poco de jamón con mozzarella, pese a que no tenía apetito. En torno a la mesa se encontraban los arzobispos conservadores —de Agrigento, de Florencia, de Palermo y de Perusa— y también Tutino, el prefecto caído en desgracia de la Congregación para los Obispos, que siempre había sido considerado liberal pero que sin duda esperaba que el pontificado de Tedesco relanzase su carrera.

Tedesco tenía una forma muy curiosa de comer. Sostenía el plato con la mano izquierda mientras lo vaciaba con apremio empleando un tenedor que manejaba con la derecha. Al mismo tiempo, miraba constantemente de un lado a otro, como temeroso de que alguien pretendiera afanarle sus viandas. Lomeli sospechaba que se debía al hecho de que procediera de una familia numerosa que había conocido el hambre.

—Entonces, decano —se interesó Tedesco—, ¿ya ha preparado su homilía?

—Sí, ya la he preparado.

—Y la pronunciará en latín, espero.

—La pronunciaré en italiano, Goffredo, como bien sabe.

Los demás cardenales habían interrumpido sus conversaciones privadas para escucharlos a ellos dos. Nunca se sabía lo que podía salir de la boca de Tedesco.

—¡Es una lástima! Si tuviera que pronunciarla yo, me atendría al latín.

—Pero entonces nadie le entendería, eminencia. Y eso sería una tragedia.

Tedesco fue el único que se rio.

—Sí, bueno, confieso que mi latín deja mucho que desear, pero en cualquier caso os la soltaría así, aunque solo fuese para demostrar mi argumento. Porque lo que intentaría expresar, con mi pobre latín de campesino, es lo siguiente: que el cambio, casi siempre, produce el efecto opuesto a la mejora que se pretende conseguir con él, y que deberíamos tener eso en cuenta en el momento de votar por un candidato al papado. Dejar de lado el latín, por ejemplo... —Se limpió la grasa de sus labios gruesos con la servilleta y la inspeccionó. Por un momento, adoptó un aire meditabundo, pero enseguida retomó su razonamiento—: Mire alrededor de este comedor, decano. Fíjese cómo, sin darnos cuenta, por simple instinto, nos hemos distribuido conforme a nuestra lengua materna. Los italianos ocupamos esta mesa, la más próxima a las cocinas, siempre tan sensatos. Los hispanohablantes están sentados allí. Los anglohablantes en aquella, cerca de la recepción. Sin embargo, cuando usted y yo éramos unos muchachos, decano, y la misa tridentina aún constituía la liturgia del mundo entero, los cardenales reunidos en cónclave podían conversar entre ellos en latín. Pero después, en 1962, los liberales insistieron en que debíamos desprendernos de una lengua muerta con el fin de comunicarnos más fácilmente, ¿y qué es lo que tenemos ahora? ¡Lo único que han conseguido es que nos cueste mucho más entendernos!

—Tal vez eso sea cierto en el caso concreto de un cónclave. Pero en absoluto se puede decir lo mismo de la misión de la Iglesia universal.

—¿La Iglesia universal? ¿Cómo puede considerarse universal si sus miembros hablan cincuenta idiomas distintos? El idioma es fundamental. Porque del idioma, con el tiempo, nace el pensamiento, y del pensamiento nacen la filosofía y la cultura. Han pasado sesenta años desde el Concilio Vaticano II, pero ser católico en Europa ya no significa lo mismo que serlo en África, en Asia o en Sudamérica. Nos hemos convertido en una confederación, como mucho. Eche un vistazo alrededor de esta sala, decano, observe cómo el idioma nos separa incluso para disfrutar de una sencilla cena como esta, y niégueme que haya una traza de verdad en lo que digo.

Lomeli se negó a responderle. La lógica de Tedesco le parecía ridícula. Aun así, estaba decidido a mantenerse neutral. No pensaba dejarse arrastrar a una discusión. Además, nunca se sabía cuándo el patriarca de Venecia intentaba tomarle el pelo a uno ni cuándo hablaba en serio.

—Lo único que puedo decirle es que, si ese es su punto de

vista, Goffredo, mi homilía le supondrá una profunda decepción.

—Renunciar al latín —insistió Tedesco— terminará por llevarnos a renunciar a Roma. Acuérdese de lo que le digo.

—Ah, por favor, esto es excesivo, ¡incluso para usted!

—Hablo muy en serio, decano. Pronto los hombres se preguntarán abiertamente: «¿Por qué Roma?». Ya lo hacen entre susurros. Ni la doctrina ni la Escritura recogen norma alguna que ordene que el Papa debe presidir desde Roma. El pontífice podría establecer el trono de san Pedro en cualquier otro lugar del mundo. Tengo entendido que nuestro misterioso nuevo cardenal procede de Filipinas.

—Sí, sabe muy bien que es así.

—Por lo tanto, ahora contamos con tres cardenales electores de ese país, en el que residen, ¿cuántos?, ochenta y cuatro millones de católicos. En Italia tenemos cincuenta y siete millones, la inmensa mayoría de los cuales nunca acude a comulgar, en cualquier caso, ¡y, sin embargo, aportamos veintiséis cardenales electores! ¿Cree que esta anomalía se prolongará durante mucho más tiempo? Si lo cree, es un necio. —Proyectó la servilleta contra la mesa—. Me he expresado con demasiada brusquedad y le pido disculpas. Pero me temo que este cónclave podría ser la última oportunidad para defender a nuestra madre Iglesia. Una década más igual que esta última, otro santo padre igual que el último, y dejará de ser la que un día conocimos.

—Lo que viene a decir, en resumen, es que el próximo Papa debería ser italiano.

—¡Sí, lo digo! ¿Por qué no? ¡Hace más de cuarenta años que no tenemos un papa italiano! Nunca antes se había dado un interregno semejante. Tenemos que recuperar el papado, decano, para salvar la Iglesia romana. Estoy seguro de que toda Italia estará de acuerdo en eso.

—Los italianos podríamos estar muy de acuerdo en eso, eminencia. Pero ya que nunca sabemos ponernos de acuerdo en nada más, sospecho que tendríamos pocas posibilidades. Bien, ahora he de pasarme a ver a nuestros compañeros. Buenas noches a todos.

Y, sin más, Lomeli se levantó, se despidió de los cardenales con una reverencia y fue a sentarse a la mesa de Bellini.

—No le pediremos que nos cuente lo mucho que se ha deleitado compartiendo mesa con el patriarca de Venecia. Su cara ya lo dice todo.

El exsecretario de Estado estaba sentado con su guardia pretoriana: Sabbadin, arzobispo de Milán; Landolfi, de Turín; Dell'Acqua, de Bolonia, y un par de miembros de la curia: Santini, que no solo era el prefecto de la Congregación para la Educación Católica, sino también el primer cardenal diácono, lo que significaba que sería él quien anunciase el nombre del nuevo Papa desde el balcón de San Pedro, y el cardenal Panzavecchia, que dirigía el Consejo Pontificio para la Cultura.

—Una cosa sí tengo que reconocérsela —admitió Lomeli, que tomó otra copa de vino para aplacar la rabia que sentía—. Está claro que no pretende templar sus opiniones para ganar votos.

—Nunca lo ha hecho. En cierta manera lo admiro por ello.

Sabbadin, que se caracterizaba por su cinismo y quien era lo más parecido a un jefe de campaña que tenía Bellini, observó:

—Ha sido muy astuto por su parte mantenerse lejos de Roma hasta ahora. Con Tedesco, menos siempre es más. Responder con excesiva sinceridad a las preguntas de los periodistas podría haber acabado con él. Sin embargo, mañana le irá bien, creo.

—Defina «bien» —lo instó Lomeli.

Sabbadin miró a Tedesco. Meneó levemente la cabeza, como un granjero que sopesase el valor de una bestia en una feria.

—Le daría un valor de quince papeletas para la primera votación.

—¿Y su candidato?

Bellini se tapó los oídos.

—¡No me lo diga! No quiero saberlo.

—Entre veinte y veinticinco. Claramente por delante en la primera votación. Será mañana por la noche cuando empiece el trabajo de verdad. Sea como sea, tenemos que conseguirle una mayoría de dos tercios. Para eso se necesitan setenta y nueve votos.

Un gesto de agonía se instaló en el rostro alargado y pálido de Bellini. Lomeli pensó que ahora más que nunca parecía un santo martirizado.

—Por favor, no hablemos de eso. No pienso suplicar a nadie para obtener un solo voto. Si nuestros compañeros no me conocen a estas alturas, después de todos estos años, una tarde ahora no me va a bastar para convencerlos.

Guardaron silencio mientras las monjas daban vueltas alrededor de la mesa para servir los escalopines de ternera que componían el plato principal. La carne tenía un aspecto correoso y la salsa parecía estar congelada. Si había algo que pudiera precipitar el término del cónclave, pensó Lomeli, era la comida. Una vez que las hermanas depositaron la última bandeja, Landolfi, que a sus sesenta y dos años era el comensal más joven de la mesa, comentó con su habitual ademán deferente:

—No tiene por qué decir nada, eminencia. Como es natural, eso tendrá que dejárnoslo a nosotros. Pero, si hemos de explicarles lo que usted representa a quienes todavía no se han decidido, ¿cómo le gustaría que se lo describiéramos?

Bellini señaló a Tedesco con la cabeza.

—Díganles que represento todo lo que él no es. Sus convicciones son verdaderas, pero son una verdadera estupidez. Nunca volveremos a los tiempos de las liturgias en latín, de las misas con los sacerdotes de espalda a los feligreses, de las familias con diez hijos por la ignorancia de mamá y de papá. Fue una época fea, de represión, y deberíamos sentirnos dichosos por que haya pasado. Díganles que yo represento el respeto a otros credos, así como la tolerancia a los distintos puntos de vista que se dan dentro de nuestra Iglesia. Díganles asimismo que pienso que los obispos deberían tener más poderes, que las mujeres deberían desempeñar un papel de mayor peso en la curia y...

—Un momento —lo interrumpió Sabbadin—. ¿De verdad? —Torció el gesto y aspiró entre los dientes apretados—. Creo que deberíamos dejar a un lado la cuestión de las mujeres. Solo servirá para darle a Tedesco la oportunidad de atacarle. Dirá que usted apoya en secreto la ordenación femenina, lo cual no es cierto.

Tal vez fuesen imaginaciones de Lomeli, pero por un instante le pareció ver titubear a Bellini antes de que este replicase:

—Doy por hecho que el asunto de la ordenación femenina no se resolverá en lo que me queda de vida, ni quizá en muchas décadas.

—No, Aldo —repuso Sabbadin con firmeza—, no se resolverá nunca. Está así decretado por autoridad papal; el principio del sacerdocio exclusivamente masculino se basa en la palabra escrita de Dios...

—«Queda recogido con infalibilidad por el magisterio ordinario y universal», sí, conozco la jurisprudencia. Tal vez no sea la más sabia de las muchas declaraciones de san Juan Pablo, pero ahí está. No, por supuesto que no propongo la ordenación femenina. Pero nada nos impide permitir que las mujeres se integren en los niveles superiores de la curia. El trabajo es administrativo, no sacerdotal. El difunto Santo Padre insistía en ello a menudo.

—Cierto, pero en realidad nunca llegó a autorizarlo. ¿Cómo podría una mujer instruir a un obispo, mucho menos seleccionarlo, si ni siquiera se le permitiría celebrar la comunión? El Colegio lo consideraría una ordenación de segunda.

Bellini empujó un par de veces su pieza de ternera antes de dejar el tenedor en el plato. Apoyó los codos en la mesa, se inclinó hacia delante y los miró alternativamente.

—Escúchenme, hermanos míos, por favor. Permítanme hablarles con total franqueza. Yo no persigo el papado. Me aterra. Por lo tanto, no pretendo disfrazar mis opiniones ni ser quien no soy. Les pido, les suplico, que no hagan campaña por mí. No hablen en mi favor. ¿Lo han entendido? Ahora, me temo que he perdido el apetito y, si me disculpan, me gustaría retirarme a mi habitación.

Los demás lo vieron marcharse, meciendo con rigidez su cuerpo de cigüeña entre las mesas y a través del vestíbulo, hasta que desapareció escaleras arriba. Sabbadin se quitó las gafas, empañó los cristales, los limpió con su servilleta y volvió a ponérselas. Abrió un cuadernito negro.

—Bien, amigos —dijo—, ya lo han oído. Ahora sugiero que nos repartamos la tarea. Rocco —le dijo a Dell'Acqua—, usted es quien mejor habla inglés; hablará con los norteamericanos, y también con nuestros compañeros de Gran Bretaña y de Irlanda. ¿Quién de nosotros habla bien español? —Panzavecchia levantó la mano—. Excelente. Los sudamericanos pueden ser su responsabilidad. Yo hablaré con los italianos que le tengan miedo a Tedesco; es decir, con la mayoría de ellos. Gianmarco —le dijo a Santini—, por su labor en la Congregación para la

Educación, deduzco que conocerá a muchos de los africanos. ¿Le importaría ocuparse de ellos? Huelga decir que evitaremos hablar del acceso de la mujer a la curia.

Lomeli cortó su filete de ternera en pequeños trozos y los comió uno a uno. Escuchó a Sabbadin según este recorría la mesa. El padre del arzobispo de Milán había sido un destacado senador democristiano; todavía llevaba pañales cuando aprendió a contar votos; Lomeli suponía que ocuparía la secretaría de Estado si Bellini era nombrado Papa. Cuando terminó de asignar las tareas, cerró el cuadernito, se sirvió una copa de vino y se reclinó en la silla con gesto de satisfacción.

Lomeli levantó la vista de su plato.

—Doy por hecho, entonces, que no cree que nuestro amigo hable en serio cuando afirma que no quiere el papado.

—Oh, habla muy en serio, y esa es una de las razones por las que lo apoyo. Los candidatos peligrosos, aquellos a los que hay que detener, son los que lo desean de forma manifiesta.

Lomeli no había perdido de vista a Tremblay en toda la velada, pero no fue hasta el final de la cena, momento en que los cardenales hacían cola en el vestíbulo para tomar café, cuando tuvo ocasión de abordarlo. El canadiense se había detenido en un rincón con su taza y su platillo y estaba escuchando al arzobispo de Colombo, Asanka Rajapakse, por consenso uno de los miembros más soporíferos del cónclave. Tremblay lo miraba con fijeza. Estaba inclinado hacia él y asentía con convicción a cuanto decía. De vez en cuando, Lomeli lo oía mascullar «Sin duda, sin duda». Aguardó a pocos pasos de ellos. Intuía que Tremblay estaba al tanto de su presencia, aunque la ignoraba, confiando en que se cansase de esperar y se marchase. Sin embargo, Lomeli estaba decidido a conseguir su propósito y al final fue Rajapakse, que no dejaba de mirarlo de soslayo, quien interrumpió su monólogo con renuencia y dijo:

—Creo que el decano desea hablar con usted.

Tremblay se volvió y sonrió.

—¡Jacopo, hola! —exclamó—. Ha sido una velada muy agradable.

Su dentadura era de un antinatural blanco brillante. Lomeli supuso que se la habría hecho pulir para la ocasión.

—Me pregunto si podría robarle un minuto de su tiempo —le solicitó.

—Claro, cómo no. —Miró a Rajapakse—. Tal vez podamos retomar esta conversación en otro momento. —El esrilanqués inclinó la cabeza para despedirse de los dos y se alejó. Tremblay pareció lamentar que se fuese y cuando centró la atención en Lomeli, se apreciaba un asomo de fastidio en su voz—. ¿Qué ocurre?

—¿Podríamos hablar en algún lugar más discreto? ¿En su habitación, tal vez?

La dentadura deslumbrante de Tremblay se escondió. Su boca se arqueó hacia abajo. Lomeli temió que se negara.

—Bien, supongo que sí, si es necesario. Pero tendrá que ser una charla breve, si no le importa. Todavía hay algunos compañeros con los que necesitaría hablar.

Su habitación quedaba en la primera planta. Guio a Lomeli por las escaleras y el pasillo. Caminaba aprisa, como si estuviera ansioso por terminar con aquello. Era una suite, exactamente igual que la del Santo Padre. Todas las luces —el candelabro del techo, las lámparas de la cama y del escritorio— se habían quedado encendidas. Tenía un aspecto aséptico, reluciente, como el de una sala de operaciones, vacío de posesiones, aparte del bote de laca para el pelo que coronaba la mesita de noche. Cerró la puerta. No invitó a Lomeli a sentarse.

—¿Qué ocurre?

—Se trata de la última reunión que mantuvo con el Santo Padre.

—¿Qué sucede con ella?

—Me han informado de que fue complicada. ¿Es así?

Tremblay se frotó la frente y frunció el entrecejo, como si estuviera poniendo todo su empeño en hacer memoria.

—No, no que yo recuerde.

—Bien, para ser más específico, tengo entendido que el Santo Padre le solicitó que renunciase a todos sus cargos.

—¡Ah! —Su expresión se aclaró—. ¡Esa tontería! Imagino que se lo habrá contado el arzobispo Woźniak.

—Eso no puedo decírselo.

—Pobre Woźniak. ¿Sabe lo que ocurre? —Empinó el codo para levantar una copa imaginaria—. Debemos cerciorarnos de que reciba ayuda especializada cuando todo esto acabe.

—De modo que no hay nada de cierto en la afirmación de que usted fue expulsado en ese encuentro.

—¡Absolutamente nada! ¡No tiene ningún sentido! Pregúnteselo a monseñor Morales. Estaba presente.

—Lo haría si pudiera pero, como es obvio, en este momento no es posible, ya que nos encontramos recluidos.

—Le aseguro que no hará otra cosa que confirmarle lo que le estoy diciendo.

—No lo dudo. Con todo, me resulta muy curioso. ¿Se le ocurre alguna razón por la que haya surgido ese chisme?

—Creía que era evidente, decano. Mi nombre se baraja entre los de los posibles futuros papas, una idea del todo ridícula, huelga decirlo, pero seguro que a usted también le han llegado esos rumores, y alguien quiere manchar mi nombre con sus sucias calumnias.

—Y cree que ese alguien es Woźniak.

—¿Quién si no? Sé de hecho que fue a ver a Morales para contarle no sé qué bulo sobre lo que el Santo Padre presuntamente le había dicho. Estoy seguro porque el mismo Morales me lo contó. Y, por cierto, nunca se ha atrevido a hablar de eso conmigo en persona.

—¿Y atribuye todo esto a un plan urdido para desacreditarlo?

—Me temo que se puede resumir así. Es muy triste. —Tremblay juntó las manos—. Esta noche incluiré al arzobispo en mis oraciones y le pediré a Dios que lo ayude a solucionar sus problemas. Ahora, si me disculpa, me gustaría volver abajo.

Se encaminó hacia la puerta. Lomeli le cerró el paso.

—Una última pregunta, si me permite, solo para quedarme tranquilo. ¿Podría decirme de qué habló con el Santo Padre durante aquella última reunión?

Una mueca de ira se extendió por la cara de Tremblay con la misma facilidad con que mostraba devoción o una sonrisa. Adoptó un tono metálico.

—No, decano, no puedo. Y, para serle sincero, me sorprende que espere que le revele el contenido de una conversación privada, una conversación privada y muy valiosa, teniendo en cuenta que fue la última que mantuve con el Santo Padre.

Lomeli se llevó la mano al corazón e inclinó ligeramente la cabeza a modo de disculpa.

—Lo entiendo muy bien. Perdóneme.

Por supuesto, el canadiense le había mentido. Los dos lo sabían. Lomeli se hizo a un lado. Tremblay abrió la puerta. Recorrieron el pasillo en silencio y al llegar a las escaleras se separaron; el canadiense bajó al vestíbulo para seguir hablando con sus compañeros y el decano subió con cansancio otro tramo de escalones para volver a su cuarto y continuar haciéndose preguntas.

5

Pro eligendo romano pontifice

Aquella noche la pasó tumbado en la cama a oscuras, con el rosario de la Santísima Virgen en torno al cuello y los brazos cruzados sobre el pecho. Era una postura que se había habituado a adoptar durante la pubertad para ignorar los instintos del cuerpo. El objetivo era mantenerla hasta que amaneciese. Ahora, casi sesenta años después, extinguida la amenaza de aquellos instintos, la costumbre lo llevaba a seguir durmiendo así, como una efigie en su sepulcro.

Antes el celibato no le hacía sentir castrado ni frustrado, como muchos seglares imaginaban a los sacerdotes, sino vigoroso y pleno. Se veía a sí mismo como un guerrero perteneciente a una casta caballeresca, como un héroe solitario e intocable, por encima del vulgo. «Si alguno viene junto a mí y no odia a su padre, a su madre, a su mujer, a sus hijos, a sus hermanos, a sus hermanas y hasta su propia vida, no puede ser discípulo mío.» No era del todo ingenuo. Sabía lo que era desear y ser deseado, por mujeres y por hombres. Y, aun así, nunca había sucumbido a la atracción física. Se jactaba de su soledad. Así, hasta que le diagnosticaron un cáncer de próstata no empezó a meditar sobre lo que se había perdido. Porque ¿qué era él ahora? Desaparecido el resplandeciente caballero, ya solo quedaba el viejo impotente, que tenía de heroico tanto como un paciente cualquiera de una residencia para la tercera edad. A veces se preguntaba de qué servía todo aquello. Las punzadas que sentía por la noche ya no eran de lujuria, sino de arrepentimiento.

Oía roncar al cardenal africano en la habitación contigua. La delgada pared que separaba los compartimentos parecía vibrar como una membrana con cada una de sus aspiraciones estertóreas. Estaba convencido de que era Adeyemi. Nadie más podía hacer tanto ruido, ni siquiera durante las horas de sueño. Intentó contar los ronquidos con la esperanza de que la actividad repetitiva lo ayudara a dormirse. Cuando llegó a quinientos se dio por vencido.

Deseó poder abrir las contraventanas para que entrase un poco de aire fresco. Sentía cierta claustrofobia. La gran campana de San Pedro había dejado de tañer a medianoche. En la celda sellada las horas oscuras de la madrugada se tornaban interminables y difusas.

Encendió la lamparilla de noche y leyó algunas páginas de las *Meditaciones antes de la misa*, de Guardini.

> Si alguien me preguntara cómo da comienzo la vida litúrgica, le respondería: con el aprendizaje de la quietud. De esa quietud atenta en la que la palabra de Dios puede arraigar. Debe establecerse antes de que el oficio comience, a ser posible en el silencio que gobierna el camino a la iglesia, y aún mejor durante un breve período de serenidad de la noche previa.

No obstante, ¿cómo se lograba esa quietud? Esa era una pregunta a la que Guardini no ofrecía ninguna respuesta, por lo que, en lugar de calma, a medida que la noche avanzaba, el ruido que llenaba la cabeza de Lomeli no hacía sino ganar más estridencia de la habitual. «A otros salvó y a sí mismo no puede salvarse...» Los abucheos de los escribas y los ancianos al pie de la cruz. La paradoja del corazón del Evangelio. El sacerdote que celebra la misa pero que se ve incapaz de alcanzar la comunión.

Visualizó un inmenso haz de negrura cacofónica, rebosante de voces burlonas, que se precipitaba sobre él procedente del cielo. Una revelación divina de duda.

Impelido por la desesperación, cogió las *Meditaciones* de Guardini y las lanzó contra la pared. El libro rebotó produciendo un ruido sordo. Los ronquidos cesaron por unos instantes, al cabo de los cuales renacieron.

A las seis y media de la mañana sonó la alarma para toda la casa de Santa Marta: una estruendosa campana de seminario. Lomeli abrió los ojos. Tenía el cuerpo recogido sobre un costado. Se sentía mareado, exhausto. No tenía ni idea de cuánto tiempo habría dormido, solo de que no podía ser más de una hora o dos. Al recordar de repente todo lo que tenía que hacer en el día que comenzaba se vio asaltado por una profunda náusea que por unos momentos le impidió moverse. Por lo general, al despertarse meditaba durante quince minutos, transcurridos los cuales se levantaba y decía sus oraciones matutinas. Pero en esta ocasión, cuando logró hacer acopio de toda su voluntad para bajar los pies al suelo, fue derecho al cuarto de baño y se dio una ducha tan caliente como pudo soportar. El agua le abrasaba la espalda y los hombros. Se retorcía y giraba bajo el chorro mientras gritaba de dolor. Cuando terminó, desempañó el espejo y examinó con repulsión su piel enrojecida y escaldada. «Mi cuerpo es arcilla; mi buena fama, humo; mi final, cenizas.»

Estaba demasiado tenso como para desayunar con los demás. Se quedó en su cuarto ensayando su homilía e intentando rezar, y no salió hasta la hora límite para bajar.

El vestíbulo era un mar rojo de cardenales que se estaban ataviando para la breve procesión hacia San Pedro. Los oficiales del cónclave, encabezados por el arzobispo Mandorff y por monseñor O'Malley, habían sido autorizados a regresar a la residencia para colaborar; el padre Zanetti esperaba al pie de las escaleras para ayudar a Lomeli a vestirse. Entraron en la misma sala de reuniones de enfrente de la capilla en la que se había encontrado con Woźniak la noche anterior. Cuando Zanetti le preguntó qué tal había dormido, le respondió:

—Estupendamente, gracias.

Confiaba en que el joven sacerdote no reparase en sus ojeras ni en el temblor de sus manos cuando le entregó el sermón para que se lo guardase. Introdujo la cabeza por la abertura de la gruesa casulla roja que habían vestido los sucesivos decanos del Colegio a lo largo de los últimos veinte años y mantuvo los brazos extendidos hacia los lados mientras Zanetti trabajaba a su alrededor como un sastre para estirársela y ajustársela. Acusaba el peso de la prenda en los hombros. Rezó en silencio. «Señor, Tú que has dicho "Cómodo es Mi yugo y ligera Mi carga", haz que yo también pueda soportarla para merecer Tu gracia. Amén.»

Zanetti se situó ante él y levantó los brazos para ponerle en la cabeza la alargada mitra de muaré blanco. El sacerdote dio un paso atrás para comprobar que estuviera alineada de forma correcta, entornó los ojos, se acercó de nuevo y la desplazó un milímetro, se colocó detrás de Lomeli, desplegó los lazos posteriores y los alisó. Lomeli la notaba peligrosamente inestable. Por último, Zanetti le puso en las manos el báculo pastoral. Lomeli levantó el cayado dorado un par de veces con la mano izquierda para sopesarlo. «Tú no eres pastor —susurró dentro de su cabeza una voz que le resultaba familiar—. Eres administrador.» Lo asaltó el impulso de devolverlo, de quitarse el atavío a tirones, de confesar que era un farsante y desaparecer. Sonrió y asintió.

—Me siento muy cómodo —dijo—. Gracias.

Justo antes de las diez en punto los cardenales empezaron a salir de la casa de Santa Marta, cruzando en parejas las puertas de cristal cilindrado, por orden de veteranía, mientras O'Malley iba tachando sus nombres en el sujetapapeles. Lomeli, apoyado en el báculo, aguardaba con Zanetti y Mandorff junto al mostrador de recepción. Se les había unido el delegado de Mandorff, el decano del maestro de ceremonias pontificias, un jovial y rechoncho monseñor italiano que respondía al nombre de Epifano y que sería su primer ayudante durante la misa. Lomeli no habló con nadie ni tampoco miró a nadie. Seguía intentando en vano abrir un espacio en su cabeza en el que acoger a Dios. «Trinidad eterna, deseo celebrar por medio de Tu gracia una misa en honor de Tu gloria, y en beneficio de todos, de los vivos y de los muertos, por los que Cristo murió, y administrar el fruto ministerial para la elección de un nuevo papa.»

Al cabo salieron a la vacía mañana de noviembre. La doble fila de cardenales vestidos con túnica escarlata se proyectaba ante él sobre el adoquinado en dirección al arco de las Campanas, desde donde accedían a la basílica. De nuevo, el helicóptero se cernía sobre ellos sin dejarse ver, a escasa altura; de nuevo, el tumulto amortiguado de los manifestantes llegaba con la brisa fría. Procuró ignorar todas las distracciones, pero le fue imposible. Cada veinte pasos se cruzaba con un guardia de seguridad que lo saludaba inclinando la cabeza, a lo que él respondía bendiciéndoles. Junto con sus colaboradores pasó bajo el arco, atravesó la plaza dedicada a los primeros mártires, recorrió el pórtico de la basílica, cruzó la descomunal puerta de bronce y se dejó bañar por los potentes focos de San Pedro, encendidos para las cámaras de televisión, donde lo esperaban veinte mil feligreses. Oía los cantos del coro situado debajo de la bóveda y el murmullo ensordecedor de la multitud. La procesión se detuvo. Mantuvo la vista al frente, esforzándose por alcanzar la quietud, consciente de la muchedumbre que se apretaba en torno a él, de las monjas, de los sacerdotes y de los clérigos seglares que lo observaban, susurrando, sonriendo.

«Trinidad eterna, deseo celebrar por medio de Tu gracia una misa en honor de Tu gloria.»

Transcurridos un par de minutos, reanudaron la marcha y tomaron el amplio pasillo central de la nave. Miraba de un lado a otro, apoyándose en el báculo pastoral con la mano izquierda y agitando con vaguedad la derecha según bendecía a la masa anónima. Se vio a sí mismo durante un segundo en una pantalla de televisión, un ser inexpresivo y ricamente vestido que caminaba como en trance. «¿Quién era ese títere, ese hombre hueco?» Se sentía enajenado por completo, como si anduviese junto a sí mismo.

Al final del pasillo, donde el ábside daba paso a la cúpula de la bóveda, tuvieron que hacer una parada junto a la estatua de san Longino, esculpida por Bernini, cerca de donde el coro estaba cantando, para esperar a que las últimas parejas de cardenales subiesen en fila por las escaleras, besaran el altar central y bajasen de nuevo. Finalizada esta elaborada maniobra, el camino quedó despejado para que Lomeli avanzase hasta la parte de atrás del altar. Se inclinó ante él. Epifano se acercó, tomó el báculo pastoral y se lo dio a un acólito. A continuación, retiró la mitra de la cabeza de Lomeli, la dobló y se la pasó a un segundo monaguillo. Por simple hábito, Lomeli palpó su solideo para comprobar si seguía en su sitio.

Con Epifano junto a él, subió los siete anchos escalones

alfombrados que llevaban al altar. Lomeli se inclinó de nuevo y besó la sabanilla blanca. Se irguió y enrolló las mangas de su casulla como si fuese a lavarse las manos. Levantó de su soporte el incensario de plata, cargado de ascuas e incienso, y lo balanceó por medio de su cadena sobre el altar, siete veces en este lado y, seguidamente, según describía una vuelta, realizó una incensación en cada uno de los otros tres lados. El humo de olor dulce evocaba sentimientos que trascendían la memoria. Por el rabillo del ojo vio a varios asistentes vestidos con túnicas oscuras que estaban colocando el trono en su sitio. Dejó el incensario, realizó otra reverencia y permitió que lo desplazasen hasta la parte delantera del altar. Un acólito levantó el misal, abierto por la página correspondiente; otro extendió el micrófono que brotaba de su soporte.

Tiempo atrás, en su juventud, Lomeli había alcanzado cierta celebridad por la rica profundidad de su voz. Con la edad, no obstante, esta perdió fortaleza, como un buen vino que se hubiera quedado añejo. Juntó las palmas de las manos, cerró los ojos por un momento, respiró hondo y entonó un tembloroso canto llano que se amplificó por toda la basílica.

—*In nomine Patris et Filii et Spiritus Sancti...*

En ese momento, de la multitud de fieles brotó un susurro entonado.

—*Amen.*

Lomeli levantó las manos en un gesto de bendición y retomó el canto, haciendo que se duplicaran las tres sílabas.

—*Pa-a-x vob-i-is.*

Los fieles contestaron:

—*Et cum spiritu tuo.*

Lomeli había comenzado.

Más adelante, nadie que viese una grabación de la misa llegaría a intuir siquiera la lucha interna que el celebrante estaba manteniendo, o al menos no hasta que llegó el momento de que este pronunciara su homilía. Cierto, de vez en cuando le temblaban las manos durante el acto penitencial, pero no más de lo que cabía esperar tratándose de un hombre de setenta y cinco años. También era cierto que en una o dos ocasiones no parecía muy seguro de lo que se esperaba de él; por ejemplo, antes del *Evangelium*, cuando tuvo que verter una cucharada de incienso sobre las ascuas contenidas en el incensario. No obstante, en general condujo la misa con destacable confianza en sí mismo. Jacopo Lomeli, de la diócesis de Génova, había ascendido a los niveles más elevados de los consejos de la Iglesia romana precisamente por las cualidades que demostró poseer ese día: impasibilidad, gravedad, templanza, solemnidad, firmeza.

La primera lectura se hizo en inglés, realizada por un sacerdote jesuita estadounidense conforme al profeta Isaías («El espíritu del Señor Yahvé está sobre mí»). La segunda la pronunció en español una mujer que ocupaba un lugar destacado en el Movimiento de los Focolares, tomada de la Carta de san Pablo a los Efesios, para describir cómo Dios creó la Iglesia: «Crezcamos en todo hasta aquel que es la cabeza, Cristo, para el crecimiento y edificación en el amor»). Su voz sonaba monótona. Lomeli se sentó en el trono e intentó concentrarse traduciendo para sí aquellas palabras que le eran familiares.

«Él mismo dispuso que unos fueran apóstoles; otros, profetas; otros, evangelizadores; otros, pastores y maestros.»

Ante él, dispuestas en semicírculo, se encontraban las dos mitades del Colegio Cardenalicio: los que estaban autorizados a participar en el cónclave y, más o menos en igual número, los que tenían más de ochenta años y, por ende, ya no podían votar. (El papa Pablo VI introdujo el límite de edad medio siglo atrás, y la constante renovación había aumentado de manera considerable la capacidad del Santo Padre de moldear el cónclave según su propia imagen.) ¡Con qué rencor algunos de aquellos viejos decrépitos lamentaban su pérdida de autoridad! ¡Cómo envidiaban a los más jóvenes! Lomeli casi alcanzaba a ver su ceño fruncido desde el trono.

«... para la adecuada organización de los santos en las funciones del ministerio, para edificación del cuerpo de Cristo, hasta que lleguemos todos a la unidad.»

Sus ojos viajaron por las cuatro filas de asientos bien separadas. Caras de astucia, caras de aburrimiento, caras encendidas de éxtasis religioso; un cardenal dormido. Tenían el aspecto que él imaginaba que tendría el Senado de togados de la Roma milenaria en los días de la antigua República. Aquí y allá distinguió a los principales contendientes —Bellini, Tedesco, Adeyemi, Tremblay—, sentados bien lejos los unos de los otros, todos ellos sumidos en sus pensamientos, y fue entonces cuando llegó a la alarmante conclusión de que el cónclave no era más que un instrumento imperfecto y arbitrario ideado por el hombre. No se fundamentaba de ninguna manera en la Sagrada Escritura. Según la vida de san Pablo, no podía afirmarse que Dios hubiera creado a los cardenales. ¿Qué lugar ocupaban ellos en el concepto que este tenía de la Iglesia como entidad viviente?

«... Con la sinceridad en el amor, crezcamos en todo hasta aquel que es la cabeza, Cristo, de quien todo el cuerpo recibe trabazón y cohesión por la colaboración de los ligamentos, según la actividad propia de cada miembro...»

La lectura concluyó. Los fieles aclamaron el Evangelio. Lomeli se mantuvo inmóvil en el trono. Sentía que acababa de comprender algo, pero no estaba seguro de qué. Colocaron ante él el incensario candente, acompañado de un plato de incienso y una cucharilla de plata. Epifano tuvo que instarlo y después guio su mano mientras Lomeli espolvoreaba el incienso sobre las ascuas. Cuando se hubieron llevado el brasero humeante, su asistente le hizo una señal para que se pusiese de pie y, al levantar los brazos para quitarle la mitra a Lomeli, lo miró con ansiedad a la cara y le susurró:

—¿Se encuentra bien, eminencia?

—Sí, estoy bien.

—Ya casi es la hora de la homilía.

—Entiendo.

Hizo un esfuerzo para serenarse durante el canto del Evangelio de san Juan («Yo os he elegido a vosotros, y os he destinado para que vayáis y deis fruto»). Y entonces, en cuestión de instantes, el *Evangelium* finalizó. Epifano se llevó el báculo pastoral. En principio, Lomeli debía sentarse mientras le restituían la mitra. Pero lo había olvidado, con lo cual, Epifano, que tenía los brazos cortos, tuvo que estirarse a duras penas para volver a ponérsela en la cabeza. Un acólito le entregó las páginas de su guion, cosidas por medio de un lazo rojo incrustado en la esquina superior izquierda. Colocaron el micrófono con apremio ante él. Los acólitos se retiraron.

De pronto se encontraba frente a los ojos inertes de las cámaras de televisión y ante la inmensidad de la congregación, demasiado vasta para verla en su totalidad, dispuesta más o menos por colores: el negro de las monjas y de los seglares a lo lejos, junto a las puertas de bronce; el blanco de los sacerdotes en mitad de la nave; el morado de los obispos al final del pasillo; el escarlata de los cardenales a sus pies, bajo la bóveda. Un silencio expectante tomó la basílica.

Miró su texto. Aquella mañana había dedicado varias horas a repasarlo. Sin embargo, ahora se le antojaba totalmente ajeno. Se quedó contemplándolo hasta que fue consciente del leve murmullo de inquietud que se había formado en torno a él, momento en que comprendió que sería mejor que empezase ya.

—Queridos hermanos y hermanas de Cristo...

Comenzó a leer de manera automática.

—En este momento crucial de la historia de la santa Iglesia de Cristo...

Las palabras brotaban de sus labios, se proyectaban hacia la nada y parecían disolverse en medio de la nave y precipitarse sin vida al suelo. Cuando mencionó al difunto Santo Padre, empero, «cuyo brillante pontificado fue un regalo de Dios», surgió poco a poco un aplauso entre las filas de los seglares, situados al fondo de la basílica, que se propagó hacia el altar, donde los cardenales se unieron a él con menos entusiasmo. Lomeli se vio obligado a guardar silencio hasta que se extinguió.

—Ahora debemos pedirle a nuestro Señor que nos envíe a un nuevo santo padre por medio de la solicitud pastoral de los padres cardenales. Y en esta hora hemos de recordar en primer lugar la fe y la promesa de Jesucristo, cuando le dijo al que había elegido: «Tú eres Pedro, y sobre esta piedra edificaré mi Iglesia, y las puertas del Hades no prevalecerán contra ella. A ti te daré las llaves del Reino de los Cielos».

»Y hasta hoy el símbolo de la autoridad papal siguen siendo dos llaves. Pero ¿a quién se le han de confiar? Se trata de la responsabilidad más solemne y sagrada que se requerirá de ninguno de nosotros en toda nuestra vida, y debemos rezarle a Dios para que nos preste la ayuda misericordiosa que siempre reserva para Su santa Iglesia y pedirle que nos muestre la opción correcta.

Lomeli pasó a la siguiente página y la ojeó. Los lugares comunes se sucedían sin freno, entrelazados con limpieza. Pasó a la tercera página y a la cuarta. Lo mismo. Por impulso decidió dar media vuelta y dejar la homilía en el asiento del trono, tras lo que se volvió de nuevo hacia el micrófono.

—Pero todo eso ya lo sabéis. —Se oyeron algunas risas. A sus pies vio que los cardenales se miraban alarmados los unos a los otros—. Permitidme hablaros desde el corazón por un momento.

Guardó una pausa para ordenar sus ideas. Se sentía invadido por una calma absoluta.

—Unos treinta años después de que Jesús le confiase las llaves de Su Iglesia a san Pedro, el apóstol san Pablo vino aquí, a Roma. Había estado predicando por todo el Mediterráneo, asentando los cimientos de nuestra madre Iglesia, y cuando llegó a la ciudad fue enviado a prisión, porque las autoridades tenían miedo de él; por lo que a ellas respectaba, era un revolucionario. Y, como buen revolucionario, siguió organizando a las gentes, incluso desde el calabozo, hasta que en el sesenta y dos o el sesenta y tres envió a uno de sus ministros, a Tíquico, de regreso a Éfeso, donde había vivido durante tres años, para que les entregase a los fieles esa soberbia carta, un fragmento de la cual acabamos de escuchar.

»Reflexionemos acerca de lo que hemos oído. Pablo les dice a los efesios, quienes conformaban, recordemos, una mezcla de gentiles y de judíos, que el presente con el que Dios obsequia a la Iglesia es la variedad; a algunos los crea para que sean apóstoles; a otros, para que sean profetas; a otros, para que sean evangelizadores; a otros, para que sean pastores; y a otros, para que sean maestros; y todos ellos juntos, "para la adecuada organización de los santos en las funciones del ministerio, para edificación del cuerpo de Cristo, hasta que lleguemos todos a la unidad". Son personas distintas las unas de las otras (se podría decir que de gran fortaleza, con una personalidad enérgica, sin miedo a verse perseguidas) que sirven a la Iglesia cada una de un modo diferente; es la obra del ministerio lo que las lleva a unirse y a levantar la Iglesia. Dios podría, al fin y al cabo, haber creado un solo tipo de personas para que Le sirvieran. En lugar de eso, concibió lo que un naturalista describiría como un ecosistema de místicos, de soñadores y de trabajadores prácticos (de administradores, incluso), dotados de fortalezas e impulsos particulares, y a partir de ellos Él edifica el cuerpo de Cristo.

La basílica se hallaba inmóvil, salvo por un cámara solitario que iba rodeando la base del altar mientras filmaba a Lomeli. Una lucidez plena lo invadía. Nunca había estado tan seguro de qué quería decir exactamente.

—En la segunda parte de la lectura hemos oído a Pablo reforzar la imagen de la Iglesia como entidad viviente. «Con la sinceridad en el amor crezcamos en todo hasta aquel que es la cabeza, Cristo, de quien todo el cuerpo recibe trabazón y cohesión.» Las manos son manos, del mismo modo que los pies son pies, y sirven al Señor de modos distintos. En otras palabras, no deberíamos tener miedo de la diversidad, porque es la variedad lo que le confiere a nuestra Iglesia su fuerza. Y, así, dice Pablo, «para que no seamos ya niños, llevados a la deriva y zarandeados por cualquier viento de doctrina, a merced de la malicia humana y de la astucia que conduce al error», debemos alcanzar la plenitud en la verdad y en el amor.

»Esta idea del cuerpo y de la cabeza me parece una bella metáfora de la sabiduría colectiva, la de una comunidad religiosa que trabaja unida para acercarse a Cristo. Para trabajar juntos y para acercarnos a Cristo juntos debemos ser tolerantes, porque todos los miembros del cuerpo son necesarios. Ninguna persona ni facción tendría que pretender dominar a otra.

"Sed sumisos los unos a los otros en el temor de Cristo", les urge Pablo a los fieles del mundo en esa misma carta.

»Hermanos y hermanas míos, en el transcurso de una larga vida al servicio de nuestra madre Iglesia, permitidme deciros que el pecado que más he llegado a temer de todos es la certeza. La certeza es el gran enemigo de la unidad. La certeza es el enemigo mortífero de la tolerancia. Incluso Cristo titubeó al final. "*¡Elí, Elí! ¿lemá sabachtaní?*", gritó en Su agonía cuando llevaba nueve horas en la cruz. "¡Dios mío, Dios mío!, ¿por qué me has abandonado?" Nuestra fe es una entidad viviente por el preciso motivo de que camina de la mano de la duda. Si solo conociéramos la certeza y no hubiera lugar para la duda, no existiría el misterio y, por lo tanto, no necesitaríamos la fe.

»Recemos porque el Señor nos conceda a un papa que dude y que, por medio de sus dudas, siga haciendo de la fe católica una entidad viviente que inspire al mundo entero. Que Dios nos conceda a un papa que peque, y que pida perdón, y que siga adelante. Esto le pedimos al Señor, a través de María Santísima, reina de los apóstoles y de todos los mártires y santos, quienes han defendido la gloria de la Iglesia de Roma durante el transcurso de los siglos. Amén.

Cogió de su asiento la homilía que no había recitado y se la tendió a monseñor Epifano, quien la tomó con un gesto de perplejidad, como si no supiera muy bien qué hacer con ella. Puesto que no había sido recitada, ¿debía guardarse en los archivos del Vaticano o no? Lomeli se sentó. La tradición dictaba que se dejara un silencio de un minuto y medio para que los fieles asimilasen el significado del sermón. Solo alguna que otra tos ocasional interrumpía el sosiego absoluto. A Lomeli le costó calibrar la reacción. Tal vez estuvieran todos anonadados. En ese caso, que así fuera. Él se sentía más cerca de Dios de lo que lo había estado durante los últimos meses, acaso más de lo que se había sentido en toda su vida. Cerró los ojos y rezó. «Oh, Señor, espero que mis palabras hayan servido para Tu propósito, y Te doy las gracias por concederme el valor para decir lo que siento en mi corazón, así como la fortaleza mental y física para expresarlo.»

Cuando el período de reflexión hubo terminado, un acólito le acercó el micrófono de nuevo y después Lomeli se levantó y entonó la primera línea del credo: «*Credo in unum deum*». Su voz sonaba más firme que al principio. De súbito se sintió imbuido de una arrolladora energía espiritual, fuerza que conservó, de tal manera que en todas y cada una de las fases de la eucaristía que se celebró a continuación fue consciente de la presencia del Espíritu Santo. Los largos pasajes entonados en latín, idea que por sí misma antes lo angustiaba —la oración universal, el canto ofertorio, el prefacio, el sanctus, la oración eucarística y el rito de la comunión—, parecieron bullir en cada palabra y cada nota con la presencia de Cristo. Bajó a la nave para ofrecerles la comunión a diversos miembros rasos de la congregación, mientras a su alrededor y detrás de él los cardenales formaban una cola para subir al altar. Incluso mientras ponía las hostias en la lengua de los comulgantes arrodillados, era muy consciente de las miradas que le lanzaban sus compañeros. Percibía la atmósfera de asombro. Lomeli —el apacible, fidedigno y competente Lomeli; Lomeli el abogado; Lomeli el diplomático— acababa de hacer algo que nadie sospechaba que ocurriría. Había dicho algo transgresor. Ni siquiera él se lo esperaba.

A las 11.52 entonó los ritos de conclusión, «*Benedicat vos omnipotens Deus*», e hizo la señal de la cruz tres veces, hacia el norte, hacia el este y hacia el sur, «*Pater... et Filius... et Spiritus Sanctus*».

—*Amen.*

—Podéis ir en paz, la misa ha terminado.

—Alabado sea Dios.

Se mantuvo de pie en el altar con las palmas de las manos unidas sobre el pecho mientras el coro y los fieles cantaban la *antiphona mariana*. Según los cardenales desfilaban en parejas por la nave y salían de la basílica, los escrutó desapasionado. Sabía que no era el único que pensaba que el día que regresasen, uno de ellos sería Papa.

6

La capilla Sixtina

Lomeli llegó a la residencia en compañía de sus asistentes pocos minutos después que los demás cardenales. Los desvestían en el vestíbulo y, casi de inmediato, advirtió un cambio en el modo en que lo trataban. Para empezar, nadie se acercó a hablar con él y, cuando le entregó el báculo pastoral y la mitra al padre Zanetti, se dio cuenta de cómo el joven sacerdote evitaba mirarlo a los ojos. Incluso monseñor O'Malley, quien se ofreció para ayudarlo a quitarse la casulla, parecía abatido. Lomeli esperaba que al menos hiciera alguna de sus bromas excesivas. No obstante, el secretario se limitó a preguntar:

—¿Le importaría a Su Eminencia rezar mientras se le retira el atavío?

—Creo que esta mañana ya he rezado bastante, ¿no le parece, Ray?

Agachó la cabeza y dejó que le sacase la casulla. Sintió un alivio inmediato en los hombros al desprenderse de su peso. Rotó la cabeza para relajar los músculos. Se arregló el pelo, comprobó que el solideo siguiera bien colocado y miró alrededor del vestíbulo. La agenda permitiría a los cardenales disfrutar de un largo descanso para la comida, dos horas y media que podrían invertir como deseasen hasta que una flota de seis microbuses llegase a la casa de Santa Marta para llevarlos a votar. Algunos ya estaban subiendo para descansar y meditar en sus habitaciones.

—El gabinete de prensa ha estado llamando —le informó O'Malley.

—¿De verdad?

—Los medios han advertido la presencia de un cardenal que no figura en ninguna lista oficial. Algunos de los mejor documentados ya han averiguado que se trata del arzobispo Benítez. La gente de la prensa quiere saber cómo debería llevar este tema.

—Dígales que lo confirmen y pídales que expliquen las circunstancias. —Vio a Benítez detenido junto al mostrador de recepción conversando con los otros dos cardenales de Filipinas. Llevaba el solideo al sesgo, como si fuera la gorra de un colegial—. Supongo que también tendremos que ofrecerles una breve biografía. Imagino que usted podrá acceder a su expediente en la Congregación para los Obispos.

—Sí, eminencia.

—¿Podrían redactar algo juntos, y facilitarme una copia? A mí tampoco me importaría saber más cosas sobre nuestro nuevo compañero.

—Sí, eminencia. —O'Malley iba tomando notas en su sujetapapeles—. Además, el gabinete de prensa quiere publicar el texto de su homilía.

—Me temo que no tengo ninguna copia.

—No importa. Siempre se puede realizar una transcripción a partir del vídeo. —Tomó otra nota.

Lomeli seguía esperando a que O'Malley le hiciera algún comentario referente a su sermón.

—¿Hay alguna otra cosa que deba decirme?

—Creo que eso es todo con lo que debo importunarlo por

el momento, eminencia. ¿Tiene alguna otra instrucción que darme?

—En realidad, sí que hay algo. —Lomeli titubeó—. Una cuestión delicada. Si le hablo de monseñor Morales, ¿sabe a quién me refiero? Se encontraba en el despacho privado del Santo Padre.

—No lo conozco personalmente; tan solo he oído hablar de él.

—¿Existiría la posibilidad de que hablase con él, en privado? Sería necesario que fuese hoy; estoy seguro de que se encuentra en Roma.

—¿Hoy? Eso no será fácil, eminencia.

—Sí, lo sé. Lo siento. ¿Cree que podría hacerlo mientras votamos? —Atenuó la voz para que ninguno de los cardenales que se estaban desvistiendo en torno a ellos los oyeran—. Recurra a mi autoridad. Diga que como decano necesito saber qué sucedió en la última reunión que mantuvieron el Santo Padre y el cardenal Tremblay; ¿ocurrió algo que pueda despojar a este de su derecho a asumir el papado? —O'Malley, por lo general imperturbable, lo miró boquiabierto—. Lamento asignarle este cometido tan embarazoso. Como es obvio, me encargaría yo mismo, pero oficialmente en estos momentos no se me permite comunicarme con nadie que no forme parte del cónclave. Huelga decir que no debe comentar ni una palabra de esto con nadie.

—Desde luego que no.

—Que Dios lo bendiga. —Le dio una palmadita en el brazo. Era incapaz de seguir reprimiendo la curiosidad—. Bien, Ray, he observado que no ha dicho nada acerca de mi homilía. No suele actuar con tanta diplomacia. ¿Tan mal ha estado?

—Muy al contrario, eminencia. La ejecución ha sido excelente, aunque imagino que habrá provocado cierto enfado en la Congregación para la Doctrina de la Fe. Pero, dígame: ¿de verdad fue algo improvisado?

—Sí, a decir verdad, sí que lo fue. —La insinuación de que su espontaneidad podría haber sido fingida lo desconcertó.

—Se lo pregunto tan solo porque, como observará, ha ejercido un efecto considerable.

—Bien, eso es bueno, ¿no?

—Sin ninguna duda. Aunque hay quien murmura que está intentando escoger al nuevo Papa.

En un principio, Lomeli optó por reírse.

—¿No hablará en serio?

Hasta ese momento no se le había ocurrido que su discurso podría haber sido interpretado como un intento de manipular la votación a su conveniencia. Se había limitado a hablar inspirado por el Espíritu Santo. Por desgracia, ahora no recordaba con exactitud las expresiones que había empleado. Ese era el peligro de dar un sermón sin un texto preparado, motivo por el cual nunca antes lo había hecho.

—Solo le informo de lo que he oído, eminencia.

—¡Pero eso es absurdo! ¿A qué apelé? A tres cosas. Unidad. Tolerancia. Humildad. ¿Es que ahora nuestros compañeros sugieren que necesitamos un papa cismático, intolerante y altanero? —Cuando O'Malley agachó la cabeza en señal de deferencia, Lomeli se dio cuenta de que estaba levantando la voz. Un par de cardenales habían dado media vuelta para mirarlo—. Lo siento, Ray. Discúlpeme. Creo que me retiraré a mi habitación durante una hora. Me encuentro agotado.

Lo único que pretendía en esta pugna era mostrarse neutral. La neutralidad era el *leitmotiv* de su carrera. Cuando en los años noventa los tradicionalistas tomaron el control de la Congregación para la Doctrina de la Fe, él se mantuvo al margen y continuó con su trabajo como nuncio apostólico en Estados

Unidos. Veinte años después, cuando el Santo Padre decidió desprenderse de la vieja guardia y le pidió que renunciase a su cargo de secretario de Estado, él siguió sirviéndole con lealtad desde un puesto inferior, el de decano. *Servus fidelis*: lo único que importaba era la Iglesia. Creía de verdad en lo que había dicho aquella mañana. Conocía de primera mano el daño que podía causarse por medio de la certeza inflexible en cuestiones de fe.

Ahora, sin embargo, mientras atravesaba el vestíbulo para tomar el ascensor, cayó en la cuenta, para su consternación, de que si bien algunos le manifestaban su simpatía —una palmada en la espalda de vez en cuando, alguna que otra sonrisa—, siempre se trataba de compañeros que pertenecían a la facción liberal. Todos los cardenales descritos como tradicionalistas en los archivos de Lomeli fruncieron el ceño o giraron la cabeza a su paso. El arzobispo Dell'Acqua, de Bolonia, quien estaba en la mesa de Bellini la noche anterior, lo llamó levantando la voz lo suficiente para que todo el vestíbulo lo oyera.

—¡Bien dicho, decano!

Pero el cardenal Gambino, arzobispo de Perusa y uno de los mayores partidarios de Tedesco, meneó el dedo de forma ostentosa hacia él en un silencioso gesto de reprobación. Para colmo, en el momento en que las puertas del ascensor se abrieron, apareció el propio Tedesco, con la cara encendida y sin duda de camino al comedor para comer temprano, acompañado del arzobispo emérito de Chicago, Paul Krasinski, quien caminaba apoyándose en su bastón. Lomeli se apartó a un lado para dejarlos salir.

Al pasar, Tedesco le dijo con aspereza:

—Cielo santo, qué interpretación tan original de los efesios, decano. ¡Retratar a san Pablo como al apóstol de la duda! ¡Nunca había oído nada semejante! —Se volvió del todo, dispuesto a enzarzarse en una discusión—. ¿No les escribió también a los corintios: «Y si la trompeta no da sino un sonido confuso, ¿quién se preparará para la batalla?».

Lomeli pulsó el botón de la segunda planta y repuso:

—Tal vez se le hubiera hecho más amena en latín, patriarca.

—Las puertas dejaron fuera la réplica de Tedesco.

Había recorrido la mitad del pasillo que llevaba a su cuarto cuando se dio cuenta de que se había olvidado la llave dentro. Una autocompasión pueril hizo presa en él. ¿No debería el padre Zanetti cuidar de él un poco mejor? ¿Acaso tenía que estar en todo? No le quedó más remedio que dar media vuelta, bajar las escaleras e informar de su lapso a la monja que atendía el mostrador de recepción. Esta desapareció en la oficina e instantes después regresó con la hermana Agnes, de las Hijas de la Caridad de San Vicente de Paúl, una francesa menuda que se acercaba a los setenta años. Tenía el rostro delgado y afilado y los ojos de un azul cristalino. Uno de sus lejanos antepasados aristocráticos formó parte de la orden durante la Revolución francesa y fue guillotinado en la plaza por negarse a jurar lealtad al nuevo régimen. La hermana Agnes se caracterizaba por ser la única persona de la que el Santo Padre tenía miedo, y tal vez por eso mismo con frecuencia él buscaba su compañía. «Agnes —solía afirmar— siempre me dirá la verdad.»

Cuando Lomeli reiteró sus disculpas, la monja chasqueó la lengua con renuencia y le entregó su llave maestra.

—Lo único que digo, eminencia, ¡es que espero que cuide de las llaves de san Pedro mejor que de las de su habitación!

Para entonces la mayoría de los cardenales habían abandonado ya el vestíbulo, unos para regresar a su cuarto con el propósito de descansar o de meditar y otros para ir a comer. Al contrario que la cena, la comida se organizaba a modo de autoservicio. El tintineo de los platos y la cubertería, el olor de la comida caliente, el murmullo acogedor de las conversaciones... todo le resultaba tentador. Pero, al fijarse en la cola, supuso que su homilía sería el principal tema de conversación. Sería mejor dejar que hablase por sí misma.

En el recodo de las escaleras se encontró con Bellini, que bajaba. Iba solo y, al cruzarse con Lomeli, le dijo:

—Nunca imaginé que fuese tan ambicioso.

Por un momento, Lomeli dudó que hubiera oído bien.

—¡Ese comentario sí que no me lo esperaba!

—No pretendía ofenderlo, pero estará de acuerdo en que ha... ¿Cómo expresarlo? Ha salido de las sombras, por decirlo de algún modo.

—Y, exactamente, ¿cómo puede uno permanecer en las sombras cuando debe celebrar una misa televisada en San Pedro durante dos horas?

—Oh, ahora está siendo insincero, Jacopo. —La boca de Bellini se retorció en una sonrisa repugnante—. Sabe muy bien de lo que le hablo. ¡Y pensar que hace nada quería dimitir! En cambio, ahora... —Al encoger los hombros su sonrisa se contorsionó de nuevo—. ¿Quién sabe cómo podrían salir las cosas?

Lomeli sintió que se mareaba, como si estuviera sufriendo un ataque de vértigo.

—Aldo, encuentro muy angustiosa esta conversación. No creerá de verdad que tengo el menor deseo, ni la más remota posibilidad, de ser elegido Papa.

—Mi apreciado amigo, hasta el último ocupante de esta residencia tiene una posibilidad, al menos en principio. Y todos los cardenales contemplan, como mínimo, la fantasía de resultar elegidos un día, e incluso tienen decidido el nombre por el que les gustaría que los conocieran durante su papado.

—Bien, pues yo no...

—Niéguelo si quiere, pero busque en el fondo de su corazón y dígame que no es así. Y ahora, si me disculpa, le he prometido al arzobispo de Milán que bajaría al comedor e intentaría conversar con algunos de nuestros compañeros.

Cuando se hubo marchado, Lomeli se quedó inmóvil en medio de la escalera. No cabía duda de que Bellini se hallaba sometido a una presión brutal, pues de lo contrario no se habría dirigido a él en esos términos. Pero cuando Lomeli llegó a su cuarto, abrió la puerta y se tumbó en la cama para intentar descansar, descubrió que no podía quitarse de la cabeza la acusación de Bellini. ¿De verdad anidaba en lo más profundo de su alma un demonio ambicioso cuya existencia había negado durante todos estos años? Se propuso analizar su conciencia con honestidad, lo que le llevó a la conclusión de que Bellini estaba equivocado por lo que a él respectaba.

Se le ocurrió entonces, no obstante, otra posibilidad, la cual, por muy absurda que pareciera, le preocupaba mucho más. Casi le aterraba contemplarla.

¿Y si Dios tuviera un plan para él?

¿Explicaría eso por qué había experimentado ese extraordinario apasionamiento en San Pedro? ¿Tal vez esas escasas afirmaciones, que ahora le costaba tanto recordar, fueron producto no de su inspiración, sino de una manifestación del Espíritu Santo al obrar a través de él?

Intentó rezar. Pero Dios, al que había sentido tan cerca hacía tan solo unos minutos, se había vuelto a desvanecer, y las súplicas con las que le imploraba que lo orientase parecían disolverse en el éter.

Estaban a punto de dar las dos de la tarde cuando Lomeli decidió salir de la cama. Se desvistió hasta dejarse solo la muda y los calcetines, abrió el armario y extendió sobre la colcha las distintas piezas de sus hábitos corales. Según sacaba las prendas de sus respectivas envolturas de celofán, estas exhalaban el aroma dulzón de los productos químicos de la tintorería, un olor que siempre le recordaba los años que pasó en la nunciatura de Nueva York, época en que una lavandería de la Setenta y dos Este hacía su colada. Por un instante cerró los ojos y volvió a oír los incesantes cláxones amortiguados del lejano tráfico de Manhattan.

Todas las prendas habían sido confeccionadas a medida por Gammarelli, sastres papales desde 1798, en el famoso taller que regentaban detrás del Panteón. Se tomó su tiempo para vestirse mientras meditaba sobre la naturaleza sagrada de cada elemento en un esfuerzo por reforzar su conciencia espiritual.

Introdujo los brazos por la sotana de lana escarlata y se abrochó los treinta y tres botones que descendían desde el cuello hasta los tobillos, uno por cada año de la vida de Cristo. Alrededor de la cintura se ajustó la faja de muaré rojo del cíngulo, también llamado «zona», diseñado para recordarle su voto de castidad, y se cercioró de que la borla del extremo quedara suspendida junto a su pantorrilla izquierda. Seguidamente se pasó por la cabeza el fino roquete de lino blanco, símbolo, junto con la muceta, de su autoridad judicial. Tanto los dos tercios inferiores como los puños eran de encaje blanco con bordaduras florales. Anudó las cintas a modo de lazo a la altura del cuello y tiró del roquete para que se extendiese hasta un poco por debajo de las rodillas. Por último, se puso la muceta, una capa escarlata de nueve botones que lo cubría hasta los codos.

Cogió su cruz pectoral de la mesita y la besó. Juan Pablo II lo obsequió en persona con la cruz cuando dejó Nueva York para regresar a Roma y empezar a servir como secretario de Asuntos Exteriores. Por aquel entonces el párkinson del Papa estaba muy avanzado; las manos le temblaban tanto cuando se la entregó que terminó cayéndose al suelo. Lomeli desabrochó la cadena de oro y la sustituyó por un cordón de seda roja y dorada. Recitó entre susurros la oración tradicional para rogar protección —«*Munire digneris me*»— y se colgó la cruz del cuello de tal modo que pendiese a la altura de su corazón. Se sentó en el borde de la cama, se calzó un par de gruesos zapatos de desgastado cuero negro y se ató los cordones. Solo faltaba un accesorio: la birreta de seda escarlata, que se colocó sobre el solideo.

De la parte interior de la puerta del aseo colgaba un espejo de cuerpo entero. Encendió la luz trémula y se miró bajo el resplandor azulado; primero la parte delantera, después el costado izquierdo y luego el derecho. Su perfil se había tornado aguileño con la edad. Imaginó que debía de tener el aspecto de un ave vieja que estuviera mudando las plumas. La hermana Anjelica, que se encargaba de llevarle la casa, nunca se cansaba de recordarle que estaba demasiado delgado, que debería comer más. En su apartamento tenía colgadas las vestiduras que utilizó durante su época de joven sacerdote, hacía ya más de cuarenta años, y que todavía se le ajustaban a la perfección. Se pasó las palmas de las manos por el estómago. Tenía hambre. Se había saltado el desayuno y la comida. No importaba, pensó. Las punzadas de hambre le servirían para mortificar la carne, a modo de recordatorio constante pero soportable para la primera ronda de votaciones del inconcebible tormento que para Cristo supuso su sacrificio.

A las dos y media de la tarde los cardenales empezaron a montar en los microbuses blancos que llevaban toda la mañana dispuestos en fila bajo la lluvia frente a la casa de Santa Marta.

La atmósfera se había tornado mucho más sombría desde la comida. Lomeli recordaba que en el último cónclave sucedió exactamente lo mismo. Hasta que llegó el momento de la votación no sintieron el verdadero peso de su responsabilidad. Solo Tedesco parecía inmune a él. Estaba apoyado contra una columna, tarareando para sí y sonriendo a todos los que pasaban por delante. Lomeli se preguntó qué habría ocurrido para que su humor hubiera mejorado tanto. Tal vez pretendiese recurrir a algún tipo de ardid para desconcertar a sus oponentes. Tratándose del patriarca de Venecia, todo era posible. Eso le inquietaba.

Monseñor O'Malley, en su papel de secretario del Colegio, se encontraba en medio del vestíbulo con su sujetapapeles en las manos. Iba llamándolos uno a uno como un guía turístico. Desfilaron hacia los microbuses en silencio, por orden inverso de veteranía: primero los cardenales de la curia, quienes conformaban la orden de los decanos; después los cardenales sacerdotes, entre cuyo grueso se contaban los arzobispos de los distintos países; y por último, los cardenales obispos, como Lomeli y los tres patriarcas orientales.

Lomeli, como decano, fue el último en salir, por detrás de Bellini. Se miraron a los ojos por un instante según se recogían las faldas de los hábitos corales para subir en el microbús, pero Lomeli no intentó hablar con él. Percibió que Bellini se hallaba en un plano mental superior y ya no se fijaba —como sí hacía Lomeli— en los detalles triviales que distraían de la presencia de Dios: el forúnculo que le había salido al conductor en la nuca, por ejemplo, el chirrido de los limpiaparabrisas o las desaliñadas arrugas que afeaban la muceta del patriarca de Alejandría.

Lomeli se dirigió hacia un asiento de la derecha, en medio del pasillo, apartado de los demás. Se quitó la birreta y la dejó sobre el regazo. O'Malley se sentó junto al conductor. Se volvió para comprobar que no faltase nadie. Las puertas se cerraron con el siseo del aire comprimido y el vehículo se puso en marcha. Los neumáticos tamborileaban sobre el adoquinado de la plaza.

Las gotas de lluvia, deformadas por el movimiento del microbús, descendían en diagonal por el grueso cristal y distorsionaban la panorámica de San Pedro. Por las ventanas del otro lado del autocar Lomeli vio a los guardias de seguridad patrullando los Jardines Vaticanos resguardados bajo sus paraguas. Recorrieron con lentitud la Via delle Fondamenta, pasaron por debajo de un arco y se detuvieron en el Cortile della Sentinella. Por el parabrisas empañado las luces de freno de los microbuses que marchaban por delante destellaron en rojo como velas votivas. Los soldados de la Guardia Suiza se habían cobijado en la garita, descompuestos los penachos de sus cascos a causa de la lluvia. El microbús dejó atrás con gran lentitud los dos siguientes patios y describió un pronunciado giro hacia la derecha para proseguir en dirección al Cortile del Maresciallo, hasta que se detuvo justo enfrente del acceso a la escalera. Lomeli celebró ver que habían retirado los contenedores de basura y luego se irritó por su alegría: otro detalle trivial que obstaculizaba su meditación. La puerta del vehículo se abrió y le permitió el paso a una ráfaga de aire frío y húmedo. Volvió a cubrirse con la birreta. Cuando descendió, otros dos miembros de la Guardia Suiza lo saludaron. Levantó la vista de forma instintiva, elevándola por encima de la alta fachada de ladrillo y deteniéndola en la estrecha franja de cielo plomizo. Notó la llovizna en su rostro. Por un momento le vino a la cabeza la incongruente imagen de un preso en un patio de ejercicio. Cruzó la puerta y comenzó a subir el largo tramo de escaleras de mármol gris que llevaba a la capilla Sixtina.

Conforme a la constitución apostólica, el cónclave debía reunirse primero en la capilla Paulina, contigua a la Sixtina, «a una hora conveniente de la tarde». La Paulina era la capilla privada del Santo Padre, construida en una abundancia de mármoles, más penumbrosa e íntima que la Sixtina. Cuando llegó Lomeli, los cardenales estaban sentados en los bancos y las luces de los equipos de televisión habían sido encendidas. Monseñor Epifano aguardaba junto a la puerta con la estola de seda escarlata del decano, la cual colocó con cuidado en torno al cuello de Lomeli, y después se encaminaron juntos hacia el altar, entre los frescos de Miguel Ángel que representaban a san Pedro y a san Pablo. Pedro, a la derecha del pasillo, aparecía crucificado cabeza abajo. Tenía el cuello contorneado de tal modo que parecía acusar furiosamente con los ojos a aquel que cometiera la temeridad de contemplarlo. Lomeli sintió que su mirada le abrasaba la espalda según se aproximaban a la escalera del altar.

Al llegar al micrófono, se volvió hacia los cardenales. Estos se pusieron de pie. Epifano sostuvo ante él el delgado libro que contenía los rituales estipulados, abierto por la sección dos, «La llegada al cónclave». Lomeli hizo la señal de la cruz.

—*In nomine Patris et Filii et Spiritus Sancti.*

—*Amen.*

—Venerables hermanos del Colegio, tras haber completado los actos sagrados esta mañana, iniciamos ahora el cónclave con el propósito de elegir a nuestro nuevo Papa.

Su voz amplificada inundaba la pequeña capilla. Sin embargo, al contrario que durante la gran misa celebrada en la basílica, esta vez no experimentó emoción alguna, no percibió ningún tipo de presencia espiritual. Las palabras sonaban hueras, un ensalmo desprovisto de magia.

—La Iglesia al completo, que se une a nosotros en nuestras oraciones, ruega a través de la gracia inmediata del Espíritu Santo que elijamos a un pastor digno para el rebaño de Cristo.

»Que el Señor guíe nuestros pasos por el camino de la verdad para que, por mediación de la Santísima Virgen María, san Pedro, san Pablo y todos los santos, actuemos de un modo que los satisfaga plenamente.

Epifano cerró el libro y lo retiró. La cruz procesional que había junto a la puerta fue levantada por uno de los tres maestros de ceremonias, los otros dos sostuvieron en lo alto sendas velas encendidas y el coro empezó a salir de la capilla en fila mientras cantaba la letanía de los santos. Lomeli permaneció de pie de cara al cónclave con las palmas de las manos juntas, los ojos cerrados, la cabeza agachada, al parecer entregado a sus oraciones. Esperaba que las cámaras de televisión hubieran dejado de enfocarlo y que los primeros planos no hubiesen captado su falta de gracia. La recitación de los nombres de los santos fue amortiguándose a medida que el coro recorría la Sala Regia de camino a la Sixtina. Oyó que los cardenales empezaban a arrastrar los zapatos por el pasillo de mármol para seguirlo.

Transcurridos unos instantes, Epifano le susurró:

—Eminencia, deberíamos salir.

Lomeli levantó la cabeza y vio que la capilla se había vaciado casi por completo. Cuando abandonó el altar y pasó frente a la crucifixión de san Pedro por segunda vez, intentó mantener la vista en la puerta de enfrente. Pero el cuadro irradiaba una fuerza a la que terminó por sucumbir. «Y tú —parecían inquirir los ojos del santo martirizado—, ¿en qué medida eres tú digno de elegir a mi sucesor?»

En la Sala Regia una hilera de guardias suizos aguardaban en posición de firmes. Lomeli y Epifano se unieron a la cola de la procesión. Los cardenales entonaban su respuesta —«*Ora pro nobis*»—, cada vez que se cantaba el nombre de un santo. Accedieron al vestíbulo de la capilla Sixtina. Allí se vieron obligados a detenerse mientras conducían a los que estaban al principio de la fila a sus respectivos sitios. A la izquierda de Lomeli quedaban las dos estufas en las que habría que quemar las papeletas de la votación; y frente a él, la espigada y estrecha espalda de Bellini. Sintió el impulso de ponerle la mano en el hombro, inclinarse hacia delante y desearle buena suerte. Pero había cámaras de televisión por todas partes; prefirió no arriesgarse. Además, estaba seguro de que Bellini se hallaba en comunión con Dios.

Un minuto después subieron por la rampa provisional de madera, cruzaron la pantalla y pasaron al espacio elevado de la capilla. Sonaba la música del órgano. El coro seguía cantando los nombres de los santos. «*Sancte Antoni... Sancte Benedicte...*» La mayoría de los cardenales se encontraban de pie en los sitios que ocupaban tras las largas hileras de mesas. Bellini fue el último al que llevaron a su asiento. Una vez que el pasillo quedó despejado, Lomeli caminó por la alfombra beis hasta la mesa donde habían colocado la Biblia a fin de pronunciar el juramento. Se quitó la birreta y se la pasó a Epifano.

El coro empezó a cantar el *Veni Creator Spiritus*.

Ven, Espíritu Creador,
visita el corazón de tu pueblo,
llena de gracia celestial
los corazones que has formado.

Terminado el himno, Lomeli prosiguió hacia el altar. Este era alargado y estrecho y estaba unido a la pared, a modo de hogar doble. Sobre él, *El juicio final* monopolizaba su vista.

Debía de haberlo contemplado mil veces, aunque el cuadro jamás le había impactado tanto como durante aquellos escasos segundos. Tenía la impresión de que lo estuviera engullendo. Cuando subió el escalón y se encontró de frente con los condenados a los que arrastraban al infierno, tuvo que tomarse un momento para serenarse antes de dar media vuelta y mirar al cónclave.

Epifano sostuvo el libro ante él. Lomeli entonó la oración «*Ecclesiae tuae, Domine, rector et custos*» y comenzó a tomar el juramento. Los cardenales, siguiendo el texto que figuraba en el orden del servicio, leyeron con él en voz alta:

> Los cardenales electores que participamos en la elección del Sumo Pontífice prometemos, juramos y nos comprometemos, como individuos y como grupo, a respetar fiel y escrupulosamente los preceptos contenidos en la constitución apostólica.
>
> Asimismo, prometemos, juramos y nos comprometemos a que aquel de nosotros que por disposición divina sea elegido pontífice romano se dedicará a desempeñar con lealtad la primacía petrina como pastor de la Iglesia universal.
>
> Prometemos y juramos respetar con el máximo celo y con todas las personas, tanto clérigos como seglares, el secreto concerniente a todo cuanto en alguna medida ataña a la elección del pontífice romano y a cuanto suceda en el lugar de la elección.

Lomeli se dirigió por el pasillo hasta la mesa donde estaba acomodada la Biblia.

—Y yo, Jacopo Baldassare, cardenal Lomeli, así prometo, juro y me comprometo. —Colocó la palma sobre la página seleccionada—. Que a ello me ayuden Dios y los Santos Evangelios sobre los que pongo mi mano.

Cuando hubo terminado, Lomeli tomó asiento al final de la mesa larga más próxima al altar. El asiento contiguo lo ocupaba el patriarca del Líbano; un asiento más allá estaba Bellini. Ya no podía hacer nada salvo mirar cómo los cardenales formaban una fila en el pasillo y se sucedían para prestar el breve juramento. Podía ver sus rostros a la perfección. Dentro de pocos días los realizadores de televisión podrían repasar las grabaciones de la ceremonia y ver al nuevo Papa en este preciso momento, poniendo la mano sobre el Evangelio, y entonces su elevación parecería inevitable, siempre sucedía. Roncalli, Montini, Wojtyła, incluso el pobre y desdichado Luciani, que falleció tras apenas un mes de pontificado; si se consideraba la larga y majestuosa galería de la historia, todos ellos resplandecían con el aura de la predestinación.

Mientras escudriñaba el desfile de cardenales, Lomeli intentó imaginarse a cada uno de ellos ataviado de blanco pontificio. Sá, Contreras, Hierra, Fitzgerald, Santos, De Luca, Löwenstein, Jandaček, Brotzkus, Villanueva, Nakitanda, Sabbadin, Santini... podría ser cualquiera de estos hombres. No necesariamente tenía que ser uno de los más destacados. Había un dicho muy antiguo: «Quien en el cónclave entra Papa sale cardenal». Nadie contaba entre los favoritos al difunto Santo Padre antes de la última elección y, no obstante, logró una mayoría de dos tercios en la cuarta ronda de las votaciones. «Oh, Señor, permítenos encontrar a un candidato digno, y guíanos en nuestras deliberaciones para que este cónclave no sea ni largo ni divisivo, y que así simbolice la unidad de Tu Iglesia. Amén.»

Se necesitó más de media hora para que la totalidad del Colegio prestara juramento. A continuación, el arzobispo Mandorff, como maestro de celebraciones litúrgicas pontificias, se situó ante el micrófono acoplado a un pie bajo *El juicio final*. Con su voz apacible y precisa, enfatizando las cuatro sílabas, entonó la fórmula oficial:

—*Extra omnes.*

Las luces de la televisión se apagaron y los cuatro maestros de ceremonias, los sacerdotes y los oficiales, los miembros del coro, los guardias de seguridad, los cámaras de televisión, el fotógrafo oficial, una sola monja y el comandante de la Guardia Suiza, tocado con su casco de penacho blanco, empezaron a salir de la capilla.

Mandorff aguardó hasta que el último de ellos se hubo retirado y, exactamente a las 16.46, se encaminó por el pasillo alfombrado hacia las grandes puertas dobles. Lo último que el mundo vio del cónclave fue su cabeza calva y solemne. Por último, las puertas se cerraron desde dentro y la emisión televisiva concluyó.

7

La primera votación

Más tarde, cuando los expertos que cobraban por analizar el cónclave intentaron derribar el muro de secretismo y determinar con exactitud qué había ocurrido, todas sus fuentes coincidieron en una cosa: que las divisiones comenzaron en el mismo instante en que Mandorff cerró las puertas.

Solo dos hombres que no se contaban entre los cardenales electores permanecieron en la capilla Sixtina. Uno de ellos era Mandorff; el otro, el residente más antiguo del Vaticano, el cardenal Vittorio Scavizzi, el vicario general emérito de Roma, de noventa y cuatro años.

Scavizzi fue elegido por el Colegio poco después del funeral del Santo Padre para que pronunciase lo que en los estatutos apostólicos recibía el nombre de «segunda meditación». Estaba estipulado que esta tuviera lugar en privado inmediatamente antes de la primera votación; la finalidad era recordarle al cónclave por última vez la magnitud de su responsabilidad «a fin de actuar con la intención adecuada por el bien de la Iglesia universal». Este papel, por tradición, recaía en algún cardenal que hubiera superado los ochenta años y no tuviera, por lo tanto, posibilidad de votar; una compensación, por así decirlo, para la vieja guardia.

Lomeli no recordaba por qué terminaron decantándose por Scavizzi. Tenía tantas preocupaciones en la cabeza que no había estado demasiado atento a esa decisión. Sospechaba que la propuesta había salido de Tutino, antes de que se descubriera que el prefecto de la Congregación para los Obispos, a quien investigaban por la infausta ampliación de su apartamento, planeaba pasar a apoyar a Tedesco. Ahora, en cuanto Lomeli vio al anciano clérigo acercarse al micrófono con ayuda del arzobispo Mandorff —el cuerpo marchito escorado; las notas apretadas con rabia en su mano artrítica, su ojo entrecerrado destellante de resolución— presintió que se avecinaban problemas.

Scavizzi agarró el micrófono y tiró de él hacia sí. El manotazo amplificado reverberó contra las paredes de la Sixtina. Sostuvo sus papeles casi pegados a sus ojos. Durante unos segundos no sucedió nada, pero finalmente, en medio de su respiración seca y trabajosa, empezó a brotar su discurso.

—Hermanos cardenales, en esta hora de gran responsabilidad, escuchemos con especial atención lo que el mismo Señor nos dice. Cuando oí al decano de la orden, en la homilía celebrada esta mañana, utilizar la carta que san Pablo les envió a los efesios como razón para aferrarse a la duda, no pude dar crédito a mis oídos. ¡La duda! ¿Es eso lo que escasea en el mundo de nuestros días? ¿La duda?

Se produjo una leve conmoción entre los ocupantes de la capilla, un murmullo, una aspiración general, un cambio de postura en los asientos. Lomeli notaba el latir de su pulso en los tímpanos.

—Les ruego, pese a esta hora tardía, que escuchen lo que de verdad dice san Pablo: que necesitamos unidad en nuestra fe y en nuestro conocimiento de Cristo para que dejemos de ser niños «llevados a la deriva y zarandeados por cualquier viento de doctrina».

»Es de un barco zarandeado por una tormenta de lo que habla, hermanos míos. Es la barca de san Pedro, nuestra santa Iglesia católica, la que, como nunca antes, se halla "a merced de la malicia humana y de la astucia que conduce al error". Las tempestades y marejadas contra las que nuestra barca batalla reciben multitud de nombres distintos: ateísmo, nacionalismo, agnosticismo, marxismo, liberalismo, individualismo, feminismo, capitalismo... pero todos estos "ismos" porfían en apartarnos de nuestra verdadera ruta.

»Su tarea, cardenales electores, consiste en elegir a un nuevo capitán que ignore a aquellos de nosotros que dudan y sujete el timón con firmeza. Todos los días surge un nuevo "ismo". Pero no todas las ideas valen igual. No todas las opiniones tienen idéntica importancia. Una vez que sucumbimos a "la dictadura del relativismo", como acertadamente se la llama, e intentamos sobrevivir adaptándonos a todas las sectas efímeras y a todas las modas del modernismo, nuestra barca se extravía. No necesitamos una Iglesia que se mueva con el mundo, sino una Iglesia que mueva el mundo.

»Roguémosle a Dios que el Espíritu Santo visite estas deliberaciones y les lleve hacia un pastor que le ponga fin a la deriva de los últimos tiempos y que nos guíe de nuevo hacia el conocimiento de Cristo, hacia Su amor y hacia la dicha verdadera. Amén.

Scavizzi soltó el micrófono. El retumbo de la amplificación sacudió la capilla. Se inclinó temblorosamente ante el altar y asió el brazo de Mandorff. Apoyándose con pesadez en el arzobispo, cojeó poco a poco por el pasillo mientras toda la capilla lo observaba en absoluto silencio. El anciano no miró a nadie, ni siquiera a Tedesco, quien estaba sentado en la primera fila, casi enfrente de Lomeli. Ahora el decano sabía por qué el patriarca de Venecia estaba de tan buen humor. Sabía lo que se avecinaba. Incluso cabía la posibilidad de que el texto lo hubiera escrito él.

Scavizzi y Mandorff desaparecieron al otro lado de la pantalla. En la mudez atónita era fácil oír sus pasos sobre el suelo de mármol del vestíbulo, las puertas de la Sixtina al abrirse y al cerrarse y el ruido de la cerradura al quedar bloqueada por la llave.

«Cónclave.» Del latín «*con clavis*», «con llave». Así era como desde el siglo XIII la Iglesia se había asegurado de que sus cardenales tomaran una decisión. Salvo para comer y dormir, no se les permitiría abandonar la capilla hasta que eligieran a un papa.

Por fin, el cónclave estaba a solas.

Lomeli se levantó y se acercó al micrófono. Caminaba despacio, pensando cómo gestionar el daño causado. La naturaleza personal del ataque le había herido, como era natural. Pero eso no le preocupaba tanto como la grave amenaza que suponía para su cometido, que consistía principalmente en defender la unidad de la Iglesia. Sintió la necesidad de afrontar la situación con calma, de dejar que la conmoción de lo ocurrido se disipase, de darle al argumento de la tolerancia la oportunidad de aflorar de nuevo en la cabeza de los cardenales.

Miró al cónclave justo cuando la gran campana de San Pedro empezaba a dar las cinco en punto. Levantó la vista hacia las ventanas. El cielo se mantenía encapotado. Esperó a que la reverberación de la última campanada se extinguiera.

—Hermanos cardenales, tras esta meditación tan estimulante... —guardó una pausa en la que se oyeron algunas risas comprensivas—, podemos ahora proceder a la primera votación. No obstante, conforme a los estatutos apostólicos, la votación se puede posponer si un miembro del cónclave tiene alguna objeción. ¿Alguien desea retrasar la votación hasta mañana? Entiendo que ha sido un día excepcionalmente largo, y tal vez queramos reflexionar un poco más acerca de lo que acabamos de escuchar.

Se produjo un silencio y Krasinski se sirvió de su bastón para levantarse.

—El mundo tiene los ojos puestos en la chimenea de la Sixtina, hermanos cardenales. A mi juicio, parecería raro, cuando menos, si parásemos durante la noche. Creo que deberíamos votar.

Volvió a sentarse con cautela. Lomeli miró a Bellini. Su rostro permanecía inexpresivo. Nadie más habló.

—Muy bien —dijo el decano—. Votaremos. —Se dirigió a su asiento, cogió el reglamento y su papeleta y regresó al micrófono—. Apreciados hermanos, ante ustedes encontrarán una de estas. —Levantó la papeleta y esperó a que los cardenales abrieran su carpeta de cuero rojo—. Como verán, lleva un ELIJO COMO SUMO PONTÍFICE A escrito en latín en la mitad superior, mientras que la mitad inferior está en blanco; ahí es donde tienen que escribir el nombre del candidato por el que opten. Por favor, cerciórense de que nadie vea su voto y asegúrense de escribir un único nombre, ya que de lo contrario la papeleta quedaría anulada e invalidada. Y, se lo ruego, empleen una letra legible, pero que no se pueda identificar.

»Ahora, si son tan amables de seleccionar el capítulo cinco, párrafo sesenta y seis de la constitución apostólica, encontrarán el procedimiento a seguir.

Cuando los cardenales hubieron abierto el reglamento, Lomeli leyó el párrafo en voz alta, solo para asegurarse de que todos lo comprendieran.

Cada cardenal elector, ateniéndose al orden de precedencia, y habiendo cumplimentado y plegado la papeleta, la levantará para que pueda ser vista y la llevará al altar, donde se encuentran los escrutadores y en el que hay colocado un receptáculo, cubierto por una bandeja, para almacenar las papeletas. Al llegar al altar, el cardenal elector pronunciará en voz alta el siguiente juramento: «Pongo por testigo a nuestro Señor Jesucristo, quien habrá de juzgarme, de que le doy mi voto a aquel a quien ante Dios considero que debería resultar elegido». A continuación, pondrá la papeleta en la bandeja, con la cual la dejará caer en el receptáculo. Hecho esto, se inclinará ante el altar y regresará a su asiento.

—¿Todo el mundo lo ha entendido? Muy bien. Escrutadores, ¿serían tan amables de ocupar su sitio, por favor?

Los tres clérigos encargados de contar las papeletas habían sido elegidos por sorteo la semana anterior. Se trataba del arzobispo de Vilna, el cardenal Lukša; del prefecto de la Congregación para el Clero, el cardenal Mercurio, y del arzobispo de Westminster, el cardenal Newby. Dejaron los asientos que ocupaban en distintas partes de la capilla y se dirigieron al altar. Lomeli regresó a su silla y tomó la pluma aportada por el Colegio. Tapó la papeleta con el brazo, como un estudiante que se estuviera examinando y no quisiese que sus condiscípulos copiasen sus respuestas, y escribió en mayúsculas BELLINI. La dobló, se puso de pie, la levantó y se encaminó hacia el altar.

—Pongo por testigo a nuestro Señor Jesucristo, quien habrá de juzgarme, de que le doy mi voto a aquel a quien ante Dios considero que debería resultar elegido.

En el altar había una voluminosa urna ornamentada, más grande que una vasija de altar clásica, coronada por un sencillo cáliz de plata que servía como tapa. Observado con atención por los escrutadores, metió la papeleta en el vaso, lo levantó con ambas manos y depositó su voto en la urna. Devolvió el cáliz a su sitio, se inclinó ante el altar y regresó a su asiento.

Los tres patriarcas de las Iglesias orientales fueron los siguientes en subir, seguidos por Bellini. Este recitó el juramento con ademán decaído y, al regresar a su asiento, se llevó la mano a la frente y pareció sumirse en una profunda reflexión. Lomeli, demasiado tenso para rezar o para meditar, volvió a fijarse en los cardenales a medida que pasaban ante él. Tedesco parecía inusitadamente nervioso. La papeleta se le escapó al ir a echarla a la urna, de tal forma que el voto cayó en el altar, de donde lo recogió aprisa para depositarlo con la mano. Lomeli se preguntó si habría votado por sí mismo. Seguro que Tremblay sí, pensó. Ninguna norma del reglamento impedía hacerlo. El juramento servía tan solo para votar por la persona que uno consideraba que debería ser elegida. El canadiense se aproximó al altar con los ojos entornados en un gesto de reverencia, elevó la vista hacia *El juicio final*, en apariencia extasiado, e hizo una exagerada señal de la cruz. Otro cardenal que tenía fe en sus capacidades era Adeyemi, quien pronunció el juramento con su característica voz retumbante. Se hizo famoso como arzobispo de Lagos cuando el Santo Padre recorrió África por primera vez; había organizado una misa que congregó a más de cuatro millones de fieles. A modo de broma, el Papa comentó durante la homilía que Joshua Adeyemi era el único miembro de la Iglesia capaz de celebrarla sin necesidad de amplificadores.

Y después apareció Benítez, del que no había vuelto a saber nada desde la noche anterior. Al menos estaba seguro de que este no votaría por sí mismo. Los hábitos corales que le habían buscado le quedaban largos. El roquete le colgaba casi hasta el suelo, de tal forma que a punto estuvo de tropezar con él según se acercaba al altar. Cuando hubo terminado de votar y dio media vuelta para retornar a su asiento, le dirigió una mirada irónica a Lomeli. El decano asintió y le devolvió una sonrisa de ánimo. El filipino transmitía cierto encanto, pensó, algo difícil de definir; una gracia interior. Algún día llegaría lejos.

La votación se alargó durante más de una hora. En el momento en que comenzó, surgieron algunas conversaciones susurradas. Pero cuando el último en votar —Bill Rudgard, el segundo cardenal diácono— regresó a su asiento, parecía haberse instalado un silencio absoluto e interminable, propio del espacio exterior. «Dios ha entrado en la sala —pensó Lomeli—. Nos hallamos encerrados bajo llave donde el tiempo y la eternidad se encuentran.»

El cardenal Lukša levantó la urna, llena ahora de papeletas, y se la mostró al cónclave, como si se dispusiera a bendecir el Sacramento. La agitó varias veces para mezclar los votos. Seguidamente, se la tendió al cardenal Newby, quien, sin desplegar las papeletas, las extrajo una a una y fue echándolas en una segunda urna situada en el altar y contándolas en voz alta durante el proceso.

Al final, el inglés anunció en un italiano con un marcado acento:

—Ciento dieciocho votos han sido depositados.

El cardenal Mercurio y él pasaron a la sala de las lágrimas, la sacristía del costado izquierdo del altar en la que estaban listas las tres tallas de vestiduras pontificias, de la que salieron instantes después portando una mesita que colocaron delante del altar. El cardenal Lukša la cubrió con un paño blanco y puso en el centro la urna que contenía los votos. Newby y Mercurio regresaron a la sacristía y sacaron tres sillas. Newby retiró el micrófono de su pie y lo llevó a la mesa.

—Hermanos míos —dijo—, procederemos al recuento de la primera votación.

Y ahora, emergiendo por fin de su trance, el cónclave se agitó. En la carpeta que cada elector tenía ante sí figuraba una lista, ordenada alfabéticamente, de los cardenales con derecho a voto. A Lomeli le alegró ver que había sido reimpresa durante la noche para incluir a Benítez. Tomó su pluma.

Lukša extrajo de la urna la primera papeleta, la desplegó y anotó el nombre. Se la pasó a Mercurio, que la estudió a su vez y la registró asimismo. Este se la pasó a Newby, que empleó una aguja de plata para perforarla por donde ponía ELIJO y la ensartó en un cordón de seda roja. Se inclinó hacia el micrófono. Se expresaba con la naturalidad y la confianza de quien ha estudiado en un colegio privado y en Oxford.

—El primer voto es para el cardenal Tedesco.

Cada vez que se anunciaba un voto, Lomeli trazaba una marca junto al nombre del candidato. Al principio era difícil asegurar quién llevaba más ventaja. Treinta y cuatro cardenales —más de un cuarto del cónclave— obtuvieron al menos un voto, lo cual, según algunos aseguraron más tarde, suponía un récord. Unos votaban por sí mismos; otros, por algún amigo; otros más, por algún compatriota. Poco después de iniciarse el recuento, Lomeli oyó pronunciar su nombre y se premió con la correspondiente señal en la lista. Lo conmovió que alguien lo considerase digno de este honor supremo; se preguntó quién habría sido. Pero, cuando después consiguió algunos votos más, empezó a sentir cierto vértigo. Teniendo en cuenta el elevado número de cardenales, bastaba con recabar poco más de media decena de votos, al menos en teoría, para entrar en contienda.

Mantuvo la cabeza agachada, concentrado en el recuento. Aun así, era consciente de que de vez en cuando otros cardenales lo miraban desde el otro lado del pasillo. La carrera transcurría lenta y reñida, distribuidos los apoyos con desconcertante aleatoriedad, de tal forma que aunque alguno de los que iban en cabeza recibiese tres votos seguidos, quizá no obtuviese ninguno de los veinte siguientes. Pese a esto, después de que hubieran leído alrededor de ochenta papeletas, estaba claro qué cardenales tenían más posibilidades de convertirse en el nuevo Papa y, como era de esperar, se trataba de Tedesco, Bellini, Tremblay y Adeyemi. Cuando se llegó a los cien votos contados, la situación estaba igual. Pero entonces, cuando el recuento tocaba a su fin, sucedió algo inesperado. Los votos de Bellini se estancaron, con lo que los últimos nombres que se leyeron debieron de sentarle como una tanda de mazazos: Tedesco, Lomeli, Adeyemi, Adeyemi, Tremblay y, por último —algo que nadie podía imaginar—, Benítez.

Mientras los escrutadores conferían y comprobaban los totales, un murmullo de conversaciones discretas comenzó a bullir por toda la capilla. Lomeli deslizó la pluma por la lista según sumaba los votos. Escribió los resultados junto a los nombres correspondientes:

Tedesco	22
Adeyemi	19
Bellini	18
Tremblay	16
Lomeli	5
Otros	38

Le sorprendió mucho el resultado que obtuvo. Suponiendo que se hubiera llevado algunas papeletas de Bellini, tal vez incluso le hubiese arrebatado el primer puesto y, con este, la inercia que podría llevarle hasta la victoria. De hecho, cuanto más analizaba los números, más decepcionantes parecían para Bellini. ¿No había predicho durante la cena Sabbadin, su jefe de campaña, que con toda seguridad se situaría en cabeza en la primera votación, con un máximo de veinticinco votos, y que Tedesco no se llevaría más de quince? Sin embargo, Bellini había quedado tercero, por detrás de Adeyemi —nadie había considerado esa posibilidad—, con una exigua ventaja de dos votos sobre Tremblay. Una cosa sí estaba clara, concluyó Lomeli: ninguno de los candidatos se acercaba ni por asomo a los setenta y nueve votos que se requerían para ganar la elección.

Apenas prestó atención cuando Newby anunció los resultados oficiales, que no venían sino a confirmar lo que él ya había determinado por sí mismo. En lugar de eso, hojeó la constitución apostólica en busca del párrafo setenta y cuatro. Ningún cónclave de la historia reciente se había prolongado durante más de tres días, pero eso no significaba que no pudiera ocurrir. Según el reglamento, estaban obligados a repetir las votaciones hasta que surgiera un candidato que consiguiese una mayoría de dos tercios, y a realizar, si fuera necesario, hasta treinta rondas que podían prolongarse un máximo de doce días. Solo al final de este período se les permitiría emplear un sistema distinto, de tal modo que una mayoría simple bastaría para designar al nuevo Papa.

¡Doce días, un panorama desalentador!

Newby había terminado de leer los resultados. Levantó el cordón de seda roja en el que había ensartado todas las papeletas. Anudó los extremos y miró al decano.

Lomeli se levantó de su asiento y tomó el micrófono. Desde el escalón del altar vio a Tedesco examinando las cifras del proceso, a Bellini con la mirada perdida y a Adeyemi y a Tremblay hablando en voz baja con aquellos que tenían a su lado.

—Hermanos cardenales, con esto concluye la primera votación. Puesto que ningún candidato ha obtenido la mayoría necesaria, se levanta la sesión por esta noche y reanudaremos las votaciones por la mañana. Les ruego que permanezcan en su sitio hasta que a los oficiales se les permita acceder de nuevo a la capilla. Y permítanme recordarles a sus eminencias que está prohibido sacar de la Sixtina cualquier tipo de registro escrito referente a la votación. Se recogerán las notas que hayan tomado, que se quemarán junto con las papeletas. Fuera habrá microbuses que los llevarán de regreso a la casa de Santa Marta. Con toda humildad les pido que no comenten el proceso de esta tarde cuando los conductores puedan oírlos. Gracias por su paciencia. Invito ahora al segundo cardenal diácono que solicite autorización para que salgamos.

Rudgard se levantó y se encaminó hacia el fondo de la capilla. Lo oyeron llamar a las puertas y pedir que las abrieran —«*Aprite le porte! Aprite le porte!*»—, como un preso que llamase al carcelero. Momentos más tarde reapareció en compañía del arzobispo Mandorff, de monseñor O'Malley y de los otros maestros de ceremonias. Los sacerdotes, equipados con bolsas de papel, comenzaron a circular en torno a las hileras de mesas y fueron recogiendo los papeles con las cuentas de los votos. Algunos de los cardenales se resistieron a entregarlos, por lo que hubo que insistirles para que los introdujeran en las bolsas. Otros se aferraron a ellos durante unos últimos segundos. Sin duda querían memorizar los números, supuso Lomeli. O quizá tan solo pretendían acariciar por última vez el único registro que habría jamás del día en que recibieron un voto para ser papas.

En lugar de bajar de inmediato para montar en los microbuses, la mayoría de los cardenales se quedó en el vestíbulo para ver cómo quemaban las papeletas y las notas. Al fin y al cabo, un príncipe de la Iglesia siempre causaría impresión al decir que había sido testigo de semejante espectáculo.

En realidad, el proceso de comprobación de los votos no había finalizado. Se convocó a tres cardenales, llamados «revisores», elegidos también por votación antes del cónclave, para que volvieran a calcular los resultados. Las reglas, de varios siglos de antigüedad, ponían de manifiesto la escasa confianza mutua que se profesaban los padres de la Iglesia; era preciso orquestar una conspiración entre un mínimo de seis miembros para amañar los números. Finalizada la revisión, O'Malley se acuclilló, abrió la estufa redonda y la llenó con las bolsas de papel y las papeletas ensartadas. Prendió un encendedor y, con este, una pastilla inflamable que introdujo con cuidado. A Lomeli le pareció curioso ver como hacía algo tan práctico. Se oyó el silbido suave de la combustión y en cuestión de segundos el contenido empezó a arder. O'Malley cerró la puerta de hierro. La segunda estufa, la cuadrada, contenía una mezcla de perclorato potásico, antraceno y azufre en un cartucho que se prendió al pulsar un interruptor. A las 19.42 la chimenea metálica temporal que asomaba por el tejado de la Sixtina, alumbrada bajo la oscuridad de noviembre por el haz de un foco, comenzó a despedir un humo negro azabache.

Mientras los miembros del cónclave abandonaban la capilla en fila, Lomeli llevó a O'Malley a un aparte. Se detuvieron en un rincón del vestíbulo. El decano estaba de espaldas a las estufas.

—¿Ha hablado con Morales?

—Solo por teléfono, eminencia.

—¿Y...?

O'Malley se llevó el dedo a los labios y miró sobre el hombro de Lomeli. En ese momento Tremblay pasaba cerca de ellos compartiendo una broma con un grupo de cardenales de Estados Unidos. Su semblante insulso emanaba regocijo. Una vez que los norteamericanos hubieron pasado a la Sala Regia, O'Malley le dijo:

—Monseñor Morales me aseguró de forma categórica que no conoce ningún motivo por el que el cardenal Tremblay no debería ser Papa.

Lomeli asintió despacio. No esperaba que reaccionase de un modo muy distinto.

—Gracias al menos por preguntárselo.

Una mirada de astucia saltó a los ojos de O'Malley.

—Aun así, ¿me disculparía, eminencia, si le dijera que no terminé de creerme al buen monseñor?

Lomeli lo miró con detenimiento. Aparte de su labor en los cónclaves, el irlandés era el secretario de la Congregación para los Obispos. Tenía acceso a los expedientes de cinco mil clérigos veteranos. Se decía que tenía un olfato especial para descubrir secretos.

—¿Por qué lo dice?

—Porque cuando intenté presionarlo para que me hablase acerca de la reunión que mantuvieron el Santo Padre y el cardenal Tremblay, se desvivió por asegurarme que fue un encuentro meramente rutinario. Aunque mi español no sea perfecto, tengo que decir que se mostró tan rotundo que me llevó a sospechar de él. Así que insinué, sin llegar a darlo por hecho, espero, sino tan solo dejándolo caer en mi mejorable español, que usted podría haber visto un documento que contradecía eso. Y él respondió que usted no tenía por qué preocuparse de ese documento. «El informe ha sido retirado.»

—¿El informe? ¿Dijo que existía un informe?

—Sí, y que ya no existe.

—¿Un informe acerca de qué? ¿Y cuándo fue retirado?

—Eso ya no lo sé, eminencia.

Lomeli guardó silencio mientras reflexionaba. Se frotó los

ojos. Había sido un día muy largo y tenía hambre. ¿Debía preo-
cuparle que se hubiera elaborado un informe o reconfortarle
que ya no existiera? ¿Tenía alguna importancia, en cualquier
caso, considerando que Tremblay había quedado cuarto? Levantó las manos de repente; ahora no podía ocuparse de eso,
no mientras estuviese encerrado en el cónclave.

—Seguro que no es nada. Dejémoslo así. Sé que puedo contar con su discreción.

Los dos prelados cruzaron la Sala Regia. Un guardia de
seguridad los observaba desde debajo de un fresco de *La batalla de Lepanto*. Giró un tanto el tronco y susurró algo, o bien
a su manga, o bien a su solapa. Lomeli se preguntó por qué
siempre empleaban un tono tan urgente.

—¿Está ocurriendo algo en el mundo de lo que debería tener conocimiento? —inquirió.

—A decir verdad, no. La noticia más relevante de la que
hablan los medios internacionales es la de este cónclave.

—Sin filtraciones, espero.

—Ninguna. Los periodistas se entrevistan entre ellos. —Empezaron a bajar las escaleras. Era un tramo largo, de unos
treinta o cuarenta escalones, iluminado desde ambos lados por
lámparas eléctricas con forma de velas; algunos de los cardenales más ancianos hallaban en su pendiente todo un desafío—.
Por cierto, quien ha despertado mucho interés es el cardenal
Benítez. Hemos publicado una nota biográfica, como solicitó.
También he incluido para usted un resumen de sus anteceden-
tes, de carácter confidencial. No cabe duda de que se le han
concedido los ascensos más destacables de todos los obispos de
la Iglesia. —O'Malley extrajo un sobre de sus vestiduras y se lo
tendió a Lomeli—. *La Repubblica* cree que su llamativa apari-
ción en el último minuto forma parte del plan secreto del difunto Santo Padre.

Lomeli se rio.

—Ojalá hubiera un plan, ¡ya fuese secreto o de cualquier otro tipo! Pero intuyo que el único que ha trazado una estrategia para este cónclave es Dios y por el momento parece decidido a reservársela para Sí.

8

Ímpetu

Lomeli viajaba en silencio de regreso a la residencia, la mejilla apretada contra la fría ventanilla del microbús. El chapoteo que producían los neumáticos al rodar sobre los adoquines mojados de los sucesivos patios le resultaba en cierta manera reconfortante. Las luces de un avión de pasajeros que sobrevolaba los Jardines Vaticanos descendían hacia el aeropuerto de Fiumicino. Se prometió a sí mismo que a la mañana siguiente se desplazaría a la Sixtina a pie, lloviese o no. No solo encontraba este aislamiento asfixiante, sino también incompatible con la meditación espiritual.

Cuando llegaron a la casa de Santa Marta, zigzagueó entre los cardenales que cotilleaban y se fue derecho a su habitación. Las monjas habían entrado para limpiar mientras el cónclave estaba reunido votando. Le habían colgado la ropa con meticulosidad en el armario y le habían abierto las sábanas de la cama. Se quitó la muceta y el roquete, los colgó del respaldo de la silla y se arrodilló en el reclinatorio. Le dio gracias a Dios por haberlo ayudado en sus labores durante el día. Incluso se permitió un poco de buen humor. «Y gracias, oh, Señor, por hablarnos durante la votación del cónclave. Rezaré porque pronto nos concedas la sabiduría necesaria para comprender qué intentas decirnos.»

De la habitación contigua le llegaba el murmullo amortiguado de unas voces entre las que de vez en cuando se encabritaba alguna risa. Lomeli miró la pared. Ya no le cabía ninguna duda de que su vecino era Adeyemi. Ningún otro miembro del cónclave tenía una voz tan grave. Parecía estar manteniendo una reunión con sus partidarios. Se produjo otro estallido de carcajadas. Lomeli apretó la mandíbula en un gesto de desaprobación. Si de verdad Adeyemi creía que tenía una posibilidad de conseguir el papado, debería estar postrado en la cama, a oscuras, muerto de miedo, en lugar de regodeándose en la idea. Después, no obstante, se reprendió a sí mismo por su gazmoñería. El nombramiento del primer Papa negro supondría un acontecimiento revolucionario para el mundo entero. ¿Cómo podía culparlo de sentirse entusiasmado ante la perspectiva de convertirse en el vehículo de semejante manifestación de la voluntad divina?

Se acordó del sobre que O'Malley le había pasado. Se levantó despacio con un crujido de las rodillas, se sentó en el escritorio y lo abrió. Dentro encontró dos hojas. Una de ellas recogía la nota biográfica emitida por el gabinete de prensa del Vaticano.

Cardenal Vincent Benítez

El cardenal Benítez tiene sesenta y siete años. Nació en Manila, Filipinas. Estudió en el seminario de San Carlos y fue ordenado en 1978 por el arzobispo de Manila, Su Eminencia el cardenal Jaime Sin. Desempeñó su primer ministerio en la iglesia de Santo Niño de Tondo y, después, en el santuario de Nuestra Señora de los Desamparados (Santa Ana). Célebre por su labor en los barrios más pobres de Manila, construyó ocho refugios para niñas sin hogar, el proyecto de Santa Margarita de Cortona. En 1996, tras el asesinato del anterior arzobispo de Bukavu, Christo-

pher Munzihirwa, el padre Benítez, a petición suya, fue trasladado a la República Democrática del Congo, donde emprendió su
labor misionera. Posteriormente fundó un hospital católico en
Bukavu para socorrer a las mujeres víctimas de la violencia sexual genocida perpetrada durante la Primera y la Segunda Guerra
del Congo. En 2017 fue nombrado monseñor. En 2018 fue designado arzobispo de Bagdad, en Irak. Este año ha sido admitido en
el Colegio Cardenalicio por el difunto Santo Padre *in pectore*.

Lomeli la leyó dos veces solo para cerciorarse de que no
se saltaba ningún detalle. La archidiócesis de Bagdad era mi-
núscula —si no recordaba mal, en la actualidad la integraban
poco más de dos mil fieles— pero, aun así, Benítez parecía
haber pasado directamente de misionero a arzobispo, sin más
fases de por medio. Jamás había visto a nadie ascender de un
modo tan meteórico. Pasó a la nota manuscrita que O'Malley
había agregado.

Eminencia:
Según aparece en la ficha del cardenal Benítez que figura en
el dicasterio, se diría que el difunto Santo Padre lo conoció durante la gira que realizó por África en 2017. Su trabajo lo impre-
sionó lo suficiente para nombrarlo monseñor. Cuando la archidiócesis de Bagdad quedó desocupada, el Santo Padre rechazó a
los tres candidatos sugeridos por la Congregación para los Obispos e insistió en designar al padre Benítez. En enero de este año,
tras resultar levemente herido por un atentado con coche bomba,
el arzobispo Benítez presentó su dimisión por razones de salud,
pero la retiró tras un encuentro privado con el Santo Padre en el
Vaticano. Por lo demás, la ficha es llamativamente exigua.

R O'M

Lomeli se reclinó en la silla. Tenía la costumbre de morderse el lado del índice derecho cuando meditaba. De modo que Benítez tenía una salud frágil, o la había tenido, a consecuencia de un ataque terrorista en Irak. Tal vez eso explicase su aspecto delicado. Al fin y al cabo, había desempeñado su ministerio en algunos de los escenarios más infernales; ese tipo de vida terminaba pasando factura. Lo que sí estaba claro era que aquel hombre encarnaba los valores más elevados de la fe cristiana. Lomeli se determinó a vigilarlo con discreción y a tenerlo presente en sus oraciones.

Sonó una campana, para anunciar que la cena estaba servida. Eran las ocho y media.

—Aceptemos la realidad. No lo hemos hecho tan bien como esperábamos. —El arzobispo de Milán, Sabbadin, con sus gafas sin montura destellando bajo la luz de los candelabros, recorrió la mesa con la vista para mirar a los cardenales italianos que conformaban el núcleo de los partidarios de Bellini. Lomeli estaba sentado frente a él.

Esta era la noche en que empezaban a trazarse las verdaderas estrategias del cónclave. Pese a que en teoría la constitución pontificia prohibía que los cardenales electores llegasen a «cualquier tipo de pacto, acuerdo, avenencia o compromiso», so pena de excomunión, el proceso había derivado en unas elecciones y, por lo tanto, en una cuestión de aritmética; ¿quién podía llegar a los setenta y nueve votos? Tedesco, cuya autoridad se veía reforzada al haber quedado por delante de los demás en la primera votación, les estaba contando una historia divertida a los cardenales sudamericanos de una mesa, enjugándose con una servilleta las lágrimas que se le saltaban con sus propias bromas. Tremblay escuchaba con toda su atención las opiniones de los miembros procedentes del Sudeste Asiático. Adeyemi, para inquietud de sus rivales, había sido invitado a unirse a los arzobispos conservadores de Europa del Este —Wroclaw, Riga, Leópolis, Zagreb—, quienes querían conocer su opinión acerca de distintos asuntos sociales. Incluso Bellini parecía dispuesto a hacer un esfuerzo; Sabbadin lo había colocado en una mesa de norteamericanos, ante la que estaba exponiendo su deseo de dotar a los obispos de mayor autonomía. Las monjas encargadas de servir los platos no pudieron evitar escuchar las conversaciones y enterarse de cómo avanzaba el juego, de tal manera que más tarde varias de ellas actuaron a modo de generosas fuentes para los periodistas que intentaban determinar en qué situación se hallaba el cónclave; una incluso se quedó con una servilleta en la que un cardenal había anotado todos los números referentes a los ganadores de la primera votación.

—¿Significa esto que ya no podemos ganar? —prosiguió Sabbadin. De nuevo insistió en mirarlos a todos a los ojos, lo que llevó a Lomeli a pensar con crueldad en lo inquieto que se le veía; su sueño de ascender a secretario de Estado bajo el papado de Bellini había sufrido un revés—. ¡Por supuesto que todavía podemos ganar! Lo único que se sabe con certeza tras la votación de hoy es que el próximo Papa será uno de estos cuatro candidatos: Bellini, Tedesco, Adeyemi o Tremblay.

Dell'Acqua, el arzobispo de Bolonia, lo interrumpió.

—¿No se está olvidando de, aquí, nuestro amigo decano? Ha recibido cinco votos.

—Con el mayor de los respetos para Jacopo, sería insólito que un candidato que apenas ha obtenido apoyos en la primera votación se convirtiera en un serio aspirante.

Sin embargo, Dell'Acqua se negó a que la cuestión acabara ahí.

—¿Qué me dice de Wojtyła en el segundo cónclave del setenta y ocho? En la primera ronda no obtuvo más que un puñado de votos, pero en la octava fue elegido Papa.

Sabbadin agitó la mano en un gesto de irritación.

—De acuerdo, ha sucedido una vez en un siglo. Pero no nos dejemos cegar por eso; nuestro decano no tiene precisamente la ambición de Karol Wojtyła. A menos, claro está, que haya algo que no nos haya dicho.

Lomeli bajó la vista hasta su cena. El primer plato se componía de pollo envuelto en jamón de Parma. Estaba recocido y seco pero se lo comieron de todas formas. Sabía que Sabbadin lo culpaba por haberle arañado algunos votos a Bellini. Dadas las circunstancias, consideró que debía realizar una aclaración.

—Mi posición me resulta embarazosa. Si averiguo quiénes son mis partidarios, les rogaré que voten a otro candidato. Y si me preguntasen por quién votaré yo, les respondería que por Bellini.

Landolfi, el arzobispo de Turín, dijo:

—¿Su postura no debía ser imparcial?

—Bien, no se me puede ver haciendo campaña por él, si se refiere a eso. Pero si me preguntan mi opinión, creo que tengo derecho a expresarla. Bellini es sin duda el hombre más cualificado para gobernar la Iglesia universal.

—Escuchen —los urgió Sabbadin—. Si captamos los cinco votos del decano, subiremos a veintitrés. Todos esos candidatos sin posibilidades que hoy han recibido una o dos nominaciones mañana quedarán fuera de juego. Eso significa que otros treinta y ocho votos están a punto de ser liberados. Sencillamente tenemos que recoger la mayoría de ellos.

—¿«Sencillamente»? —repitió Dell'Acqua en un tono burlón—. ¡Me temo que esto no tiene nada de sencillo, eminencia!

Nadie replicó a aquellas palabras. Sabbadin se ruborizó y

la mesa recobró su ambiente melancólico mientras los cardenales masticaban en silencio.

Si esa fuerza que los laicos llaman «ímpetu» y que según los religiosos se trata del Espíritu Santo acompañaba a alguno de los candidatos esa noche, era a Adeyemi. Sus rivales parecían percibirla. Por ejemplo, cuando los cardenales se levantaron para tomar el café y el patriarca de Lisboa, Rui Brandão D'Cruz, salió al patio amurallado para fumarse el puro de por la noche, Lomeli reparó en la premura con que Tremblay lo siguió, en principio para granjearse su apoyo. Tedesco y Bellini iban de mesa en mesa. El nigeriano, empero, se limitó a situarse tranquilamente en un rincón del vestíbulo y a dejar que sus partidarios le llevaran a posibles votantes que estuvieran interesados en hablar con él. No tardó en formarse una pequeña cola.

Lomeli, apoyado contra el mostrador de recepción mientras se tomaba su taza de café, lo observó dar audiencia. Si Adeyemi fuese blanco, pensó, los liberales lo habrían condenado por actuar de un modo más reaccionario incluso que Tedesco. Pero dado que era negro optaban por no criticar sus opiniones. Por ejemplo, a sus invectivas contra la homosexualidad les quitaban importancia arguyendo que no eran más que una expresión de su herencia cultural africana. Lomeli empezó a comprender que lo había subestimado. Tal vez sí que fuese el candidato llamado a unir a la Iglesia. Desde luego presumía del carisma necesario para ocupar el trono de san Pedro.

Cayó en la cuenta de que lo estaba mirando sin el menor disimulo. Debía mezclarse con los demás. Aunque en realidad no le apetecía demasiado hablar con nadie. Empezó a dar vueltas por el vestíbulo, sosteniendo ante sí la taza de café y el platillo a modo de escudo, sonriendo y haciendo una ligera reverencia a aquellos cardenales que se acercaban a él, sin detenerse en ningún momento. Nada más doblar la esquina, junto a la puerta de la capilla, vio a Benítez en el centro de un grupo de cardenales. Todos ellos prestaban mucha atención a lo que él decía. Se preguntó qué les estaría contando el filipino. Benítez dirigió la vista más allá de ellos y se fijó en que Lomeli lo estaba mirando. Se disculpó con el grupo y se acercó a él.

—Buenas noches, eminencia.

—Buenas noches también para usted. —Lomeli le puso la mano en el hombro y lo escrutó con preocupación—. ¿Cómo se encuentra de salud?

—Estoy perfectamente, gracias.

Cuando la pregunta pareció ponerlo en guardia, Lomeli recordó que la información que se le había revelado sobre su enfermedad era de carácter confidencial.

—Lo siento —se disculpó—, no pretendía ser indiscreto. Quería decir si se ha recuperado del viaje.

—Por completo, gracias. He dormido muy bien.

—Eso es maravilloso. Es un privilegio tenerlo con nosotros. —Le dio un golpecito en el hombro al filipino y retiró la mano aprisa. Tomó un sorbo de café—. En la Sixtina he reparado en que ya ha encontrado a un candidato por el que votar.

—Desde luego, decano. —Benítez desplegó una sonrisa tímida—. He votado por usted.

Lomeli hizo chocar la taza contra el platillo, asombrado.

—¡Oh, cielo santo!

—Discúlpeme. ¿Está prohibido desvelar el voto?

—No, no, no es por eso. Me honra. Pero, créame, yo no soy un candidato relevante.

—Con todos mis respetos, eminencia, ¿eso no deberían decidirlo sus compañeros?

—Por supuesto que sí. Pero me temo que si me conociera mejor, descubriría que no soy en absoluto digno de recibir el papado.

—Todo hombre digno de verdad debe considerarse indigno. ¿No era eso lo que quería decir con su homilía? ¿Que sin cierto grado de duda no puede existir la fe? Me recordó mucho a mi experiencia. Las escenas que he presenciado, sobre todo en África, harían que cualquier persona se cuestionase la misericordia de Dios.

—Mi apreciado Vincent... ¿Me permite llamarlo Vincent? Se lo ruego, en la próxima votación, dele su voto a alguno de nuestros hermanos que de verdad tengan posibilidades de ganar. Mi voto iría para Bellini.

Benítez negó con la cabeza.

—A mi juicio, Bellini es... ¿Qué palabras empleó el Santo Padre en cierta ocasión para describírmelo...? «Brillante pero neurótico.» Lo siento, decano. Votaré por usted.

—¿Aunque le suplique que no lo haga? Usted mismo ha recibido un voto esta tarde, ¿no es así?

—Cierto. ¡Me ha parecido absurdo!

—En ese caso imagínese cómo se sentiría si yo insistiera en votar por usted y llegara a obrarse el milagro de que ganase.

—Sería un desastre para la Iglesia.

—Sí, en fin, el mismo que ocurriría si yo fuese nombrado Papa. ¿Pensará al menos en lo que le pido?

Benítez le prometió que lo haría.

Tras su conversación con Benítez, Lomeli se sentía lo bastante alterado para buscar a los principales contendientes. Encontró a Tedesco a solas, reclinado en uno de los sillones carmesíes, con las manos rechonchas y hoyosas entrelazadas sobre la abultada panza, y los pies acomodados sobre una mesita para el café. Parecían sorprendentemente delicados para un hombre de su volumen, embutidos en un calzado ortopédico gastado e informe. Lomeli le anunció:

—Solo quería decirle que estoy haciendo cuanto está en mi mano para retirar mi nombre de la segunda votación.

Tedesco lo tasó con los ojos entornados.

—¿Y por qué iba a hacer eso?

—Porque no quiero comprometer mi neutralidad como decano.

—Pues bien que lo ha hecho esta mañana, ¿no le parece?

—Lamento que le diera esa impresión.

—Ah, no se preocupe. Por lo que a mí respecta, preferiría que defendiera su candidatura. Quiero ver las cartas puestas sobre la mesa; a mi juicio, Scavizzi ya le respondió muy bien con su meditación. Además —agitó con alborozo sus piececitos y cerró los ojos—, ¡está dividiendo el voto liberal!

Lomeli lo estudió por un momento. Tuvo que sonreír. Se manejaba con la misma astucia que un granjero decidido a vender un puerco en la feria. Cuarenta votos era todo cuanto el patriarca de Venecia necesitaba; cuarenta votos y conseguiría el tercio de bloqueo que necesitaba para impedir la elección de un detestable «progresista». Alargaría el cónclave tantos días como considerase necesario. Razón de más, entonces, para que Lomeli se alejase de la posición embarazosa en que se hallaba ahora.

—Que pase una agradable noche, patriarca.

—Buenas noches, decano.

Antes de que finalizase la velada, había logrado hablar uno a uno con los otros tres candidatos principales, a todos los cuales manifestó su voluntad de retirarse.

—Coméntenselo a todos los que mencionen mi nombre, se lo suplico. Díganles que vengan a verme si dudan de mi sinceridad. Lo único que deseo es servir al cónclave y ayudarlo a tomar la decisión correcta. No podré hacerlo si todos me ven como a un oponente.

Tremblay arrugó el ceño y se frotó el mentón.

—Discúlpeme, decano, pero si hacemos eso, ¿no conseguiremos que parezca un dechado de modestia? Si fuésemos un poco maquiavélicos, podríamos decir que es una jugada muy inteligente con la que recabar votos.

La respuesta le pareció tan insultante que Lomeli se vio tentado de sacar el tema del informe retirado. Pero ¿qué conseguiría con ello? Lo negaría sin más. En lugar de eso, se limitó a decir:

—Bien, esta es mi postura, eminencia. Ahora usted puede obrar como estime apropiado.

A continuación, habló con Adeyemi, quien mostró la actitud de un estadista.

—Considero que es una posición íntegra, decano, ni más ni menos que la que esperaba de usted. Les diré a mis partidarios que corran la voz.

—Y sin duda usted cuenta con una nutrida base de seguidores, si no me equivoco. —Adeyemi lo miró de manera inexpresiva. Lomeli sonrió—. Discúlpeme; antes no he podido evitar oír la reunión que ha mantenido en su cuarto. Ocupamos habitaciones contiguas. Las paredes son muy finas.

—¡Ah, sí! —El gesto de Adeyemi se aclaró—. La primera votación nos ha producido un gran regocijo. Tal vez no fuese muy apropiado. No volverá a suceder.

Lomeli abordó a Bellini justo cuando se disponía a subir para acostarse y le dijo lo mismo que les había anunciado a los demás, a lo que añadió:

—Lamento que mi pobre resultado se haya producido a su costa.

—No tiene por qué. Me siento aliviado. Todo el mundo

parece pensar que el cáliz se me está escapando de las manos. Si ese fuera el caso, y rezo por que lo sea, solo puedo esperar que caiga en las suyas. —Enroscó el brazo en el de Lomeli y, juntos, los viejos amigos empezaron a subir las escaleras.

—Usted es el único de todos nosotros que posee la santidad y el intelecto propios de un papa —juzgó Lomeli.

—No, es muy amable, pero me aterroriza demasiado, y no podemos permitirnos un papa aterrorizado. Aunque, eso sí, tendrá que actuar con cautela, Jacopo. Hablo en serio: si mi posición se sigue debilitando, una buena parte de mis partidarios pasarán a apoyarlo a usted.

—¡No, no, no, eso sería un desastre!

—Piénselo. Nuestros compatriotas están desesperados por tener un papa italiano, pero al mismo tiempo casi ninguno de ellos soporta la idea de que sea Tedesco. Si yo me quedo atrás, usted será la única opción realista a la que podrán aferrarse.

Lomeli se detuvo en seco.

—¡Qué idea tan desalentadora! ¡No se puede permitir que eso ocurra! —Cuando reanudaron el ascenso, añadió—: Tal vez Adeyemi sea la respuesta que buscamos. No cabe duda de que el viento sopla a su favor.

—¿Adeyemi? ¿Un hombre que viene a decir que los homosexuales deberían ser enviados a prisión en este mundo y al infierno en el siguiente? ¡Él no es ninguna respuesta!

Llegaron a la segunda planta. Las velas que titilaban junto a la entrada del apartamento del Santo Padre proyectaban su resplandor rojizo sobre el rellano. Por un momento los dos cardenales más veteranos del colegio electoral se detuvieron para contemplar la puerta sellada.

Bellini comentó, casi para sí:

—Me pregunto qué se le estaría pasando por la cabeza en sus últimas semanas.

—Yo no puedo ayudarlo. Hacía un mes que no lo veía.

—¡Ah, ojalá lo hubiese visto! Se le notaba extraño. Inaccesible. Reservado. Creo que intuía que su hora se acercaba y que tenía la cabeza llena de ideas curiosas. Percibo su presencia con gran intensidad, ¿usted no?

—Desde luego que sí. Sigo hablando con él. A menudo siento que nos observa.

—Estoy seguro de ello. Bien, aquí nos separamos. Yo me alojo en la tercera planta. —Examinó su llave—. Habitación trescientos uno. Debo de estar justo encima del Santo Padre. Quizá su espíritu emane a través del suelo. Eso explicaría por qué me encuentro tan agitado. Procure dormir bien, Jacopo. ¿Quién sabe dónde estaremos mañana a esta hora?

Seguidamente, para sorpresa de Lomeli, Bellini lo besó con ligereza en ambas mejillas antes de volverse sobre los talones y seguir subiendo por la escalera.

—Buenas noches —se despidió Lomeli.

Sin darse la vuelta, Bellini levantó la mano en respuesta.

Cuando se hubo marchado, Lomeli permaneció inmóvil durante un minuto, con la mirada fija en la puerta cerrada y en su barrera de cera y galones. Recordó la conversación que había mantenido con Benítez. ¿Sería cierto que el Santo Padre llegó a conocer al filipino lo suficiente para confiarle una crítica sobre su secretario de Estado? En cualquier caso, el comentario se le antojaba auténtico. «Brillante pero neurótico.» Casi podía oír al anciano realizándolo.

Esa noche Lomeli volvió a padecer un sueño agitado. Por primera vez en mucho tiempo se le apareció su madre, una viuda durante cuarenta años que siempre se quejaba de lo frío que se mostraba con ella, de tal manera que cuando despertó en la madrugada, la voz lastimera de la mujer insistía en castigarle los oídos. Sin embargo, al cabo de uno o dos minutos, entendió que la voz que oía era real. Había una mujer cerca de allí.

¿Una mujer?

Se colocó de costado y buscó su reloj a tientas. Eran casi las tres.

La voz femenina surgió de nuevo: apremiante, acusadora, casi histérica. En respuesta se oyó la voz grave de un hombre: amable, calmante, apaciguadora.

Lomeli se quitó las mantas de encima y encendió la luz. Los muelles sin engrasar del armazón de hierro chirriaron ruidosamente cuando puso los pies en el suelo. Cruzó la habitación de puntillas y pegó la oreja a la pared. Las voces se habían callado. Tuvo la impresión de que al otro lado del separador de yeso laminado también estaban a la escucha. Se mantuvo en la misma postura durante varios minutos, hasta que empezó a sentirse ridículo. ¡Sus sospechas eran absurdas! Pero entonces oyó la voz inconfundible de Adeyemi —incluso sus susurros resonaban—, seguida del clac de una puerta al cerrarse. Corrió hacia la puerta de su cuarto y la abrió de golpe, justo a tiempo para ver uno de los uniformes azules de las Hijas de la Caridad de San Vicente de Paúl desaparecer tras la esquina.

Más tarde a Lomeli le parecería obvio lo que tendría que haber hecho a continuación. Debería haberse vestido de inmediato y llamado a la puerta de Adeyemi. Aún habría sido posible, en esos primeros instantes, antes de que le diese tiempo a elaborar excusas y cuando el episodio era innegable, haber mantenido una conversación sin ambages acerca de lo que acababa de ocurrir. En vez de eso, el decano volvió a meterse en la cama, se tapó con las mantas hasta la barbilla y se quedó sopesando sus opciones.

La mejor explicación —es decir, la menos dañina a su modo de ver—, era que la monja se sentía desazonada, que se había escondido después de que las demás hermanas abandonasen el edificio, a medianoche, y que había acudido a Adeyemi en busca de consejo. Muchas de las monjas que servían en la casa de Santa Marta procedían de África, por lo que era muy posible que conociera al cardenal de cuando este residía en Nigeria. Por supuesto, Adeyemi había cometido una grave indiscreción al permitirle entrar en su habitación sin más compañía en plena noche, pero una indiscreción no implicaba necesariamente un pecado. Este razonamiento desplegó todo un abanico de explicaciones adicionales, en la mayoría de las cuales Lomeli prefería no ahondar demasiado. Estaba educado, en el sentido literal, para no abandonarse a ese tipo de pensamientos. Un pasaje del *Diario de un alma*, del papa Juan XXIII, le había servido como guía desde los agónicos días y noches que vivió como joven sacerdote.

En cuanto a las mujeres, y a todo lo referente a ellas, jamás palabra alguna, jamás; era como si las mujeres no existiesen. Este silencio absoluto, incluso entre amigos íntimos, acerca de cuanto guardase relación con las mujeres fue una de las lecciones más enriquecedoras y duraderas que recibí durante mis primeros años de sacerdocio.

Esta era la base de la dura disciplina mental que había permitido a Lomeli mantenerse célibe durante más de sesenta años. «¡Ni siquiera pienses en ellas!» La mera idea de entrar en la habitación contigua y hablar de hombre a hombre con Adeyemi sobre una mujer era completamente ajena al hermético sistema intelectual del decano. Por lo tanto, se resolvió a olvidar el incidente. Si Adeyemi decidía confesárselo, naturalmente lo escucharía, en calidad de confesor. Si no, haría como si no hubiera pasado nada.

Estiró el brazo y apagó la luz.

9

La segunda votación

A las seis y media sonó la campana que llamaba a la misa matutina.

Lomeli se despertó con una sensación de perdición inminente compactada en su pecho, como si todas sus preocupaciones se encontrasen agazapadas en él, listas para echársele encima en cuanto se despertase del todo. Entró en el cuarto de baño e intentó espantarlas con otra ducha abrasadora. Sin embargo, cuando se miró al espejo para afeitarse, comprobó que seguían allí, acechándolo a sus espaldas.

Se secó y se puso la bata, se arrodilló en el reclinatorio y recitó el rosario; después rezó porque la sabiduría y el consejo de Cristo lo acompañasen durante las distintas pruebas a las que habría de someterse a lo largo del día. Le temblaban los dedos al vestirse. Se quedó quieto y se exigió calma a sí mismo. Se requería una oración concreta para cada prenda —sotana, cíngulo, roquete, muceta, solideo—, las cuales Lomeli recitó según se las ponía.

—Protégeme, oh, Señor, con la faja de la fe —susurró al tiempo que se ceñía el cíngulo en torno a la cintura— y extingue el fuego de la lujuria para que la castidad habite en mí, año tras año. —Su entonación, no obstante, sonaba mecánica, sin más vehemencia que si estuviera dando un número de teléfono.

En el momento de salir de la habitación se vio reflejado en el espejo, ataviado con los hábitos corales. El abismo que separaba a la figura que aparentaba ser del hombre que sabía que era nunca se le había hecho tan inmenso.

Bajó las escaleras junto con algunos otros cardenales en dirección a la capilla de la planta baja. Esta se ubicaba en un anexo del edificio principal, con su aséptico diseño moderno y su techo abovedado de vigas de madera blanca y de cristal, suspendido sobre el suelo de mármol pulido de color crema y oro. El ambiente recordaba en exceso a la sala de espera de un aeropuerto, a juicio de Lomeli, aunque, por sorprendente que pareciese, el Santo Padre prefería esta capilla a la Paulina. Uno de los costados se componía en su totalidad de grueso cristal cilindrado, tras el cual quedaba la antigua pared del Vaticano, iluminada y delimitada en su base mediante macetas con arbustos. Desde este ángulo era imposible ver el cielo o, siquiera, saber si ya había amanecido.

Dos semanas antes Tremblay había ido a ver a Lomeli para proponerle hacerse cargo de la celebración de las misas matutinas en la casa de Santa Marta, a lo que él, atosigado por la idea de tener que dar la *Missa pro eligendo romano pontifice*, aceptó con gusto. Ahora lo lamentaba profundamente. Le había dado al canadiense una oportunidad de oro para recordarle al cónclave la habilidad con que desarrollaba la liturgia. Cantaba bien. Parecía un clérigo sacado de una película romántica de Hollywood; en concreto, le recordaba a Spencer Tracy. El dramatismo que les imprimía a sus gestos invitaba a creer que se hallaba imbuido del espíritu divino, sin resultar tan teatral como para parecer falso o egocéntrico. Cuando Lomeli se colocó en la fila para comulgar y se arrodilló ante el cardenal, le vino a la cabeza la sacrílega idea de que el canadiense podría ganarse tres o cuatro votos con el culto.

Adeyemi fue el último en recibir la eucaristía. Se cuidó de no mirar ni a Lomeli ni a nadie cuando regresó a su asiento. Se le veía absolutamente sereno, el ademán grave, distante, alerta. Tal vez a la hora de comer sabría ya si tenía posibilidades de ser nombrado Papa.

Finalizada la bendición, algunos de los cardenales se quedaron en la capilla para rezar, pero la mayoría de ellos se dirigieron al comedor para desayunar. Adeyemi se unió, como de costumbre, a la mesa de los cardenales africanos. Lomeli ocupó un asiento entre los arzobispos de Hong Kong y de Cebú. Intentaron mantener una conversación de cortesía, pero los silencios se volvieron cada vez más largos y frecuentes, de modo que cuando los demás se levantaron para ir a buscar su comida al bufet, Lomeli se quedó donde estaba.

Observó a las monjas mientras pululaban entre las mesas sirviendo el café. Con vergüenza cayó en la cuenta de que nunca se había molestado en fijarse en ellas. Su media de edad rondaría, supuso, los cincuenta años. Pertenecían a todas las etnias imaginables, aunque todas, sin excepción, eran bajas, como si la hermana Agnes se hubiera resuelto a negarles la plaza a todas las que la superasen en estatura. Casi todas llevaban gafas. Todo en ellas —sus hábitos y tocados azules, su discreción, su mirada baja, su silencio— parecía concebido para que pasasen desapercibidas, con lo que ni mucho menos podían ser vistas como objetos de deseo. Lomeli supuso que tenían órdenes de no hablar; cuando una de ellas le sirvió café a Adeyemi, este ni siquiera se volvió para mirarla. Aun así, el difunto Santo Padre solía comer con un grupo de estas monjas al menos una vez por semana (otro gesto de humildad que siempre provocó murmullos de desaprobación entre la curia).

Justo antes de las nueve en punto, Lomeli apartó su bandeja intacta, se levantó y le anunció a la mesa que era hora de volver a la capilla Sixtina. Su movimiento inició un éxodo general hacia el vestíbulo. O'Malley ya estaba preparado junto al mostrador de recepción, sujetapapeles en mano.

—Buenos días, eminencia.

—Buenos días, Ray.

—¿Ha dormido bien Su Eminencia?

—Perfectamente, gracias. Si no llueve, creo que iré caminando.

Esperó mientras uno de los guardias suizos desbloqueaba la cerradura de la puerta y salió al exterior soleado. El ambiente era fresco y húmedo. Después del calor de la casa de Santa Marta, recibió la leve brisa como un reconstituyente. Una fila de microbuses con el motor en marcha bordeaba la plaza con el motor encendido, vigilado cada uno de ellos por un guardia de paisano. El hecho de que Lomeli saliese andando originó un chaparrón de murmuraciones, y cuando partió hacia los Jardines Vaticanos se dio cuenta de que lo seguía otro guardaespaldas.

En circunstancias normales, esta parte del Vaticano habría estado bullendo con la actividad de los oficiales de la curia que llegaban para trabajar o que se trasladaban de una oficina a otra; los coches con el indicativo SCV en la matrícula traquetearían sobre los adoquines. Pero había despejado la zona hasta que terminase el cónclave. Incluso el palacio de San Carlos, donde el necio cardenal Tutino se había construido su inmenso apartamento, parecía abandonado. Daba la impresión de que alguna trágica calamidad se hubiera cebado con la Iglesia, exterminando a los religiosos y dejando con vida solo a los guardias de seguridad, que deambulaban por la ciudad desierta como negros escarabajos peloteros. En los jardines se arracimaban detrás de los árboles y lo vigilaban a su paso. Uno patrullaba el camino con un pastor alemán atado en corto, inspeccionando los parterres en busca de bombas.

De improviso, Lomeli se salió del camino, subió un tramo de escaleras y pasó junto a una fuente en dirección a un terreno cubierto de césped. Se levantó la bastilla de la sotana para que no se mojara. Sintió en los pies la esponjosidad de la hierba, perlada de rocío. Desde allí, entre los árboles, obtuvo una panorámica de las colinas bajas de Roma, cenicientas bajo la luz pálida de noviembre. Y pensar que quien resultase elegido Papa jamás podría pasear tranquilamente por la ciudad, jamás podría perderse en una librería ni sentarse en una terraza para disfrutar de un café, ¡sino que se convertiría en un prisionero de este lugar! Ni siquiera Ratzinger, que renunció al cargo, pudo escapar, sino que terminó encerrado en un convento reformado de los jardines, reducido a una presencia fantasmal. Lomeli insistió en sus rezos para no correr la misma suerte.

Oyó entonces a su espalda el chasquido de una radio que lo sacó de su meditación. Lo siguió una farfulla electrónica ininteligible.

—¡Ah, márchate! —bufó Lomeli entre dientes.

Según se volvía sobre los talones, el guardia de seguridad desapareció de súbito tras una estatua de Apolo. A decir verdad, su torpe intento de hacerse invisible fue bastante cómico. Comprobó, al volver la vista hacia el camino, que algunos otros cardenales habían decidido seguir su ejemplo y desplazarse a pie. Más atrás, solo, llegaba Adeyemi. Lomeli descendió aprisa las escaleras, a fin de evitarlo, pero el nigeriano aligeró el paso y lo alcanzó.

—Buenos días, decano.

—Buenos días, Joshua.

Se hicieron a un lado para facilitar el paso de uno de los

microbuses y luego reanudaron el paseo, que los llevó por delante de la fachada occidental de San Pedro, en dirección al Palacio Apostólico. Lomeli sintió que se esperaba que hablase él primero. Pero hacía tiempo que había aprendido a no balbucir para disipar el silencio. No le apetecía mencionar lo que había visto, no albergaba ningún deseo de hacer de guardián de la conciencia de nadie, salvo de la suya. Al final, fue Adeyemi, cuando hubieron respondido al saludo de los guardias suizos que protegían la entrada del primer patio, quien se vio obligado a realizar el movimiento de apertura.

—Creo que hay algo que debo decirle. Espero que no le parezca inapropiado.

—Eso depende del asunto en cuestión —apuntó un cauto Lomeli.

Adeyemi frunció los labios y asintió, ya que esto confirmaba sus temores.

—Solo quiero que sepa que estoy muy de acuerdo con lo que dijo ayer durante su homilía.

—¡Eso sí que no me lo esperaba! —exclamó Lomeli mirándolo sorprendido.

—Puede que sea más perspicaz de lo que usted cree. Antes o después nuestra fe es puesta a prueba, decano. Todos fracasamos en un momento u otro. Pero la fe cristiana nos trae sobre todo un mensaje de perdón. Creo que esa es la idea que usted quería transmitir.

—De perdón, sí. Pero también de tolerancia.

—Exacto. De tolerancia. Confío en que cuando esta elección concluya, su voz moderadora se oiga en los consejos más elevados de la Iglesia. Desde luego así sería si llegara a depender de mí. Los consejos más elevados —repitió con gran énfasis—. Espero que entienda lo que le quiero decir. ¿Me disculpa, decano?

Alargó sus zancadas, como si le urgiera alejarse, y se apresuró a alcanzar a los dos cardenales que caminaban por delante de ellos. Se asió a los hombros de ambos y los apretó contra él, dejando a Lomeli a solas, que se preguntaba si serían imaginaciones suyas o si realmente acababan de ofrecerle, a cambio de su silencio, la posibilidad de volver a ocupar el cargo de secretario de Estado.

Se reunieron en la capilla Sixtina, donde ocuparon los mismos asientos de la primera convocatoria. Las puertas quedaron cerradas con llave. Lomeli se situó frente al altar y leyó en voz alta el nombre de todos los cardenales, llamamiento al que cada uno respondió con un «Presente».

—Recemos.

Los cardenales se pusieron de pie.

—Oh, Padre, con el fin de que podamos guiar y velar por Tu Iglesia, concédenos, a Tus sirvientes, la bendición de la inteligencia, de la verdad y de la paz, para que alcancemos a conocer Tu voluntad, y para que Te sirvamos con toda nuestra dedicación. Por Cristo nuestro Señor.

—Amén.

Los cardenales se sentaron.

—Hermanos míos, ahora procederemos a la segunda votación. Escrutadores, ¿serían tan amables de ocupar su puesto, por favor?

Lukša, Mercurio y Newby se levantaron de sus puestos y se acercaron al extremo frontal de la capilla.

Lomeli regresó a su asiento y sacó su papeleta. Cuando los escrutadores terminaron de prepararse, destapó su pluma, colocó el cuerpo a modo de pantalla y volvió a escribir en mayúsculas BELLINI. Plegó la papeleta, se puso de pie, la levantó para que todo el cónclave pudiera verla y se acercó al altar. Por encima de él, en *El juicio final*, las huestes del cielo se arremolinaban mientras los condenados se precipitaban hacia el abismo.

—Pongo por testigo a nuestro Señor Jesucristo, quien habrá de juzgarme, de que le doy mi voto a aquel a quien ante Dios considero que debería resultar elegido.

Introdujo su voto en el cáliz y lo dejó caer en la urna.

En 1978 Karol Wojtyła llevó un periódico marxista al cónclave del que salió elegido Papa y estuvo leyéndolo tranquilamente en su asiento durante las largas horas que se requirieron para realizar un total de ocho votaciones. Sin embargo, tras convertirse en el papa Juan Pablo II, no permitió que sus sucesores disfrutasen de las mismas distracciones. Mediante la revisión del reglamento que se efectuó en 1996, quedó prohibido que los electores introdujeran ningún tipo de material de lectura en la capilla Sixtina. Se colocó en las mesas una Biblia para cada cardenal, con el propósito de que consultaran la Escritura para inspirarse. Su único deber consistía en meditar sobre la decisión que debían tomar.

Lomeli estudió los frescos del techo, hojeó el Nuevo Testamento, observó a los candidatos según desfilaban ante él para votar, cerró los ojos, rezó. Al final, según su reloj, habían transcurrido sesenta y ocho minutos cuando la última papeleta fue depositada. Poco antes de las once menos cuarto, el cardenal Rudgard, el último en votar, volvió al asiento que ocupaba al fondo de la capilla y el cardenal Lukša levantó la urna llena y se la mostró al cónclave. Los escrutadores repitieron el ritual de la vez anterior. El cardenal Newby vertió las papeletas plegadas en la segunda urna y las contó una a una en voz alta hasta sumar ciento dieciocho. A continuación, el cardenal Mercurio y él prepararon la mesa y tres sillas frente al altar. Lukša la cubrió con un paño y acomodó la urna sobre ella. Los tres religiosos se sentaron. Lukša introdujo la mano en el recipiente de plata ornamentada, como si fuese a extraer el boleto de una rifa para una colecta diocesana, y extrajo la primera papeleta. La desplegó, la leyó, tomó nota y se la pasó a Mercurio.

Lomeli tomó su pluma. Newby perforó el papel con la aguja y el cordón y bajó la cabeza hasta el micrófono. Su lamentable italiano se propagó por la Sixtina.

—El primer voto de la segunda votación es para el cardenal Lomeli.

Durante unos segundos escalofriantes, Lomeli imaginó primero a sus compañeros confabulándose en secreto para forzar su nombramiento y después se vio llegando al papado impelido por un torrente de votos de compromiso antes de que le diera tiempo a pensar en la forma de impedirlo. Pero el siguiente nombre que se leyó fue el de Adeyemi, después el de Tedesco y luego de nuevo el de Adeyemi, tras lo cual pasaron largos minutos durante los que celebró que no se le volviera a mencionar. Deslizó la mano arriba y abajo por la lista de cardenales, y fue añadiendo una marca cada vez que se anunciaba un nuevo voto, seguimiento con el que enseguida comprobó que había quedado en la quinta posición. Cuando Newby leyó el último nombre —«cardenal Tremblay»—, Lomeli acumulaba un total de nueve votos, casi el doble de los obtenidos en la primera ronda, lo cual no se correspondía en absoluto con lo que deseaba, si bien el número se mantenía lo bastante bajo para infundirle cierta tranquilidad. Fue Adeyemi quien había ascendido de sopetón a la cabeza de la lista.

Adeyemi	35
Tedesco	29
Bellini	19
Tremblay	18
Lomeli	9
Otros	8

Así, de entre las brumas de la ambición del hombre, la voluntad de Dios comenzó a emerger. Como sucedía siempre en la segunda votación, aquellos que no tenía posibilidades reales se habían caído de la lista, lo que permitió al nigeriano cosechar dieciséis de sus votos, un formidable empujón. Y Tedesco estaría encantado, supuso Lomeli, de haber añadido siete apoyos más al total de la primera votación. Bellini y Tremblay, por su parte, apenas se habían movido; tal vez no fuera un mal resultado para el canadiense, pero desde luego sí era un desastre para el exsecretario de Estado, quien tal vez tendría que haber obtenido una veintena larga de votos para mantener viva su candidatura.

Cuando comprobó sus cálculos por segunda vez, Lomeli se llevó otra pequeña sorpresa, recogida en una especie de nota al pie que no había tenido en cuenta por estar concentrado en los resultados principales. Benítez también había sumado apoyos, y de un voto había pasado a dos.

10

La tercera votación

Cuando Newby hubo leído los resultados y los tres cardenales revisores terminaron de comprobarlos, Lomeli se levantó y se dirigió al altar. Tomó el micrófono que había empleado Newby. La Sixtina parecía emitir un zumbido sutil. A lo largo de las cuatro hileras de mesas los cardenales se afanaban comparando sus listas y conversando con sus compañeros entre susurros.

Desde el escalón del altar podía ver a los cuatro candidatos principales. Bellini, como cardenal obispo, era el que más cerca estaba de él, en el flanco derecho de la capilla, según comprobó Lomeli al mirar hacia allí; estaba estudiando los números y se daba golpecitos en los labios con el dedo índice, un hombre aislado. Un poco más adelante, al otro lado del pasillo, Tedesco se había reclinado en su silla para escuchar al arzobispo emérito de Palermo, Scozzazi, quien se hallaba en la fila de detrás, inclinado sobre la mesa para decirle algo. Separado de Tedesco por varios asientos, Tremblay giraba el tronco de un lado a otro para estirar los músculos, como un deportista que calentase entre las distintas partes de una competición. Frente a él, Adeyemi mantenía la vista fija ante sí, tan inmóvil que semejaba una estatua tallada en ébano, ajeno a las miradas que atraía desde todos los rincones de la Sixtina.

Lomeli dio un golpecito en el micrófono. El manotazo resonó contra los frescos como un tamborileo. El murmullo cesó de inmediato.

—Hermanos míos, conforme a la normativa apostólica, ahora no nos detendremos para quemar las papeletas, sino que procederemos de inmediato a la siguiente votación. Oremos.

Por tercera vez, Lomeli votó por Bellini. Se había determinado a no retirarle su apoyo, aunque se veía, casi literal y físicamente, como el anterior favorito perdía su autoridad mientras caminaba con rigidez hacia el altar, recitaba el juramento con voz monótona y emitía su voto. Dio media vuelta para retornar a su asiento, enajenado. Una cosa era aborrecer la idea de llegar al papado y otra muy distinta, tener que afrontar de súbito que eso nunca se haría realidad, que después de años de ser considerado el heredero natural, ahora tus iguales miraban más allá de ti y Dios les mostraba otras opciones. Lomeli se preguntó si conseguiría recuperarse algún día. Cuando Bellini pasó por detrás de él de regreso a su asiento, Lomeli le dio una palmada de ánimo en la espalda, aunque el exsecretario de Estado no pareció darse cuenta de ello.

Mientras los cardenales votaban, Lomeli se entretuvo contemplando los artesones que adornaban la parte del techo más cercana a él. El profeta Jeremías abstraído en sus lamentaciones. El antisemita Amán denunciado y asesinado. El profeta Jonás a punto de ser engullido por una anguila gigante. El tumulto de las distintas escenas lo asombró por primera vez; la violencia, la fuerza. Estiró el cuello para ver mejor cómo Dios separaba la luz de la oscuridad. La creación del sol y de los planetas. Dios apartando las aguas de la tierra. Sin darse cuenta, terminó perdiéndose en el cuadro. «Habrá señales en el sol, en la luna y en las estrellas; y en la tierra, angustia de la gente, trastornada por el estruendo del mar y de las olas. Los hombres se quedarán sin aliento por el terror y la ansiedad ante las cosas que se abatirán sobre el mundo, porque las fuerzas de los cielos se tambalearán.» Sintió de pronto la inminencia de un desastre, tan intensa que un escalofrío le arañó la espalda, y cuando miró a su alrededor, cayó en la cuenta de que había transcurrido una hora y de que los escrutadores se estaban preparando ya para contar las papeletas.

—Adeyemi... Adeyemi... Adeyemi...

Uno de cada dos votos parecía ser para el cardenal de Nigeria y, al tiempo que leían las últimas papeletas, Lomeli rezó por él.

—Adeyemi... —Newby ensartó el papel en el cordón escarlata—. Hermanos míos, con esto concluye la votación de la tercera ronda.

Una espiración colectiva recorrió la capilla. Sin perder un momento, Lomeli contó el bosque de palitos que había plantado junto al nombre de Adeyemi. Sumaban cincuenta y siete. «¡Cincuenta y siete!» No pudo reprimir el impulso de inclinarse hacia delante y deslizar la vista por la hilera de mesas hasta donde se encontraba sentado Adeyemi. Casi la mitad del cónclave estaba haciendo lo mismo. Tres votos más y obtendría la mayoría absoluta; veintiuno más y sería Papa.

El primer Papa negro.

Adeyemi inclinó su enorme cabeza sobre el pecho. En la mano derecha sujetaba su cruz pectoral. Estaba rezando.

En la primera votación, treinta y cuatro cardenales habían recibido al menos un voto. Ahora solo seis habían logrado recabar apoyos.

Adeyemi	57
Tedesco	32
Tremblay	12
Bellini	10
Lomeli	5
Benítez	2

Adeyemi sería elegido pontífice antes de que acabase el día. Lomeli estaba seguro de ello. La profecía podía leerse en los números. Aunque Tedesco se llevase cuarenta papeletas en la siguiente votación y le negara una mayoría de dos tercios, la minoría de bloqueo se desmoronaría rápidamente en la siguiente ronda. Pocos cardenales deseaban arriesgarse a crear un cisma en la Iglesia al obstruir una manifestación tan abrumadora de la voluntad divina. Tampoco querían, desde el punto de vista práctico, convertirse en enemigos del futuro Papa, sobre todo si este tenía la personalidad imponente de Adeyemi.

Una vez que los revisores terminaron de comprobar las papeletas, Lomeli volvió al escalón del altar para dirigirse al cónclave.

—Hermanos míos, con esto concluye la tercera votación. Haremos ahora un receso para la comida. El proceso se reanudará a las dos y media. Por favor, permanezcan en su asiento mientras se da paso a los oficiales y recuerden que no deben hacer comentarios sobre la sesión hasta que se encuentren de regreso en la casa de Santa Marta. ¿Sería tan amable el segundo cardenal diácono de solicitar la apertura de las puertas?

Los miembros del cónclave les entregaron las papeletas a los maestros de ceremonias y, mientras charlaban animadamente, formaron una fila según recorrían el vestíbulo, salieron a la marmórea y grandiosa Sala Regia y bajaron la escalera hasta llegar a los microbuses. Se apreciaba ya un cambio en el modo en que miraban a Adeyemi, alrededor del cual parecía haberse formado un escudo invisible. Incluso sus partidarios más allegados guardaban las distancias. Caminaba a solas.

Los cardenales no veían el momento de volver a la casa de Santa Marta. Pocos se quedaron ahora a ver cómo quemaban las papeletas. O'Malley introdujo las bolsas de papel en una de las estufas y liberó los productos químicos de la otra. Los humos se mezclaron y ascendieron por el conducto de cobre. A las 12.37 una nubecilla negra empezó a brotar de la chimenea de la capilla Sixtina. Al verla, los expertos en el Vaticano de los principales noticiarios de televisión siguieron prediciendo con absoluta certeza la victoria de Bellini.

Lomeli abandonó la Sixtina poco después de que liberaran el humo, en torno a la una menos cuarto. Cuando llegó al patio comprobó que los guardias de seguridad le habían reservado el último microbús. Rehusó la ayuda que le ofrecieron y subió por sí mismo al vehículo, entre cuyo pasaje encontró a Bellini, sentado cerca de la parte delantera con su habitual cohorte de partidarios: Sabbadin, Landolfi, Dell'Acqua, Santini, Panzavecchia. No se había hecho ningún favor a sí mismo, pensó Lomeli, al intentar ganarse a un electorado internacional con una camarilla de italianos. Puesto que las plazas de atrás estaban ocupadas, el decano se vio obligado a sentarse con ellos. El microbús se puso en marcha. Conscientes de que el conductor los estudiaba por el retrovisor, al principio los cardenales se mantuvieron en silencio. Transcurridos unos instantes, Sabbadin pivotó sobre su asiento y le dijo a Lomeli con engañosa simpatía:

—He visto, decano, que esta mañana ha dedicado cerca de una hora a contemplar el techo de Miguel Ángel.

—Así es, y se antoja una obra cruenta, cuando uno se toma su tiempo para examinarla. Todos esos desastres que nos asolan: ejecuciones, matanzas, el diluvio. Un detalle en el que no había reparado hasta ahora es la expresión que adopta Dios cuando separa la luz de la oscuridad: asesinato puro y duro.

—Por supuesto, el episodio más apropiado que podríamos haber contemplado esta mañana habría sido el de los cerdos de Gádara. Lástima que el maestro no llegase a pintarlo.

—Conténgase, conténgase, Giulio —lo frenó Bellini, los ojos puestos en el conductor—. Recuerde dónde estamos.

Pero Sabbadin se negó a tragarse su bilis. Su única concesión fue reducir su voz a un susurro, lo que obligó a todos a inclinarse hacia él para oírlo.

—En serio, ¿es que hemos perdido el juicio todos? ¿Somos incapaces de ver que corremos en estampida hacia el precipicio? ¿Qué voy a decir en Milán cuando empiecen a conocer la postura de nuestro nuevo Papa en materia social?

—No olvide —musitó Lomeli entonces— que también habrá una gran expectación ante el nombramiento del primer pontífice africano.

—¡Oh, sí! ¡Claro! ¡Un papa que permitirá celebrar danzas tribales en plena misa pero que prohibirá comulgar a los divorciados!

—¡Basta! —Bellini hizo un gesto cortante con la mano para exigir el fin de la conversación. Lomeli nunca lo había visto tan enfadado—. Debemos aceptar la sabiduría colectiva del cónclave. Esto no es una de las camarillas políticas de su padre, Giulio, ¡Dios no hace recuentos!

Extravió la vista al otro lado de la ventanilla y guardó silencio durante el resto del breve trayecto. Sabbadin se reclinó en el asiento, los brazos cruzados, envenenado por la impotencia y la decepción. Desde el retrovisor, el conductor los observaba con curiosidad.

El desplazamiento en microbús desde la capilla Sixtina hasta la casa de Santa Marta llevaba menos de cinco minutos. Así, más tarde Lomeli calculó que sería alrededor de la una menos diez cuando desmontaron frente a la residencia. Fueron los últimos en llegar. La comida se organizaba a modo de autoservicio. La mitad de los cardenales estaban ya sentados y una treintena de ellos hacía cola con la bandeja en las manos; el resto debía de haberse retirado a su cuarto. Las monjas serpenteaban entre las mesas, sirviendo el vino. Imperaba un clima de emoción incontenible; ahora que podían conversar abiertamente, los cardenales intercambiaban impresiones acerca del extraordinario resultado. Cuando Lomeli se unió a la cola, le sorprendió ver a Adeyemi sentado a la misma mesa que había ocupado durante el desayuno, en compañía del mismo contingente de cardenales africanos; si él se hubiera visto en el lugar del nigeriano, se habría quedado recogido en la capilla, lejos del barullo, sumido en sus oraciones.

Llegó al mostrador y se estaba sirviendo un poco de *riso tonnato* cuando oyó un vocerío a su espalda, seguido por el estrépito de una bandeja al estamparse contra el suelo de mármol, por la explosión de los cristales al saltar hechos trizas, y, por último, por el grito de una mujer. (O ¿sería más acertado decir el «aullido»? Tal vez el «chillido» sea una definición más adecuada; el chillido de una mujer.) Dio media vuelta para ver qué sucedía. Otros cardenales se estaban levantando con el mismo fin; le tapaban la vista. Una monja, con la cabeza entre las manos, corrió por el comedor en dirección a la cocina. Dos hermanas la siguieron a toda prisa. Lomeli miró al cardenal que tenía más cerca, el joven español, Villanueva.

—¿Qué ha ocurrido? ¿Lo ha visto?

—Se le ha caído una botella de vino, creo.

Fuera lo que fuese, el accidente parecía haberse quedado ahí. Los cardenales que se habían levantado volvieron a ocupar su asiento. El murmullo de las conversaciones resurgió poco a poco. Lomeli se volvió hacia el mostrador para recoger sus platos. Con la bandeja en las manos, miró en derredor en busca de un lugar donde sentarse. Una monja salió de la cocina con un cubo y una fregona y se acercó a la mesa de los africanos, momento en el cual Lomeli reparó en la ausencia de Adeyemi. En un momento de escalofriante claridad entendió lo que había pasado. Pese a todo —¡cómo se arrepentiría más tarde!—, pese a todo, su instinto le ordenó pasarlo por alto. La discreción y la disciplina autoimpuesta durante toda una vida guiaron sus pasos hacia la silla vacía más próxima, le ordenaron a su cuerpo que la ocupara, a su boca que les sonriese a los demás comensales a modo de saludo y a sus manos que desplegaran una servilleta, mientras en su cabeza solo alcanzaba a oír el estruendo de una catarata.

Así fue como el arzobispo de Burdeos, Courtemarche, que cuestionaba las evidencias históricas del Holocausto y al que Lomeli siempre había rehuido, se vio de forma espontánea sentado junto al decano del Colegio. Convencido de que se trataba de una obertura oficial, empezó a elaborar una petición en nombre de la Hermandad Sacerdotal San Pío X. Lomeli lo oía sin escucharlo. Una monja, con los ojos entornados con modestia, se colocó a su lado para ofrecerle un poco de vino. Lomeli levantó la mirada para rehusarlo y, por una fracción de segundo, ella le devolvió la mirada, una mirada torva, acusadora; el decano sintió que se le secaba la boca.

—... el Inmaculado Corazón de María... —le iba diciendo Courtemarche—, la intención de los cielos declarada en Fátima...

Tras ella, tres de los arzobispos africanos que habían estado sentados con Adeyemi —Nakitanda, Mwangale y Zucula— caminaban hacia la mesa de Lomeli. El más joven, Nakitanda, de Kampala, asumió el papel de portavoz.

—¿Podríamos solicitar un minuto de su tiempo, decano?

—Por supuesto. —Inclinó la cabeza hacia Courtemarche—. Discúlpeme.

Siguió al trío hacia un rincón del vestíbulo.

—¿Qué es lo que ha ocurrido? —preguntó.

Zucula meneó la cabeza con pesadumbre.

—Nuestro hermano está desazonado.

—Una de las monjas que atendía nuestra mesa ha empezado a hablar con Joshua —explicó Nakitanda—. Al principio él intentaba ignorarla. Ella ha tirado la bandeja y ha gritado algo. Él se ha levantado y se ha marchado.

—¿Qué le ha dicho la monja?

—No lo sabemos, por desgracia. Hablaba en un dialecto nigeriano.

—Yoruba —especificó Mwangale—. Hablaba en yoruba. El dialecto de Adeyemi.

—¿Y dónde está ahora el cardenal Adeyemi?

—Lo ignoramos, decano —repuso Nakitanda—, pero salta a la vista que sucede algo y Adeyemi tiene que decirnos de qué se trata. Además, necesitamos hablar con la hermana antes de que regresemos a la Sixtina para votar. ¿Qué es exactamente lo que tiene contra él?

Zucula cogió a Lomeli del brazo. A pesar de su aspecto frágil, lo sujetó con una fuerza atenazadora.

—Llevamos mucho tiempo esperando la llegada de un papa

africano, Jacopo, y si Dios quiere a Joshua, yo seré feliz. Pero él debe ser puro de corazón y de conciencia, un verdadero hombre santo. Si el elegido no reúne esas condiciones, todos nos veremos abocados al desastre.

—Lo entiendo. Veré qué puedo hacer. —Consultó su reloj. Pasaban tres minutos de la una.

Para llegar a la cocina desde el vestíbulo, Lomeli tenía que atravesar el comedor. Los cardenales lo habían estado viendo conversar con los africanos, por lo que se sabía seguido en su avance por decenas de pares de ojos —de hombres que se inclinaban unos hacia otros para susurrarse comentarios—, de tenedores detenidos a medio camino. Abrió la puerta de un empujón. Hacía muchos años que no entraba en una cocina y, de hecho, nunca había pisado una tan bulliciosa como aquella. Miró con desconcierto a las monjas que preparaban la comida. Las hermanas que se hallaban más cerca de él bajaron la cabeza.

—Eminencia.

—Eminencia.

—Dios os bendiga, hijas mías. Decidme: ¿dónde está la hermana que acaba de tener el percance?

—Está con la hermana Agnes, eminencia —contestó una monja italiana.

—¿Serías tan amable de llevarme con ellas?

—Por supuesto, eminencia. —Señaló la puerta que daba al comedor y Lomeli se apartó de ella.

—¿Hay alguna puerta trasera por la que podamos salir?

—Sí, eminencia.

—Muéstramela, hija.

La siguió por un almacén hasta que llegaron a un pasillo del servicio.

—¿Cómo se llama la hermana? ¿Lo sabes?

—No, eminencia. Es nueva.

La monja llamó tímidamente a la puerta de cristal de una oficina. Lomeli vio que se trataba del despacho en el que conoció a Benítez, solo que ahora las persianas estaban bajadas para mantener la privacidad y resultaba imposible atisbar el interior. Al cabo de unos instantes llamó él mismo, con mayor contundencia. Se oyó el ruido de alguien moviéndose y un momento después se abrió una rendija en la puerta por la que se asomó la hermana Agnes.

—¿Eminencia?

—Buenas tardes, hermana. Necesito hablar con la monja a la que se le ha caído la bandeja hace un momento.

—Está en buenas manos conmigo, eminencia. Yo misma me encargaré de la situación.

—No lo pongo en duda, hermana Agnes. Pero debo hablar con ella en persona.

—No creo que una bandeja caída deba importunar al decano del Colegio Cardenalicio.

—Aun así. Si fueses tan amable. —Empuñó el picaporte.

—Le aseguro que no es nada que yo no pueda arreglar.

Lomeli empujó la puerta con cuidado y, tras un último intento de impedirle la entrada, la hermana Agnes cedió.

La monja estaba sentada en la misma silla que había ocupado Benítez, junto a la fotocopiadora. Se levantó al verlo entrar. Lomeli estimó que la mujer tendría unos cincuenta años; era baja, rolliza, con gafas, tímida: idéntica a las demás. Sin embargo, siempre costaba ver más allá del hábito y de la toca y distinguir a la persona, sobre todo cuando esta no apartaba la vista del suelo.

—Siéntate, hija —le pidió amablemente—. Soy el cardenal Lomeli. Estamos todos muy preocupados por ti. ¿Cómo te encuentras?

—Se encuentra mucho mejor, eminencia —intervino la hermana Agnes.

—¿Podrías decirme tu nombre?

—Se llama Shanumi. No entenderá una palabra de lo que le diga, no habla nada de italiano, la pobre criatura.

—¿Inglés? —le preguntó a la monja—. ¿Hablas inglés? —Shanumi asintió. Aún no lo había mirado—. Estupendo. Yo también. Residí varios años en Estados Unidos. Por favor, siéntate.

—Eminencia, insisto en que lo mejor sería que…

Sin molestarse en mirarla, Lomeli le indicó con firmeza:

—¿Serías tan amable de dejarnos a solas, hermana Agnes?

Y entonces sí, cuando ella se atrevió a protestar de nuevo, Lomeli se volvió y le lanzó una mirada cargada de una autoridad tan gélida que incluso ella, ante quien tres papas y al menos un señor de la guerra africano se habían amedrentado, agachó la cabeza, abandonó el cuarto y cerró la puerta al salir.

Lomeli acercó una silla y se sentó frente a la monja, tan cerca de ella que casi se tocaban con las rodillas. La atmósfera de intimidad lo turbaba. «Oh, Dios —rezó—, dame fuerzas y juicio para ayudar a esta pobre mujer y para averiguar lo que necesito saber, a fin de que pueda cumplir con mi deber hacia Ti.»

—Hermana Shanumi —dijo—, quiero que entiendas, en primer lugar, que no te has metido en ningún tipo de problema. La cuestión es que tengo una responsabilidad ante Dios y ante la madre Iglesia, a los que los dos intentamos servir como mejor podemos, y debo cerciorarme de que las decisiones que tomamos aquí sean las correctas. Ahora es importante que compartas conmigo lo que albergas en tu corazón y lo que te aflige en la medida en que ataña al cardenal Adeyemi. ¿Podrías hacer eso por mí?

La hermana Shanumi negó con la cabeza.

—¿Aunque te dé mi palabra de que no saldrá de este despacho?

Una pausa, seguida de otro meneo de la cabeza.

Lomeli tuvo entonces un momento de inspiración. En adelante siempre pensaría que Dios había acudido en su auxilio.

—¿Te gustaría que escuchase tu confesión?

11

La cuarta votación

Alrededor de una hora más tarde, y solo veinte minutos antes de que los microbuses salieran hacia la Sixtina para que diera comienzo la cuarta votación, Lomeli fue a buscar a Adeyemi. Primero peinó el vestíbulo y después probó suerte en la capilla. Media decena de cardenales estaban allí arrodillados, de espaldas a él. Caminó aprisa hacia el altar para poder verles la cara. Ninguna de ellas era la del nigeriano. Salió, montó en el ascensor para subir a la segunda planta y trotó por el pasillo hasta la habitación contigua a la suya.

Llamó alborotadamente.

—¿Joshua? ¿Joshua? ¡Soy Lomeli! —Volvió a llamar. Estaba a punto de desistir cuando oyó unos pasos y vio que la puerta se abría.

Adeyemi, vestido todavía con los hábitos corales al completo, se estaba secando la cara con una toalla.

—Estaré listo en un momento, decano —respondió.

Dejó la puerta abierta y desapareció en el cuarto de baño; tras un momento de vacilación, Lomeli cruzó el umbral y cerró la puerta. Un intenso olor a la loción de afeitado del cardenal flotaba en la hermética habitación. Sobre el escritorio descansaba en su marco una fotografía en blanco y negro de Adeyemi en sus días de joven seminarista, de pie frente a una misión católica con una anciana de aspecto orgulloso tocada con un sombrero: su madre, en principio, o acaso alguna tía. La cama estaba deshecha, como si el cardenal hubiera estado tumbado en ella. Se oyó el ruido de una cisterna al vaciarse y entonces salió Adeyemi, abotonándose la parte inferior de la sotana. Se comportaba como si le sorprendiera que Lomeli hubiese entrado en su cuarto en lugar de haber esperado en el pasillo.

—¿No deberíamos marcharnos?

—Enseguida.

—Su respuesta no augura nada bueno. —Adeyemi se inclinó para mirarse al espejo. Se plantó el solideo en la cabeza con firmeza y se lo ajustó para que quedase derecho—. Si es por lo del incidente del comedor, no tengo ningún deseo de hablar de ello. —Se sacudió un polvo inexistente de los hombros de su muceta. Extendió el mentón. Se enderezó la cruz pectoral. Lomeli se mantuvo en silencio, observándolo. Al final, Adeyemi prosiguió en voz baja—: Soy víctima de una conjura escandalosa concebida para arruinar mi reputación, Jacopo. Alguien trajo aquí a esa mujer para que montase un teatro con la única finalidad de impedir que me elijan Papa. Para empezar, ¿cómo llegó a entrar en la casa de Santa Marta? Hasta ahora nunca había salido de Nigeria.

—Con todo el respeto, Joshua, la cuestión de cómo llegó a entrar aquí no importa tanto como la de la relación que mantiene con ella.

Adeyemi alzó los brazos en un gesto de exasperación.

—¡Yo no mantengo ninguna relación con ella! Hace treinta años que no la veía… ¡Hasta anoche, cuando se presentó en la puerta de mi cuarto! Ni siquiera la reconocí. Estoy seguro de que puede entender lo sucedido.

—Las circunstancias se antojan insólitas, debo admitirlo,

pero dejemos eso a un lado por ahora. Lo que más me preocupa es la condición de su alma.

—¿Mi alma? —Adeyemi se volvió sobre los talones. Puso su cara a escasos centímetros de la de Lomeli. Exhalaba un aliento dulce—. Mi alma está llena de amor por Dios y Su Iglesia. Esta mañana he sentido la presencia del Espíritu Santo, usted la habrá notado también, y estoy preparado para sobrellevar esta carga. ¿Un simple lapsus en el que incurrí hace treinta años basta para inhabilitarme? ¿O me hace más fuerte? Permítame citar un pasaje de la homilía que usted mismo pronunció ayer: «Que Dios nos conceda a un papa que peque, y que pida perdón, y que siga adelante».

—¿Y usted ha pedido perdón? ¿Ha confesado su pecado?

—¡Sí! Sí, confesé mi pecado en su momento, y el obispo me destinó a otra parroquia y ya nunca volví a cometer lapsus alguno. Ese tipo de relaciones no eran infrecuentes en aquellos días. El celibato nunca ha terminado de encajar en la cultura de África, como usted sabe.

—¿Y el niño?

—¿«El niño»? —Adeyemi se estremeció y titubeó—. «El niño» fue acogido por una familia cristiana y hasta hoy sigue sin tener la menor idea de quién es su padre, si es que en efecto soy yo. Eso es lo que fue del «niño».

Recuperó el aplomo suficiente para lancear a Lomeli con la mirada, y por un momento más consiguió mantener la integridad de la fachada: desafiante, dolida, espléndida; habría sido un formidable mascarón de proa para la Iglesia, pensó Lomeli. Al instante siguiente algo pareció ceder y le obligó a sentarse a plomo al borde de la cama, donde entrelazó las manos por encima de la cabeza. La postura le recordó a Lomeli a una fotografía que había visto en una ocasión de un prisionero detenido junto a un foso a la espera de que lo fusilaran.

¡Qué lamentable embrollo se había montado! Lomeli no recordaba haberse enfrentado a un trance tan sumamente doloroso en toda su vida como el que acababa de pasar al escuchar la confesión de la hermana Shanumi. Según el relato de esta, ni siquiera era novicia cuando empezó todo, sino una mera postulante, una niña, mientras que Adeyemi ejercía el sacerdocio de la comunidad. Si no se trató de un caso de estupro, no debió de diferir mucho. ¿Qué pecado, por ende, tenía que confesar ella? ¿Cuál era su culpa? Aun así, arrastrar ese peso le había arruinado la vida. Lo peor de todo para Lomeli fue el momento en que la hermana Shanumi sacó la fotografía, reducida a base de pliegues al tamaño de un sello. La imagen mostraba a un niño de seis o siete años con una camisa sin mangas de Aertex que le sonreía a la cámara; la fotografía de una buena escuela católica, con un crucifijo colgado de la pared del fondo. Las dobleces por donde la había plegado una y mil veces durante el último cuarto de siglo habían agrietado la superficie brillante hasta el punto de que daba la impresión de que el pequeño mirase al exterior desde detrás de una celosía.

La Iglesia arregló la adopción. Tras el parto, la joven no le pidió nada a Adeyemi, salvo que reconociese de alguna manera lo ocurrido, pero a él lo trasladaron a una parroquia de Lagos, de donde todas las cartas que ella envió se le devolvieron sin abrir. Al encontrarse con él en la casa de Santa Marta, la hermana Shanumi no pudo contenerse. Por eso fue a verlo a su habitación. Él le dijo que debían olvidarse del asunto por completo. Así, cuando él ni siquiera quiso mirarla en el comedor y una de las otras hermanas corrió la voz de que estaban a punto de nombrarlo Papa, ella ya no pudo controlarse más.

Había cometido tantos pecados, insistía Shanumi, que no sabía por cuál empezar: lujuria, ira, orgullo, engaño. Cayó de rodillas e hizo un acto de contrición.

—Oh, Dios mío, me arrepiento de corazón por haberte ofendido y reniego de todos mis pecados, porque temo alejarme de los cielos y sufrir los padecimientos del infierno. Pero, sobre todo, porque Te he ofendido, Dios mío, que eres todo bondad y mereces todo mi amor. Me propongo firmemente, con la ayuda de Tu gracia, confesar mis pecados, hacer penitencia y enmendar mis errores. Amén.

Lomeli la ayudó a levantarse y la absolvió.

—No eres tú quien ha pecado, hija mía, sino la Iglesia. —Hizo la señal de la cruz—. Dale las gracias al Señor porque Él es bueno.

—Porque Su misericordia perdure para siempre.

Al cabo de unos instantes, Adeyemi musitó:

—Los dos éramos muy jóvenes.

—No, eminencia, ella era joven; usted tenía treinta años.

—¡Quiere echar por tierra mi reputación para hacerse con el papado!

—¡No diga sandeces! La mera idea es indigna de usted.

Los hombros de Adeyemi comenzaron a sacudirse al son de sus sollozos. Lomeli se sentó en la cama contigua.

—Cálmese, Joshua —le dijo con amabilidad—. La única razón por la que conozco todo esto es porque he escuchado la confesión de esa pobre mujer, quien jamás comentará este asunto en público, de eso estoy seguro, aunque solo sea para proteger a su hijo. En cuanto a mí, el secreto de confesión me prohíbe revelar lo que se me ha confiado.

Adeyemi lo miró de soslayo. Los ojos se le habían puesto

vidriosos. Ni siquiera ahora se resignaba a aceptar que su sueño había terminado.

—¿Quiere decir que todavía tengo una posibilidad?

—¡No! ¡Ninguna en absoluto! —Lomeli estaba azorado. Cuando se hubo serenado, prosiguió en un tono más razonable—: Ahora que todos han presenciado la escena, me temo que pronto empezarán a circular rumores. Ya sabe cómo es la curia.

—Sí, pero los rumores no son lo mismo que los hechos.

—En este caso sí. Usted sabe tan bien como yo que si hay algo que espante a nuestros compañeros más que ninguna otra cosa, es la idea de que se produzcan nuevos escándalos sexuales.

—¿De modo que se acabó? ¿Ya no podré ser Papa?

—Eminencia, usted ya no podrá ser nada.

Adeyemi parecía incapaz de despegar la vista del suelo.

—¿Qué voy a hacer ahora, Jacopo?

—Es un buen hombre. Encontrará la manera de expiar su pecado. Dios sabrá si se arrepiente de verdad y decidirá lo que será de usted.

—¿Y el cónclave?

—Déjemelos a mí.

Permanecieron sentados en silencio. Lomeli no se atrevía a imaginar siquiera la agonía que debía de asolar al nigeriano. «Perdóname, Señor, por lo que he tenido que hacer.» Al final, Adeyemi le preguntó:

—¿Le importaría rezar conmigo un momento?

—Por supuesto que lo haré.

Así, los dos se arrodillaron bajo el resplandor eléctrico de la hermética habitación, endulzado por el aroma de la loción de afeitado —Adeyemi se agachó con naturalidad, aunque Lomeli efectuó su postración con cierta rigidez— y rezaron juntos codo con codo.

A Lomeli le habría gustado volver a la Sixtina dando otro paseo, respirando un poco de aire fresco y dejando que el amable sol de noviembre acariciase su rostro. Pero era demasiado tarde para eso. Cuando llegó al vestíbulo, los cardenales ya estaban subiendo en los microbuses y Nakitanda lo esperaba junto al mostrador de recepción.

—¿Bien?

—Tendrá que renunciar a todos sus cargos.

Nakitanda agachó la cabeza, consternado.

—¡Oh, no!

—No de forma inmediata, espero que podamos ahorrarle la humillación, pero no podremos posponerlo más de un año. En sus manos dejo qué explicaciones darles a los demás. He hablado con ambas partes pero debo atenerme al secreto de confesión. No puedo decir nada más.

En el microbús se sentó en la última fila con los ojos cerrados y la birreta en el asiento contiguo para viajar sin compañía. Lo mirara como lo mirase, aquel asunto lo ponía enfermo, pero había un aspecto que le producía una especial inquietud. Se trataba de lo primero que Adeyemi mencionó: la época. Según la hermana Shanumi, había desempeñado su labor en Nigeria a lo largo de los últimos veinte años en la comunidad de Iwaro Oko, asentada en la provincia de Ondo, donde ayudaba a las mujeres afectadas de VIH y sida.

—¿Eras feliz allí?

—Mucho, eminencia.

—Imagino que aquel trabajo difería bastante del que se te pide que realices aquí.

—Oh, sí. Allí era enfermera. Aquí sirvo como doncella.

—Entonces ¿qué te animó a venir a Roma?

—¡Nunca quise venir a Roma!

El motivo por el que había terminado en la casa de Santa Marta seguía suponiendo un misterio para ella. Un día de septiembre la llamaron para ver a la hermana a cargo de su comunidad, quien la informó de que había llegado un correo electrónico de la oficina de la superiora general de París, mediante el que se solicitaba su traslado inmediato a la misión de la orden en Roma. Sus hermanas se emocionaron mucho ante semejante honor. Algunas incluso se convencieron de que la invitación era obra del mismísimo Santo Padre.

—Es sin duda insólito. ¿Alguna vez te has reunido con el Papa?

—¡Por supuesto que no, eminencia! —Fue la única vez que se rio, debido a lo absurdo de la idea—. Lo vi en una ocasión, cuando realizó la gira por África, aunque yo no era más que una entre millones. Para mí, él era una mota blanca en la distancia.

—¿Y en qué momento se te pidió que te trasladaras a Roma?

—Hace seis semanas, eminencia. Me concedieron tres semanas para que me organizase, al cabo de las cuales tomé el vuelo.

—Y cuando llegaste aquí, ¿tuviste ocasión de hablar con el Santo Padre?

—No, eminencia. —Se santiguó—. Falleció al día siguiente de mi llegada. Que en paz descanse.

—No entiendo por qué accediste a venir. ¿Por qué dejaste África, donde tenías tu hogar, para desplazarte a un destino tan lejano?

La respuesta de la hermana Shanumi lo descolocó más que cualquier cosa que le hubiera contado hasta entonces.

—Porque pensaba que tal vez fuese el cardenal Adeyemi quien solicitaba mi presencia.

Era algo que debía reconocerle a Adeyemi. El cardenal nigeriano se comportó con la misma dignidad y solemnidad que había mostrado al término de la tercera votación. Nadie que lo viera entrar en la capilla Sixtina habría imaginado por su aspecto que la manifiesta certeza con que aguardaba su destino había sufrido menoscabo alguno, menos aún que estaba condenado. Ignoró a quienes lo rodeaban y se sentó con calma en su puesto, donde leyó la Biblia mientras se pasaba lista, y cuando leyeron su nombre se limitó a responder con firmeza:

—Presente.

A las tres menos cuarto las puertas quedaron cerradas con llave y Lomeli, por cuarta vez, dirigió las oraciones. Insistió en escribir el nombre de Bellini en su papeleta y subió al altar para depositarla en la urna.

—Pongo por testigo a nuestro Señor Jesucristo, quien habrá de juzgarme, de que le doy mi voto a aquel a quien ante Dios considero que debería resultar elegido.

Regresó a su asiento para esperar.

Los primeros cuarenta cardenales en votar eran los más veteranos del cónclave: los patriarcas, los cardenales obispos y los cardenales sacerdotes de mayor antigüedad. Aunque escrutó sus rostros impasibles según se levantaban uno tras otro de los asientos que ocupaban en la parte delantera de la capilla, a Lomeli le fue imposible deducir qué se les estaría pasando por la cabeza. De improviso se vio asaltado por la idea angustiosa de que tal vez no había hecho suficiente. ¿Y si no intuían siquiera la gravedad que entrañaba el pecado de Adeyemi y seguían votándolo ignorantes de todo? Un cuarto de hora más tarde los cardenales que estaban sentados en torno a Adeyemi en la sección central de la Sixtina comenzaron a formar una fila para votar. Al volver a sus asientos después de depositar sus papeletas, todos ellos evitaron cruzar la mirada con el nigeriano. Parecían miembros de un jurado que se dirigieran a un tribunal para emitir su veredicto, incapaces de mirar al acusado al que estaban a punto de condenar. Mientras los estudiaba empezó a tranquilizarse. Cuando llegó el turno de Adeyemi, este caminó con paso regio hacia la urna y recitó el juramento con el mismo aplomo de las ocasiones anteriores. Pasó junto a Lomeli sin dirigir la mirada hacia él.

A las 15.51 el proceso había concluido y los escrutadores iniciaron su labor. Cuando hubieron certificado la emisión de ciento dieciocho votos, prepararon su mesa y el ritual del recuento dio comienzo.

—El primer voto es para el cardenal Lomeli.

«Oh, no, Dios —rezó—, otra vez no; que no recaiga en mí.» Adeyemi lo había acusado de albergar esta ambición personal. No era cierto, estaba seguro de ello. Pero ahora, a medida que recogía los resultados, vio que la suma de votos que lo apoyaban crecía de nuevo, no de forma alarmante, pero sí hasta un punto que lo incomodaba. Se inclinó un tanto hacia delante y deslizó la vista por las mesas hasta donde estaba sentado Adeyemi. Al contrario que los cardenales que lo rodeaban, ni siquiera se molestaba en anotar los votos, sino que se limitaba a mantener la vista fija en la pared del fondo. Cuando Newby leyó la última papeleta, Lomeli calculó los totales.

Tedesco	36
Adeyemi	25
Tremblay	23
Bellini	18
Lomeli	11
Benítez	5

Dejó la lista de los resultados en la mesa y la analizó con los codos apuntalados sobre el tablero y las sienes apretadas entre los nudillos. Adeyemi había perdido más de la mitad de los apoyos desde la pausa de la comida, una pasmosa hemorragia de nada menos que treinta y dos votos de los que Tremblay se había llevado once, Bellini ocho, él mismo seis, Tedesco cuatro y Benítez tres. Estaba claro que Nakitanda había corrido la voz y que el número de cardenales que habían presenciado la escena del comedor o que se habían enterado por boca de otros más tarde era lo bastante elevado para que adoptaran una actitud recelosa.

Mientras el cónclave asimilaba esta nueva realidad, las conversaciones entre sus miembros se propagaron por toda la Sixtina. A Lomeli le bastó con ver sus caras para saber qué decían. ¡Y pensar que si no hubieran hecho un receso para la comida ahora Adeyemi podría ser Papa! Sin embargo, ahora el sueño del pontificado del africano se había esfumado y Tedesco volvía a situarse en cabeza, a tan solo cuatro votos de los cuarenta que necesitaba para impedir que los demás alcanzaran una mayoría de dos tercios. ¿Y Tremblay? En el supuesto de que el tercer mundo estuviera dispuesto a respaldarlo a él ahora con su voto, ¿estaba lo bastante bien afianzado para convertirse en el principal favorito? Pobre Bellini, susurraban con la vista puesta en su expresión ausente, ¿cuándo terminaría la humillación a la que llevaba sometido tanto tiempo? En cuanto a Lomeli, quizá su resultado pusiera de manifiesto que cuando las cosas se torcían, el electorado buscaba la protección de alguien con pulso firme. Y por último estaba Benítez, cinco votos para alguien que hacía tan solo dos días era un perfecto desconocido, lo cual no dejaba de parecer un tanto milagroso.

Lomeli inclinó la cabeza y continuó examinando los números, ajeno a los cardenales que habían empezado a observarlo, hasta que Bellini se estiró por detrás de la espalda del patriarca del Líbano y le apretó las costillas delicadamente con el dedo. Levantó la vista alarmado. Se oyeron algunas risas al otro lado del pasillo. ¡Se estaba convirtiendo en un viejo tarado!

Se levantó y subió al altar.

—Hermanos míos, puesto que ninguno de los candidatos ha obtenido una mayoría de dos tercios, procederemos de inmediato a la quinta votación.

12

La quinta votación

Conforme a la historia reciente, lo habitual es que el Papa surja de la quinta votación. El difunto Santo Padre, por ejemplo, fue elegido en el quinto proceso, y ahora Lomeli lo recordaba bien, negándose de forma categórica a sentarse en el trono papal e insistiendo en permanecer de pie para abrazar a los cardenales dispuestos en fila para felicitarlo. Ratzinger necesitó un proceso menos y salió elegido cuando votaron por cuarta vez; Lomeli recordaba también aquella ocasión, la sonrisa tímida que puso cuando su recuento ascendió a dos tercios y el cónclave prorrumpió en aplausos. Juan Pablo I también ganó la cuarta votación. De hecho, con la excepción de Wojtyła, la regla de la quinta votación podía aplicarse hasta 1963, cuando Montini se impuso a Lercaro y le hizo el famoso comentario a su rival, más carismático: «Así es la vida, eminencia, es usted quien debería estar sentado aquí».

Una elección que concluyese con el quinto proceso era lo que Lomeli le pedía a Dios en secreto, un número sencillo, cómodo, convencional, que demostrara que la elección no había consistido en un cisma ni en una coronación, sino en una fase de meditación concebida para determinar la voluntad de Dios. No sería así este año. No le gustaba el cariz que estaba tomando la atmósfera.

Durante la época en que estudiaba para su doctorado en Derecho Canónico en la Universidad Pontificia Lateranense tuvo ocasión de leer *Masa y poder*, de Elias Canetti. Con este libro aprendió a discernir los distintos tipos de masa: las masas presas del pánico, las masas inactivas, las masas sublevadas, etcétera. Se trataba de una habilidad muy útil para un clérigo. Según este análisis secular, un cónclave papal podía considerarse la masa más sofisticada posible, pues se inclinaba hacia un lado o hacia otro por el impulso colectivo del Espíritu Santo. Algunos cónclaves transcurrían sin contratiempos, con escasa disposición al cambio, como aquel del que salió elegido Ratzinger; otros se afrontaban con valentía, como el proceso que culminó en el nombramiento de Wojtyła. Lo que preocupaba a Lomeli en cuanto a este cónclave en concreto era que empezaba a mostrar indicios de estar convirtiéndose en lo que Canetti denominaría «masa en desintegración». Se había tornado problemática, inestable, frágil, capaz de lanzarse de súbito en cualquier dirección.

La resolución y la emoción con los que la sesión matutina había concluido se habían evaporado por completo. Ahora, a medida que los cardenales formaban una fila para votar y mientras el reducido fragmento de cielo que se veía por las ventanas elevadas se oscurecía, el silencio que llenaba la Sixtina se volvió lúgubre y sepulcral. El tañido de la campana de San Pedro que anunciaba las cinco bien podría haber servido como un toque de difuntos. «Somos ovejas extraviadas —pensó Lomeli—, y se avecina una gran tormenta. Pero ¿quién será el mejor pastor?» Seguía convencido de que la mejor opción era la de Bellini, por el cual volvió a votar, aunque sin esperanza de que ganase. Los recuentos que había obtenido en las cuatro votaciones previas habían sido de dieciocho, diecinueve, diez y dieciocho respectivamente; no cabía duda de que algo le impedía llegar más allá de su núcleo duro de partidarios. Tal vez se debiera al hecho de que antes ejercía como secretario de Estado, por lo que ahora se le consideraba una figura demasiado allegada al difunto Santo Padre, cuyas políticas contrariaban a los tradicionalistas y defraudaban a los liberales.

Se dio cuenta de que no podía dejar de mirar a Tremblay. El canadiense, que no dejaba de pasarse nerviosamente la cruz pectoral entre los dedos a medida que la votación avanzaba, se las ingeniaba de alguna manera para combinar un carácter manso con una ambición desenfrenada, paradoja que no era infrecuente según la experiencia de Lomeli. Pero tal vez fuese esa mansedumbre lo que se requería para mantener la unidad de la Iglesia. Además, ¿de verdad la ambición entrañaba un pecado tan grave? Wojtyła era ambicioso. ¡Dios, qué seguro estaba de sí mismo, ya desde el primer momento! La noche en que resultó elegido, cuando salió al balcón para dirigirse a las decenas de millares de fieles congregados en la plaza de San Pedro, prácticamente empujó a un lado con el hombro al maestro de celebraciones litúrgicas pontificias en su ansia por hablarle al mundo entero. Si al final se veía obligado a elegir entre Tremblay y Tedesco, pensó, tendría que votar por Tremblay, existiera un informe secreto o no. Lo único que podía hacer era rezar porque no se diera esa eventualidad.

El cielo había terminado de ennegrecerse cuando la última papeleta cayó en la urna y los escrutadores comenzaron a contar los votos. Los totales supusieron otra sorpresa:

Tremblay	40
Tedesco	38
Bellini	15
Lomeli	12
Adeyemi	9
Benítez	4

Cuando sus compañeros se volvieron para mirarlo, Tremblay agachó la cabeza y juntó las palmas de las manos para rezar. Por una vez el ostentoso gesto de devoción no exasperó a Lomeli. El decano se limitó a cerrar los ojos por unos instantes para dar gracias. «Gracias, oh, Señor, por manifestarnos de esta manera Tu voluntad. Si el cardenal Tremblay ha de ser Tu elección, rezo porque le concedas la sabiduría y la fuerza necesarias para desempeñar su misión. Amén.»

No sin cierto alivio se levantó y miró al cónclave.

—Hermanos míos, con esto concluye la quinta votación. Puesto que ningún candidato ha obtenido la mayoría necesaria, reanudaremos la votación mañana por la mañana. Los maestros de ceremonias recogerán sus papeletas. Por favor, no saquen sus notas de la Sixtina y procuren no comentar nuestras deliberaciones hasta que se encuentren de regreso en la casa de Santa Marta. ¿Sería tan amable el segundo cardenal diácono de solicitar la apertura de las puertas?

A las 18.22 volvió a emanar un humo negro de la chimenea de la Sixtina, el cual pudo verse gracias al reflector que había montado en un lateral de la basílica de San Pedro. Los analistas contratados por los distintos canales de televisión se declaraban sorprendidos por las dificultades que el cónclave tenía para ponerse de acuerdo. Casi todos ellos habían predicho que el nuevo Papa habría sido elegido ya, y las cadenas estadounidenses estaban esperando el momento de interrumpir su programación de mediodía para mostrar las escenas que se produjeran en la plaza de San Pedro cuando el elegido apareciese en el balcón. Por primera vez los expertos expresaban sus dudas sobre la fortaleza de los apoyos de Bellini. Si de verdad iba a ganar él, tendría que haberlo hecho ya. La nueva sabiduría colectiva, surgida de los escombros de la anterior, apuntaba a que este cónclave estaba a punto de hacer historia. En el Reino Unido, esa pecaminosa isla de apostasía, donde se seguía el acontecimiento como si se tratase de una carrera de caballos, la agencia de apuestas Ladbrokes convirtió al cardenal Adeyemi en el nuevo favorito. Mañana, a decir de muchos, podría llegar al fin el día en que se nombrara al primer Papa negro.

Una vez más, Lomeli fue el último cardenal en abandonar la capilla. Se quedó atrás para ver cómo monseñor O'Malley quemaba las papeletas y, después, atravesaron juntos la Sala Regia. Un guardia de seguridad los siguió escaleras abajo en dirección al patio. Lomeli daba por hecho que O'Malley, como secretario del Colegio que era, conocía los resultados de las votaciones de la tarde, aunque solo fuese porque sus tareas incluían la recogida de las notas de los cardenales para su destrucción, y Raymond no era de los que desperdiciaban la ocasión de enterarse de un secreto. Debía de estar al corriente, por lo tanto, del colapso de la candidatura de Adeyemi y del inesperado dominio de Tremblay. Aun así, era demasiado discreto para sacar el tema de forma explícita. Por ello, no hizo sino inquirir:

—¿Hay algo que quiera que haga antes de mañana por la mañana, eminencia?

—¿Algo como qué?

—Me preguntaba si tal vez desearía que vuelva a hablar con monseñor Morales y vea si puedo averiguar algo más sobre el informe retirado del cardenal Tremblay.

Lomeli miró de soslayo al guardia de seguridad.

—Dudo que sirviera de algo, Ray. Si se negó a decir nada antes de que empezase el cónclave, difícilmente lo hará ahora, sobre todo si intuyera que el cardenal Tremblay está a punto de salir elegido Papa. Y, claro está, eso es justo lo que intuiría si usted sacase el tema por segunda vez.

Se entregaron a los brazos de la noche. El último de los microbuses había salido ya. No muy lejos, un helicóptero volvía a cernerse sobre ellos. El decano gesticuló para llamar al guardia de seguridad y señaló el patio vacío.

—Me temo que se han olvidado de mí. ¿Te importaría?

—Por supuesto, eminencia. —Le susurró algo a su manga.

Lomeli miró a O'Malley. Se sentía cansado y solo, asaltado por la necesidad inusitada de quitarse un peso de encima.

—A veces uno sabe demasiado, mi apreciado monseñor O'Malley. Quiero decir: ¿quién de nosotros no guarda algún secreto del que se avergüenza? El espantoso hecho de que miremos a otro lado ante un caso de abuso sexual, por ejemplo; yo servía en el extranjero, por lo que no me vi implicado de forma directa, gracias a Dios, pero dudo que hubiera actuado con más firmeza. ¿Cuántos de nuestros compañeros hicieron caso omiso de las denuncias de las víctimas y se limitaron a destinar a los sacerdotes responsables a otras parroquias? No es que aquellos que hicieron la vista gorda sean unos monstruos, sino sencillamente que no entendieron la escala de la crueldad a la que se enfrentaban y prefirieron no complicarse la vida. Ahora sabemos mejor cómo son las cosas.

Guardó silencio por unos instantes, y se acordó de la hermana Shanumi y de la pequeña fotografía desgastada de su hijo.

—Además, ¿cuántos entablaron amistades que se tornaron demasiado íntimas y derivaron en pecado y corazones rotos? Fijémonos también en el desdichado y necio Tutino y su lamentable apartamento; cuando no se tiene familia, es muy fácil obsesionarse con las cuestiones de estatus y de protocolo para sentirse realizado. Así que dígame: ¿debo ponerme el traje de cazador de brujas y salir a investigar las faltas que mis compañeros cometieron hace más de treinta años?

—Estoy de acuerdo, eminencia —convino O'Malley—. «Aquel de vosotros que esté sin pecado, que le arroje la primera piedra.» Sin embargo, en cuanto al caso del cardenal Tremblay, creía que estaba preocupado por algo más reciente, ¿tal vez por la reunión entre el Santo Padre y el cardenal que tuvo lugar el mes pasado?

—Lo estaba. Pero ahora sospecho que el Santo Padre... Que permanezca para siempre unido a la Hermandad de los Santos Pontífices...

—Amén —dijo O'Malley. Los dos prelados se santiguaron.

—Ahora sospecho —prosiguió Lomeli bajando la voz— que el Santo Padre, durante sus últimas semanas de vida, ya no era del todo el de siempre. De hecho, por lo que el cardenal Bellini me ha contado, entiendo que llegó a volverse, y le hablo con la máxima confianza, un tanto paranoico o, cuando menos, bastante hermético.

—¿Como se deduce de su decisión de nombrar un cardenal *in pectore*?

—Exacto. ¿Por qué rayos tuvo que hacerlo? Quiero dejar claro que tengo en muy alta estima al cardenal Benítez, como es obvio que también lo aprecia una buena parte de nuestros hermanos, es un verdadero hombre de Dios, pero ¿hacía falta que lo nombrase en secreto, y con tanta premura?

—Sobre todo cuando acababa de presentar su dimisión como arzobispo alegando motivos de salud.

—Aun así, a mi modo de ver, es perfectamente apto en cuerpo y alma. Y anoche, cuando me interesé por su salud, pareció sorprendido por la pregunta. —Lomeli se dio cuenta de que estaba susurrando. Se rio—. Escuche, sé que parezco la típica vieja doncella de la curia, ¡chismorreando en la oscuridad sobre nombramientos!

Un microbús entró en el patio y se detuvo frente a Lomeli. El conductor abrió las puertas. No iban más pasajeros dentro. Una ráfaga del aire caliente generado por la calefacción envolvió sus rostros.

Lomeli miró a O'Malley.

—¿Quiere que lo acerquemos a la casa de Santa Marta?

—No, gracias, eminencia. Debo regresar a la Sixtina para sacar las papeletas y comprobar que todo quede listo para mañana.

—En ese caso, buenas noches, Ray.

—Buenas noches, eminencia. —Le tendió la mano a Lomeli para ayudarlo a montarse en el microbús y, por primera vez, Lomeli, debido a lo cansado que se sentía, la aceptó. O'Malley le propuso—: Por supuesto, podría seguir investigando un poco más, si lo desea.

Lomeli se detuvo en el último escalón.

—¿Sobre qué?

—Sobre el cardenal Benítez.

Lomeli consideró la idea.

—Gracias, pero no. Creo que no. Ya he oído bastantes secretos por hoy. Que se haga la voluntad de Dios, a ser posible pronto.

Cuando llegó a la casa de Santa Marta, Lomeli se fue derecho al ascensor. Estaban a punto de dar las siete. Sosuvo las puertas durante un momento para que pudieran unírsele los arzobispos de Stuttgart y de Praga, Löwenstein y Jandaček. El checo caminaba con la ayuda de su bastón, con el rostro agrisado por la fatiga. Cuando las puertas se cerraron y el ascensor empezó a subir, Löwenstein comentó:

—Bien, decano, ¿cree que habremos terminado para mañana por la noche?

—Es posible, eminencia. No está en mis manos.

Löwenstein enarcó las cejas y le lanzó una mirada fugaz a Jandaček.

—Si esto se alarga mucho más, me pregunto qué probabilidades habrá de que alguno de nosotros fallezca antes de que encontremos a un nuevo papa.

—Podría decírselo a algunos de nuestros compañeros. —Lomeli le sonrió e inclinó apenas la cabeza—. Les ayudaría a concentrarse. Si me disculpan, esta es mi planta.

Salió del ascensor, pasó frente a las velas votivas que flanqueaban la entrada del apartamento del Santo Padre y se adentró en el penumbroso pasillo. Desde detrás de varias de las puertas cerradas oyó el rumor de las duchas. Cuando llegó a su cuarto, titubeó, dio unos pocos pasos más y se detuvo frente a la puerta de Adeyemi. No se oía el menor ruido al otro lado. El contraste entre este intenso silencio y las risas y la emoción de la noche anterior le resultó aborrecible. Le horrorizaba la brutalidad de las medidas que había tenido que tomar. Llamó a la puerta con discreción.

—¿Joshua? Soy Lomeli. ¿Se encuentra bien? —No obtuvo respuesta.

De nuevo las monjas le habían ordenado la habitación. Se quitó la muceta y el roquete, se sentó al borde de la cama y se aflojó los cordones de los zapatos. Le dolía la espalda. Los ojos le pesaban de puro agotamiento. Pero sabía que en cuanto se tumbara se quedaría dormido. Se dirigió al reclinatorio, se arrodilló y abrió el breviario por la página de las lecturas del día. De inmediato detuvo la vista en el salmo 46.

Venid a ver los prodigios de Yahvé,
que llena la tierra de estupor.

Detiene las guerras por todo el orbe;
quiebra el arco, rompe la lanza,
prende fuego a los escudos.

Mientras meditaba empezó a experimentar la misma sensación de caos y violencia inminentes que había estado a punto de paralizarlo durante la sesión matinal en la capilla Sixtina. Por primera vez consideró que Dios tendía a la destrucción, que esta era inherente a Su Creación desde el principio, que los hombres no podían escapar de ella y que Él se manifestaría entre ellos por medio de su cólera. «¡Ved la desolación que ha impuesto en la tierra!» Se aferró a los costados del reclinatorio con tal fuerza que minutos más tarde, cuando oyó a su espalda que llamaban a la puerta con contundencia, todo su cuerpo se sacudió, como si acabara de recibir una descarga eléctrica.

—¡Un momento!

Se puso de pie a duras penas y por unos segundos se puso la mano en el corazón, que azotaba su palma como un animal acosado. ¿Sería esto lo que el Santo Padre sintió momentos antes de morir? ¿Palpitaciones repentinas que dejaban tras de sí una estela de dolor agónico? Se tomó unos instantes más para recuperar la compostura antes de abrir la puerta.

En el pasillo encontró a Bellini y a Sabbadin.

Bellini lo miró preocupado.

—Discúlpenos, Jacopo, ¿acaso hemos interrumpido sus oraciones?

—No tiene importancia. Estoy seguro de que Dios nos perdonará.

—¿Se siente indispuesto?

—En absoluto. Pasen.

Se apartó a un lado para dejarlos entrar. Como de costumbre, el arzobispo de Milán se manejaba con el profesional ademán luctuoso de un director de funeraria, aunque su expresión se avivó al reparar en la estrechez de la habitación de Lomeli.

—Cielo santo, es diminuta. Nosotros nos acomodamos en sendas suites.

—No es tanto la falta de espacio como la de luz y de aire lo que encuentro agobiante. Me produce pesadillas. Pero recemos porque no sea durante mucho tiempo más.

—¡Amén!

—Por eso veníamos a verlo —dijo Bellini.

—Por favor. —Lomeli retiró la muceta y el roquete que había dejado sobre la cama y los dejó extendidos sobre el reclinatorio para que los dos visitantes pudieran sentarse. Acercó la silla del escritorio y la giró para acomodarse de cara a ellos—. Les ofrecería algo de beber, pero necio de mí, al contrario que Guttuso, he olvidado traer mis propias vituallas.

—No le robaremos mucho tiempo —lo tranquilizó Bellini—. Solo quería comunicarle que he llegado a la conclusión de que no cuento con los apoyos necesarios entre nuestros compañeros para ser elegido Papa.

A Lomeli le sorprendió su franqueza.

—Yo no estaría tan seguro, Aldo. El cónclave todavía no ha terminado.

—Es muy amable, pero me temo, por lo que a mí respecta, que ya ha concluido. Me ha respaldado una cohorte de partidarios muy leales, y he tenido el honor de que usted se contara entre ellos, Jacopo, pese a que lo sustituí en su cargo de secretario de Estado, razón por la cual habría tenido todo el derecho a estar resentido conmigo.

—Nunca he dejado de creer que usted es la persona idónea para el puesto.

—Estoy muy de acuerdo —opinó Sabbadin.

Bellini levantó la mano.

—Por favor, apreciados amigos, no me hagan las cosas más difíciles de lo que ya son. Ahora la pregunta es: dado que no puedo ganar, ¿a quien debería aconsejarles a mis partidarios que votasen? En la primera ronda mi papeleta fue para Vandroogenbroek, el mejor teólogo de nuestro tiempo, en mi opinión, aunque, claro está, nunca tuvo ninguna posibilidad. En las cuatro últimas votaciones, Jacopo, he votado por usted.

Lomeli pestañeó y lo miró atónito.

—Mi apreciado Aldo, no sé qué decir.

—Y quisiera seguir dándole mi apoyo y decirles a mis compañeros que hagan lo mismo. Sin embargo... —Se encogió de hombros.

—Sin embargo, usted tampoco puede ganar —sentenció Sabbadin con inclemencia. Abrió su cuadernito negro—. Aldo ha obtenido quince votos en el último proceso; usted, doce. Por tanto, aunque le trasvasáramos nuestros quince votos en bloque, algo que, sinceramente, no podemos hacer, seguiría en tercer lugar, por detrás de Tremblay y de Tedesco. Los italianos están divididos, ¡como siempre!, y puesto que los tres estamos de acuerdo en que la victoria del patriarca de Venecia sería un desastre, la lógica de la situación es clara. La única alternativa viable es Tremblay. Los veintisiete que sumamos nosotros en total, más sus cuarenta, lo elevarían a sesenta y siete. Eso significa que solo necesitaría doce más para conseguir una mayoría de dos tercios. Si no los recaba en la siguiente votación, me da la impresión de que los obtendría en la que se celebraría a continuación. ¿Está de acuerdo, Lomeli?

—Lo estoy, por desgracia.

—La opción de Tremblay no me entusiasma más que a usted —aclaró Bellini—. Aun así, hemos de reconocer que ha sabido granjearse muchas simpatías. Y si creemos que el Espíritu Santo nos habla por medio del cónclave, tenemos que aceptar que Dios, por mucho que nos cueste creerlo, desea que le entreguemos las llaves de san Pedro a Joe Tremblay.

—Tal vez sea eso lo que desee, aunque me llama la atención que hasta la hora de la comida también parecía querer que se las entregáramos a Joshua Adeyemi. —Lomeli dirigió la mirada hasta la pared; se preguntaba si el nigeriano los estaría escuchando—. ¿Me permiten añadir que también se me hace raro todo esto —señaló a ellos dos—, el que estemos los tres aquí reunidos, confabulando para intentar influir en el resultado? Parece un sacrilegio. Solo falta el patriarca de Lisboa con sus puros para que nos veamos en un cuarto lleno de humo, como en las asambleas de los políticos estadounidenses. —Bellini le concedió una sonrisa tenue; Sabbadin frunció el ceño—. En serio, no olvidemos el juramento por el que nos comprometemos a depositar nuestro voto para el candidato «a quien ante Dios consideramos que debería resultar elegido». No basta con que nos limitemos a apoyar la opción menos mala.

—Bah, por favor —se mofó Sabbadin—. Con todos mis respetos, decano, ¡eso es pura sofistería! En la primera votación, uno puede atenerse a la ortodoxia... Vale. De acuerdo. Pero cuando se llega a la cuarta o a la quinta votación, muy probablemente nuestro favorito particular ya se ha quedado demasiado atrás, por lo que estamos obligados a elegir entre un abanico de candidatos muy estrecho. Este mecanismo de reducción es la finalidad del cónclave. Si no se hiciera así, nadie cambiaría de opinión y nos quedaríamos aquí encerrados durante semanas.

—Que es lo que Tedesco pretende —apuntó Bellini.

—Lo sé, lo sé. Tiene razón —suspiró Lomeli—. Yo he llegado a la misma conclusión en la Sixtina esta tarde. Aun así... —Se inclinó hacia delante y frotó las palmas de las manos mientras intentaba decidir si debía confiarles lo que sabía—.

Hay otra cosa que deberían saber. Justo antes de que el cónclave diera comienzo, el arzobispo Woźniak vino a verme. Me contó que el Santo Padre había tenido una discusión muy fuerte con Tremblay, tanto que había decidido retirarlo de todos los puestos que ocupa en la Iglesia. ¿Alguno de los dos había oído algo al respecto?

Bellini y Sabbadin se miraron desconcertados.

—Yo no sabía nada —admitió Bellini—. ¿De verdad cree que pueda ser cierto?

—Lo ignoro. Hablé de este asunto con Tremblay en persona, pero, como es natural, él lo negó todo. Achacó esas habladurías a que Woźniak estaba borracho.

—Bueno, es una posibilidad —admitió Sabbadin.

—Aun así, no todas estas cosas pueden ser figuraciones de Woźniak.

—¿Por qué no?

—Porque después averigüé que existía una especie de informe sobre Tremblay, aunque fue retirado.

Sopesaron la cuestión en silencio por unos instantes. Sabbadin miró a Bellini.

—De haber existido un informe, usted, como secretario de Estado, habría tenido conocimiento de ello.

—No necesariamente. Ya sabe cómo funciona este lugar. Y el Santo Padre podía llegar a ser muy reservado.

Otro silencio. Se prolongó durante medio minuto, hasta que al final Sabbadin lo rompió.

—Nunca encontraremos a un candidato de nombre inmaculado. Hemos tenido un papa que formó parte de las Juventudes Hitlerianas y que luchó para los nazis. Hemos tenido papas que fueron acusados de haberse confabulado con los comunistas y con los fascistas, y que ignoraban los casos de abusos más atroces. ¿Dónde está el límite? Si ha sido miembro de la curia, puede estar seguro de que alguien habrá filtrado algo acerca de usted. Y si ha sido arzobispo, seguro que ha cometido algún desliz en un momento u otro. Somos mortales. Servimos a un ideal; no podemos ser ideales siempre.

Parecía el alegato ensayado de un abogado, tanto que por un instante Lomeli consideró la indigna posibilidad de que Sabbadin ya hubiera abordado a Tremblay con la propuesta de garantizarle el papado a cambio de alguna promoción futura. No le extrañaría nada tratándose del arzobispo de Milán, quien nunca había ocultado su ambición de ascender a secretario de Estado. Al final, no obstante, se limitó a responderle:

—Suena muy convincente.

—Entonces ¿estamos de acuerdo, Jacopo? —dijo Bellini—. Hablaré con mis partidarios y usted hablará con los suyos, y los dos los urgiremos a apoyar a Tremblay.

—Supongo que sí. Tampoco es que sepa quiénes son mis partidarios, a decir verdad, aparte de usted y Benítez.

—Benítez —repitió Sabbadin meditabundo—, ah, ese hombre sí que resulta interesante. No consigo descifrarlo. —A continuación consultó su cuaderno—. Y, aun así, ha arañado cuatro votos en la última votación. ¿De dónde rayos han salido? Tal vez debería hablar con él, decano, y ver si consigue persuadirlo para que adopte nuestra posición. Esos cuatro votos podrían decidirlo todo.

Lomeli le aseguró que intentaría verlo antes de la cena. Iría a visitarlo a su cuarto. No era una conversación que le conviniera mantener en presencia de los demás cardenales.

Media hora más tarde, Lomeli tomó el ascensor para subir a la sexta planta del bloque B. Recordaba que Benítez le había comentado que su habitación se ubicaba en el último piso de la residencia, en el ala orientada hacia la ciudad, aunque ahora que se encontraba allí cayó en la cuenta de que no sabía el número. Recorrió el pasillo, examinando la decena de puertas cerradas e idénticas, hasta que, al oír unas voces a su espalda, dio media vuelta y vio que se acercaban dos cardenales. Uno de ellos era Gambino, el arzobispo de Perusa y uno de los jefes de campaña extraoficiales de Tedesco. El otro era Adeyemi. Iban enfrascados en su conversación.

—Estoy seguro de que se le podría convencer... —iba diciendo Gambino. No obstante, en cuanto repararon en la presencia de Lomeli, interrumpieron su diálogo.

—¿Se ha perdido, decano? —le preguntó Gambino.

—En realidad, sí. Estaba buscando al cardenal Benítez.

—¡Ah, el nuevo muchacho! No estará urdiendo un complot, eminencia.

—No... o por lo menos no hago nada diferente al resto del mundo.

—Entonces sí que lo está urdiendo. —El arzobispo señaló hacia el extremo del pasillo, regocijado—. Creo que lo encontrará en la habitación del fondo, a la izquierda.

Gambino se volvió y pulsó el botón del ascensor mientras Adeyemi se detenía un instante, mirando a Lomeli. «Cree que estoy acabado —parecía decir su rostro—, pero puede ahorrarse su compasión, porque todavía conservo cierto poder.» Después montó con Gambino en el ascensor. Las puertas se cerraron y Lomeli se quedó mirando el corredor desierto. Comprendió que no habían considerado en absoluto la influencia de Adeyemi en sus cálculos. El nigeriano había obtenido nueve votos durante el último proceso, incluso a pesar de que su candidatura ya se había desplomado. Si lograba cederle a Tedesco siquiera la mitad de esos partidarios acérrimos, el patriarca de Venecia se aseguraría su tercio de bloqueo.

La posibilidad le hizo decidirse. Cruzó el pasillo con paso firme y llamó con fuerza a la última puerta. Transcurridos unos momentos, oyó a Benítez responder:

—¿Quién es?

—Soy Lomeli.

La cerradura se desbloqueó y la puerta quedó entornada.

—¿Eminencia?

Benítez mantenía cerrado con la mano el cuello de su sotana desabotonada. Llevaba descalzos sus finos pies morenos. A su espalda, la habitación se hallaba a oscuras.

—Lamento interrumpirlo mientras se estaba vistiendo. ¿Podríamos hablar?

—Por supuesto. Un momento.

Benítez volvió a desaparecer en el cuarto. A Lomeli le llamó la atención su cautela, aunque después supuso que, si él hubiera tenido que vivir en algunos de los lugares en los que Benítez había servido, sin duda también él habría adquirido el hábito de no abrir la puerta sin antes cerciorarse de quién llamaba.

Por el pasillo aparecieron otros dos cardenales que se disponían a bajar a cenar. Miraron en su dirección. Lomeli levantó la mano. Ellos le devolvieron el saludo.

Benítez abrió la puerta del todo. Ya se había vestido.

—Adelante, decano. —Encendió la luz—. Discúlpeme. Llegado este momento del día, siempre procuro meditar durante una hora.

Lomeli entró en la habitación. Era pequeña, idéntica a la suya, y se encontraba moteada por una decena de velas que titilaban sobre la mesita de noche, el escritorio y el reclinatorio e incluso en el cuarto de baño penumbroso.

—En África me acostumbré a que no siempre hubiera electricidad —explicó Benítez—. Ahora no puedo prescindir de mis velas cuando rezo a solas. Las hermanas tuvieron la amabilidad de buscarme unas pocas. La luz que desprenden tiene algo especial.

—Interesante. Tendré que comprobar si a mí también me funciona.

—¿Le cuesta rezar?

A Lomeli le sorprendió la brusquedad de la pregunta.

—En ocasiones. Sobre todo últimamente. —Describió un círculo impreciso con la mano—. Tengo demasiadas cosas en la cabeza.

—Quizá yo pueda ayudarlo.

Por un instante Lomeli se sintió ofendido —¿acaso habiendo servido como secretario de Estado y siendo el decano del Colegio Cardenalicio ahora iba a tener que recibir clases de rezo?—. Sin embargo, no cabía duda de la buena intención de la propuesta, por lo que terminó respondiendo:

—Sí, me gustaría, gracias.

—Siéntese, por favor. —Benítez acercó la silla del escritorio—. ¿Le molesta si termino de prepararme mientras hablamos?

Lomeli observó al filipino mientras este se sentaba en la cama y se ponía los calcetines. De nuevo le asombró lo joven y esbelto que era para tener sesenta y siete años; casi parecía un adolescente con el mechón de cabello azabache derramado como un riachuelo de tinta sobre su rostro mientras permanecía inclinado hacia delante. En la actualidad, ponerse los calcetines consistía en una tarea que a Lomeli podía llevarle diez minutos. Sin embargo, las extremidades y los dedos del filipino parecían tan ágiles y ligeros como los de un veinteañero. ¿Sería que, además de rezar, también practicaba yoga a la luz de las velas?

Recordó el motivo de su visita.

—La otra noche tuvo la amabilidad de confiarme que había votado por mí.

—Así es.

—No sé si ha seguido haciéndolo, ni le pido que me lo diga, pero si es así, quisiera insistir en mi petición de que desista, solo que esta vez se lo ruego aún con mayor urgencia.

—¿Por qué?

—Primero, porque carezco del calado espiritual que se requiere para ser Papa. Segundo, porque no hay posibilidad alguna de que yo gane. Debe entender, eminencia, que este cónclave pende de un hilo. Si no llegamos a una decisión mañana, las reglas son muy claras. Se tendrán que suspender las votaciones durante un día, para que podamos reflexionar durante el paréntesis. A continuación, volveremos a intentarlo a lo largo de dos jornadas más. Después habríamos de parar otro día más. Y así sucesivamente, hasta que transcurran doce días y se haya celebrado un total de treinta votaciones. Solo entonces sería posible elegir al nuevo Papa por mayoría simple.

—¿Y...? ¿Cuál es el problema?

—Diría que es evidente: el daño que un proceso tan prolongado le hará a la Iglesia.

—¿Daño? No lo entiendo.

¿Era Benítez un ingenuo, se preguntó Lomeli, o acaso pretendía afectar inocencia? El decano se armó de paciencia para elaborar su explicación.

—Bien, doce días sucesivos de votaciones y discusiones, todas ellas mantenidas en secreto, con la mitad de la prensa mundial instalada en Roma, se interpretarían como una prueba de que la Iglesia se halla sumida en una crisis, de que es incapaz de ponerse de acuerdo para elegir al líder que la guíe en estos tiempos de dificultad. Todo esto, francamente, fortalecería a esa facción de nuestros compañeros que querría arrastrar a la Iglesia a una época pasada. En mis peores pesadillas, hablando sin tapujos, me pregunto si un cónclave demasiado largo podría anunciar la inminencia del gran cisma que lleva casi sesenta años amenazando con producirse.

—Deduzco, por lo tanto, que ha venido a pedirme que vote por el cardenal Tremblay.

Benítez era más perspicaz de lo que parecía, pensó Lomeli.

—Ese sería mi consejo. Y si conoce la identidad de los cardenales que han votado por usted, le sugeriría que también considerara la idea de proponerles que hagan lo mismo. De hecho, ¿le consta quiénes son? Solo por saberlo.

—Intuyo que dos de ellos son mis compatriotas, el cardenal Mendoza y el cardenal Ramos, aunque, igual que usted, les he rogado a todos que no voten por mí. El cardenal Tremblay, de hecho, me ha hablado acerca de esto.

Lomeli se rio.

—¡Desde luego lo ha hecho! —De inmediato lamentó su tono sarcástico.

—¿Quiere que vote a alguien a quien usted mismo considera ambicioso?

Benítez ancló en Lomeli una mirada insistente, firme y apreciativa que le hizo sentir bastante incómodo; al cabo, sin añadir nada más, empezó a calzarse.

Lomeli se retorció en su asiento. No le agradaba aquel silencio cada vez más largo.

—Supongo, por supuesto —observó finalmente—, dada su relación sin duda estrecha con el Santo Padre, que no le gustaría ver al cardenal Tedesco obtener el pontificado. Pero tal vez me equivoque; puede que usted crea en las mismas cosas que él.

Benítez terminó de atarse los cordones y bajó los pies al suelo. Levantó la vista de nuevo.

—Yo creo en Dios, eminencia. Y en nada más que en Dios. Y por ese motivo no comparto su alarma ante la idea de un cónclave prolongado, ni ante la de un posible cisma, si se diera el caso. ¿Quién sabe? Quizá sea eso lo que Dios quiere. Eso explicaría por qué este cónclave se ha convertido en un enigma tan intrincado que ni siquiera usted puede resolverlo.

—Un cisma atentaría contra todo aquello en lo que he creído siempre y por lo que llevo toda la vida trabajando.

—¿Y qué es?

—El don divino de la Iglesia única y universal.

—¿Y merece la pena defender esa unidad institucional, incluso aunque para ello se deba romper el juramento sagrado?

—Ese sí que es un alegato singular. La Iglesia no es una mera institución, como usted la llama, sino la encarnación del Espíritu Santo.

—Ah, bien, aquí disentimos. A mi juicio es más probable encontrar la encarnación del Espíritu Santo en cualquier otra parte; por ejemplo, en esos dos millones de mujeres que han sido violadas a consecuencia de las políticas militares durante las guerras civiles de África Central.

Lomeli se quedó tan estupefacto que hasta que pasaron unos segundos no supo qué responder.

—Puedo asegurarle —dijo al final con rigidez— que ni por asomo consideraría la idea de romper el juramento que le he hecho a Dios, fueran cuales fuesen las consecuencias para la Iglesia.

Sonó la campana vespertina, una nota alargada y tintineante que recordaba a una alarma antiincendios, para anunciar que iba a servirse la cena.

Benítez se levantó y le tendió la mano.

—No pretendía ofenderlo, decano, y lo lamento si lo he hecho. Pero no puedo votar por nadie que no sea aquel a quien considero más digno de ser nombrado Papa. Y, para mí, esa persona no es el cardenal Tremblay, sino usted.

—¿Hasta cuándo seguiremos alargando esto, eminencia? —Lomeli, de pura frustración, le dio una palmada al costado de la silla—. ¡No quiero su voto!

—Aun así, lo tendrá. —Alargó la mano un poco más—. Vamos. Seamos amigos. ¿Bajamos juntos a cenar?

Lomeli mantuvo el ceño fruncido unos segundos más, después suspiró y dejó que el filipino lo ayudase a levantarse de la silla. Observó a Benítez según este recorría la habitación apagando las velas a soplos. Las mechas quemadas desprendían hilos de humo negro y acre, mientras que el tufillo de la cera derretida transportó en un instante a Lomeli de regreso a su época de seminarista, cuando leía bajo el resplandor de las velas en el dormitorio una vez que se apagaban las luces y cerraba los ojos si el sacerdote pasaba para comprobar que todos dormían. Entró en el cuarto de baño, se humedeció el pulgar y el índice y apagó la vela que ardía junto al lavabo. Reparó entonces en el pequeño juego de artículos de aseo que O'Malley le había entregado a Benítez la noche en que llegó: un cepillo de dientes, un tubito de dentífrico, un frasco de desodorante y una maquinilla de afeitar desechable de plástico, guardada todavía en su envoltorio de celofán.

13

El sanctasanctórum

Aquella noche, mientras tomaban la tercera cena de su enclaustramiento —algún pescado inidentificable bañado en salsa de alcaparras—, una atmósfera nueva y febril se apropió del cónclave.

Los cardenales eran electores muy sofisticados. Podían «hacer números», como Paul Krasinski, el arzobispo emérito de Chicago, les iba urgiendo a uno tras otro. Podían ver que las votaciones habían derivado en una carrera entre dos caballos, Tedesco y Tremblay; entre los principios inquebrantables por un lado y el anhelo de una solución intermedia por otro; entre un cónclave que podría prolongarse durante otras diez jornadas y el que podría concluir a la mañana siguiente. Las facciones se repartieron por el comedor conforme a sus respectivas posturas.

Nada más llegar, Tedesco ocupó un sitio junto a Adeyemi en la mesa de los cardenales africanos. Como de costumbre, con una mano sostenía el plato y con la otra se llenaba la boca a cucharadas, y se detenía de vez en cuando para aguijonear el aire con el tenedor al tiempo que exponía sus opiniones. Lomeli, que ocupaba su sitio habitual entre el contingente italiano conformado por Landolfi, Dell'Acqua, Santini y Panzavecchia, no necesitaba oírlo para saber que estaba soltando otra de sus peroratas sobre la decadencia moral de las sociedades liberales occidentales. Y a juzgar por la solemnidad con que su audiencia asentía, esta debía de ser de lo más receptiva.

Mientras tanto, el quebequense Tremblay degustaba el primer plato en una mesa de compañeros francófonos: Courtemarche, de Burdeos; Bonfils, de Marsella; Gosselin, de París; y Kourouma, de Abiyán. El enfoque de su campaña era el opuesto al de Tedesco, quien prefería rodearse de un círculo de oyentes a los que aleccionar. En lugar de eso, Tremblay dedicó la velada a mezclarse con los distintos grupos, sin quedarse más de unos pocos minutos con cada uno, los necesarios para estrechar las manos, apretar algunos hombros, entablar una conversación desenfadada con este cardenal e intercambiar algunas confidencias entre susurros con aquel otro. No parecía regirse por las indicaciones de un jefe de campaña específico, aunque Lomeli ya había oído a varios de los religiosos que seguían llegando al comedor —como, por ejemplo, Modesto Villanueva, el arzobispo de Toledo— predecir en voz alta que Tremblay era el único vencedor posible.

De vez en cuando Lomeli permitía que sus ojos se deslizasen hacia los otros. Bellini estaba sentado al fondo. No parecía tener la menor intención de seguir persuadiendo a los indecisos y, de hecho, por primera vez, se limitaba a disfrutar de la cena en compañía de sus compañeros teólogos, Vandroogenbroek y Löwenstein, con quienes sin duda estaría conversando sobre tomismo y fenomenología, o acerca de otras abstracciones por el estilo.

En cuanto a Benítez, en el mismo momento en que entró en el comedor los anglófonos lo invitaron a sentarse con ellos. Lomeli no le veía la cara, ya que el filipino se encontraba de espaldas a él, aunque sí podía observar las expresiones de los demás comensales: Newby, de Westminster; Fitzgerald, de Boston; Santos, de Galveston-Houston; y Rudgard, de la Congregación para las Causas de los Santos. Igual que los africanos con Tedesco, parecían estar embelesados por todo cuanto su invitado les contaba.

Y constantemente, entre las mesas, portando bandejas y botellas de vino, hormigueaban las Hijas de la Caridad de San Vicente de Paúl, con su hábito azul y la mirada baja. Lomeli conocía esta antigua orden desde sus años de nunciatura. La dirigía una matriz ubicada en la parisina calle de Bac. Él la había visitado en dos ocasiones. Los restos de santa Catalina Labouré y de santa Luisa de Marillac estaban enterrados en su capilla. Sus miembros no habían renunciado a su vida con el fin de convertirse en las doncellas de los cardenales. En principio, su carisma consistía en ponerse al servicio de los pobres.

En la mesa de Lomeli se respiraba un ambiente apagado. A menos que se decidieran a votar por Tedesco —algo en cuya imposibilidad coincidían—, tendrían que empezar a asimilar el hecho de que tal vez sus ojos ya no volvieran a ver un papa italiano. Las conversaciones brotaron de forma intermitente durante toda la velada, y Lomeli estaba demasiado sumido en sus pensamientos para prestarles atención alguna.

La charla con Benítez le había provocado un profundo desabrimiento. No conseguía quitársela de la cabeza. ¿Cabía realmente la posibilidad de que hubiera dedicado los últimos treinta años a adorar a la Iglesia en lugar de a Dios? Porque esa, en definitiva, era la acusación que Benítez había vertido contra él. En el fondo no podía escapar a esa realidad, al pecado, a la herejía. ¿Cómo iba a extrañarle que le costase tanto rezar?

Esta idea supuso para él una revelación similar a aquella que lo iluminó en San Pedro momentos antes de pronunciar su sermón.

Al final, incapaz de soportarlo más, retiró su silla.

—Hermanos míos —anunció—, me temo que no estoy siendo una agradable compañía. Creo que me retiraré a descansar.

Un murmullo se propagó alrededor de la mesa según los cardenales se despedían.

—Buenas noches, decano.

Lomeli se dirigió al vestíbulo. Pocos se fijaron en él. Y de esos pocos, ninguno se habría hecho una idea, a juzgar por la solemnidad de su paso, del clamor que resonaba en su cabeza.

En el último segundo, en lugar de llevarlo arriba, sus pasos lo alejaron de improviso de las escaleras para orientarlo hacia el mostrador de recepción. Le preguntó a la monja que lo atendía si la hermana Agnes había terminado ya su turno. Eran alrededor de las nueve y media. Tras él, en el comedor, empezaban a servir el postre.

Cuando la hermana Agnes salió de su oficina, algo en su ademán sugería que llevaba tiempo esperándolo. Su rostro bien parecido era afilado y pálido; sus ojos, de un azul cristalino.

—¿Eminencia?

—Hermana Agnes, buenas noches. Me preguntaba si podría mantener otra conversación con la hermana Shanumi.

—Me temo que eso es imposible.

—¿Por qué?

—Se encuentra de regreso a casa, a Nigeria.

—¡Cielo santo, qué inmediatez!

—Esta noche salía un vuelo de Ethiopian Airlines de Fiumicino a Lagos. Pensé que lo mejor para todos sería que lo tomase.

La hermana Agnes le sostuvo la mirada sin pestañear. Tras un breve silencio, Lomeli le solicitó:

—Tal vez, en ese caso, pueda hablar en privado contigo.

—Creo que ya estamos hablando en privado, eminencia.

—Sí, pero quizá podamos seguir en tu oficina.

La hermana Agnes se mostró renuente. Arguyó que su turno estaba a punto de terminar. Al final, no obstante, lo invitó a pasar al otro lado del mostrador y al interior de su pequeña celda de cristal. Las persianas estaban bajadas. Una lámpara de escritorio aportaba la única fuente de luz. Sobre la mesa descansaba un radiocasete anticuado del que brotaba un canto gregoriano. Reconoció el Alma Redemptoris Mater, «Augusta madre del Redentor». Esta muestra de la devoción por parte de la hermana lo conmovió. Recordó que aquel antepasado de la monja al que martirizaron durante la Revolución francesa fue beatificado. La hermana apagó la música y Lomeli cerró la puerta. Ambos permanecieron de pie.

—¿Cómo llegó a Roma la hermana Shanumi? —inquirió él a media voz.

—No tengo ni idea, eminencia.

—Sin embargo, esa pobre mujer ni siquiera hablaba italiano y nunca había salido de Nigeria con anterioridad. Es sencillamente imposible que se presentase en Roma sin que alguien lo organizara.

—La oficina de la superiora general me notificó que se uniría a nosotras. Esas gestiones se realizaron en París. Le sugiero que pregunte en la calle de Bac, eminencia.

—Lo haría, solo que, como sabes, debo permanecer aislado hasta el término del cónclave.

—Entonces podrá preguntárselo después.

—Se trata de una información que me sería de utilidad en este momento.

La hermana Agnes lo escrutó con sus indómitos ojos azules. Ya podían guillotinarla o quemarla en la hoguera, no cedería. De haberse casado, pensó Lomeli, habría elegido a una mujer como ella.

—¿Querías al Santo Padre, hermana Agnes? —le preguntó con voz amable.

—Por supuesto.

—Bien, me consta que él te tenía un afecto especial. De hecho, creo que incluso te reverenciaba.

—¡No sé de qué me habla! —La hermana empleó un tono desdeñoso. Percibía la estrategia de Lomeli. Y, aun así, una parte de ella no podía evitar sentirse halagada. Por primera vez sus pestañas aletearon levemente.

Lomeli insistió.

—Y creo que también sentía algún aprecio por mí. Al menos, digamos que cuando quise dimitir como decano, él no me lo permitió. En aquel momento no entendí por qué. A decir verdad, me enfadé mucho con él, que Dios me perdone. Pero siento que empiezo a comprenderlo. Creo que intuía que su hora se acercaba y que, por alguna razón, deseaba que yo organizase este cónclave. Y, no sin mucho rezar, eso es lo que estoy intentando hacer, por él. Por lo tanto, cuando te digo que necesito saber por qué la hermana Shanumi terminó en la casa de Santa Marta, no te lo pido por mí, sino en nombre de nuestro difunto amigo común, el Papa.

—Eso dice usted, eminencia. Pero ¿cómo sé lo que él habría querido que yo hiciera?

—Pregúntaselo, hermana Agnes. Pregúntaselo a Dios.

Transcurrió al menos un minuto sin que la monja contestase. Al final, dijo:

—Le prometí a la superiora que no comentaría nada. Y no comentaré nada. ¿Lo entiende?

Se puso unas gafas, tomó asiento ante el ordenador y empezó a teclear con asombrosa rapidez. Era una escena muy curiosa —Lomeli nunca la olvidaría—, la anciana monja aristocrática, con los ojos pegados a la pantalla y brincando como por voluntad propia sobre el gris teclado de plástico. El repiqueteo atropellado de los clics se alzó en un *crescendo*, deceleró y se disolvió en una estela de percusiones sueltas, hasta que, tras una última y violenta puñalada, la monja levantó las manos, se puso de pie y se apartó del escritorio para retirarse al otro lado de la oficina.

Lomeli ocupó su asiento. En la pantalla había un correo electrónico remitido por la superiora en persona, con fecha del 3 de octubre —dos semanas antes del fallecimiento del Santo Padre, calculó él—, marcado como «Confidencial», en el que se avisaba del inmediato traslado a Roma de la hermana Shanumi Iwaro, de la comunidad de Oko, ubicada en la provincia de Ondo, en Nigeria.

> Estimada Agnes:
>
> Entre nosotras, y sin que deba pasar a ser de dominio público, te estaría muy agradecida si pudieras acoger a nuestra hermana, ya que su presencia ha sido solicitada por el prefecto de la Congregación para la Evangelización de los Pueblos, Su Eminencia el cardenal Tremblay.

Tras desearle buenas noches a la hermana Agnes, Lomeli desanduvo sus pasos y regresó al comedor. Hizo cola para pedir un café, con el que salió al vestíbulo. Allí se sentó en uno de los sillones carmesíes atestados de relleno, de espaldas al mostrador de recepción, donde se limitó a esperar y observar. Ah, pensó, ¡el cardenal Tremblay era todo un caso! Un norteamericano que no era estadounidense, un francófono que no era francés, un liberal doctrinario que además era un conservador social —o ¿sería al revés?—, paladín del tercer mundo y paradigma del primero. ¡Qué necio había sido Lomeli al subestimarlo! Reparó en que el canadiense no necesitó ir a buscar su café, ya que Sabbadin se encargó de llevárselo, tras lo cual el arzobispo de Milán se acercó con Tremblay a un grupo de cardenales italianos que se apresuraron a ensanchar su círculo para recibirlo.

Lomeli tomó un sorbo de café y aguardó al momento adecuado. No quería que hubiese testigos de lo que necesitaba hacer.

De vez en cuando algún cardenal se acercaba a hablar con él, ocasiones en las que Lomeli sonreía e intercambiaba un par de cumplidos, sin permitir en ningún momento que su rostro reflejase su nerviosismo, aunque descubrió que, si no se levantaba, pronto captaban la indirecta y seguían su camino. Uno tras otro, empezaron a subir a su dormitorio.

Eran casi las once y la mayor parte del cónclave se había retirado a descansar cuando al fin Tremblay terminó de conversar con los italianos. Levantó la mano en lo que casi podría haberse interpretado como un gesto de bendición. Algunos de los cardenales se inclinaron ligeramente. Tremblay se volvió sobre los talones, sonriendo para sí, y se encaminó hacia las escaleras. De inmediato Lomeli trató de abordarlo. Se produjo una situación un tanto cómica cuando notó que las rodillas se le habían quedado completamente tiesas, de tal modo que a duras penas logró levantarse del sillón. Pero tras forcejear con su cuerpo consiguió ponerse de pie y salir con las piernas rígidas en persecución de Tremblay. Alcanzó al canadiense justo cuando este llegaba al pie de la escalera.

—Eminencia... ¿tendría un minuto?

Tremblay seguía sonriendo. Rezumaba benevolencia.

—Hola, decano. Subía a acostarme.

—Insisto en que no le robaré mucho tiempo. Acompáñeme.

Con el gesto aún risueño, una sombra de recelo entibió la mirada de Tremblay. No obstante, cuando Lomeli le pidió con una seña que lo siguiera, así lo hizo, por el vestíbulo y a la vuelta de una esquina, hasta que llegaron a la capilla. El anexo estaba vacío y en penumbra. Tras el cristal endurecido, un resplandor azul verdoso bañaba la pared del Vaticano, como un decorado de ópera para una cita furtiva a medianoche o para un asesinato. Por lo demás, solo contaban con la luz de las lámparas que había sobre el altar. Lomeli se santiguó. Tremblay hizo lo mismo.

—Todo esto es muy misterioso —observó el canadiense—. ¿Ocurre algo?

—Es muy sencillo. Quiero que retire su nombre de la próxima votación.

Tremblay se quedó mirándolo, en apariencia todavía más regocijado que alarmado.

—¿Se encuentra bien, Jacopo?

—Lo siento, pero no es la persona más adecuada para ostentar el pontificado.

—Esa será su opinión. Cuarenta de nuestros compañeros no están de acuerdo.

—Porque no lo conocen como yo.

Tremblay negó con la cabeza.

—Esta situación me apena mucho. Siempre he admirado su sabiduría y su sensatez. Pero desde que entramos en el cónclave lo noto muy trastornado. Rezaré por usted.

—Creo que debería reservarse sus oraciones para su propia alma. Sé cuatro cosas acerca de usted, eminencia, que nuestros compañeros ignoran. Primera: sé que había algún tipo de informe sobre sus actividades. Segunda: sé que el Santo Padre habló de este asunto con usted apenas unas horas antes de que falleciese. Tercera: sé que lo retiró de todos sus cargos. Y cuarta: ahora sé por qué.

Bajo la penumbra azulada, el rostro de Tremblay pareció petrificarse de súbito. Daba la impresión de que hubiera recibido un fuerte golpe en la nuca. Se apresuró a sentarse en la silla más cercana. Permaneció mudo durante unos instantes con la vista detenida ante sí, en el crucifijo que pendía sobre el altar.

Lomeli tomó asiento justo detrás de él. Se inclinó hacia delante y habló en voz baja junto al oído de Tremblay.

—Es un buen hombre, Joe, estoy seguro. Desea servir a Dios con todo su afán. Por desgracia, cree que esto le capacita para desempeñar el papado. Y debo decirle que no es así. Le hablo como amigo.

Tremblay se mantuvo de espaldas a él.

—¡Amigo! —masculló en un tono entre amargo y burlón.

—Sí, de verdad. Pero también soy el decano del Colegio y, como tal, tengo responsabilidades. Si no actuara después de lo que he averiguado, estaría incurriendo en un pecado mortal.

La voz de Tremblay sonó hueca.

—¿Y qué es exactamente lo que ha «averiguado» y cree que no son meras habladurías?

—Que, de alguna manera, supongo que por medio de los contactos que tiene en nuestras misiones en África, descubrió que treinta años atrás el cardenal Adeyemi sucumbió de manera oprobiosa a la tentación y lo organizó todo para que trajeran a Roma a la mujer implicada.

Tremblay no se movió al principio. Cuando al final giró el cuerpo, tenía el ceño fruncido, como si estuviera intentando recordar algo.

—¿Cómo conoce la existencia de esa mujer?

—Eso es lo de menos. Lo que importa es que usted la trajo

a Roma con el fin exclusivo de arrebatarle a Adeyemi todas sus posibilidades de ser Papa.

—Niego rotundamente esa acusación.

Lomeli levantó un dedo a modo de aviso.

—Piense muy bien lo que va a decir, eminencia. Estamos en un lugar sagrado.

—Puede traerme una Biblia para que jure sobre ella si quiere. Seguiré negándolo.

—Le seré claro: ¿niega que le pidiese a la superiora de las Hijas de la Caridad que enviase a Roma a una de las hermanas?

—No. Sí se lo pedí. Pero no por iniciativa propia.

—Entonces ¿por quién?

—Por el Santo Padre.

Lomeli se echó atrás de pura incredulidad.

—¿Con tal de salvar su candidatura se atreve a difamar al Santo Padre en su capilla?

—No es difamación, es la verdad. El Santo Padre me facilitó el nombre de una hermana que residía en África y me solicitó, como prefecto de la Evangelización de los Pueblos, que les requiriera de forma privada a las Hijas de la Caridad que la trajesen a Roma. Yo no hice preguntas. Me limité a atender la voluntad del Santo Padre.

—Me cuesta mucho creerlo.

—Bien, pues es la verdad y, si le soy sincero, me asombra que pueda pensar otra cosa. —Se levantó. Había recuperado todo su aplomo. Bajó la vista para mirar a Lomeli—. Haré como si esta conversación nunca hubiera tenido lugar.

El decano tiró de su cuerpo para ponerse de pie. Tuvo que hacer un gran esfuerzo para mantener la voz limpia de rabia.

—Por desgracia, sí que ha tenido lugar y, a menos que mañana anuncie que ya no desea que lo consideren para recibir el pontificado, le comunicaré al cónclave que el último acto oficial del Santo Padre fue expulsarlo por intentar chantajear a un compañero.

—¿Y en qué pruebas fundamentará su ridícula afirmación? —Tremblay extendió las palmas de las manos—. No existe ninguna. —Dio un paso hacia Lomeli—. Permítame aconsejarle, Jacopo, y también yo le hablo como amigo, que no difunda esas acusaciones tan malintencionadas entre nuestros compañeros. Su ambición no ha pasado desapercibida. Podría interpretarse como una táctica mediante la cual mancillar el nombre de un rival. Podría incluso tener el efecto opuesto al que espera. ¿Recuerda cuando los tradicionalistas intentaron acabar con el cardenal Montini en el sesenta y tres? ¡Dos días más tarde fue nombrado Papa!

Tremblay ejecutó una reverencia ante el altar, se santiguó, se despidió de Lomeli con un glacial «Buenas noches», salió de la capilla y dejó al decano del Colegio Cardenalicio escuchando el eco menguante que sus pasos producían en el suelo de mármol.

Lomeli pasó las horas posteriores tumbado en su cama, completamente vestido y con la vista extraviada en el techo. La única luz que alumbraba la habitación procedía del aseo. A través de la pared divisoria llegaban los ronquidos de Adeyemi, pero esta vez Lomeli estaba tan abstraído que apenas los oía. En las manos sostenía la llave maestra que la hermana Agnes le había prestado la mañana en que él regresó a la casa de Santa Marta tras la misa en San Pedro, cuando se dio cuenta de que se había dejado la suya dentro. Le dio vueltas y más vueltas entre sus dedos, rezando y hablando para sí al mismo tiempo, hasta que sus oraciones y sus razonamientos convergieron en un monólogo.

«Oh, Señor, me has puesto al cargo de este sacratísimo cónclave. ¿Se limita mi cometido a organizar las deliberaciones de mis compañeros o tengo la responsabilidad de intervenir e influir en el resultado? Soy Tu sirviente y estoy entregado al cumplimiento de Tu voluntad. Sin duda el Espíritu Santo nos llevará a un pontífice digno sean cuales sean las acciones que yo emprenda. Guíame, Señor, Te lo ruego, para que satisfaga Tus deseos. Sirviente, debes ser tu propio guía.»

Dos veces se levantó de la cama y se dirigió a la puerta, y dos veces se volvió sobre los talones y se tumbó de nuevo. Por supuesto, sabía que no se inspiraría sin más, que no se vería imbuido de pronto por una sensación de certeza. No era algo que esperase. Dios no obraba así. Le había enviado cuantas señales necesitaba. De él dependía actuar en consecuencia. Y acaso siempre había intuido lo que tendría que hacer al final, motivo por el que nunca había devuelto la llave maestra, sino que la había dejado guardada en el cajón de la mesita de noche.

Se levantó por tercera vez y abrió la puerta.

Conforme a la normativa apostólica, pasada la medianoche no debía quedar nadie en la casa de Santa Marta aparte de los cardenales. Habían llevado de regreso a las monjas a sus dependencias. Los guardias de seguridad se encontraban, o bien en sus coches aparcados o bien patrullando el perímetro. En el palacio de San Carlos, apenas a cincuenta metros de distancia, había dos médicos de guardia. En el caso de que se produjera una emergencia, médica o de cualquier otro tipo, los cardenales debían activar las alarmas antiincendios.

Aliviado al ver el pasillo desierto, Lomeli trotó hacia el rellano. A la entrada del apartamento del Santo Padre, las velas votivas titilaban en sus vasos rojos. Observó la puerta. Titubeó por última vez. «Haga lo que haga, lo haré por Ti. Puedes ver mi corazón. Sabes que mis intenciones son puras. Me encomiendo a Tu protección.» Introdujo la llave en la cerradura y la giró. La puerta se abrió mínimamente hacia adentro. Los galones, fijados por Tremblay con formidable inmediatez tras el fallecimiento del Santo Padre, se tensaron, impidiendo que se abriera del todo. Lomeli examinó los sellos. Los discos de cera roja llevaban el blasón de la Cámara Apostólica, dos llaves cruzadas bajo un parasol desplegado. Su función era tan solo simbólica. No resistirían la menor presión. El decano empujó la puerta con más fuerza. La cera se agrietó y se partió, los galones se soltaron y la entrada al apartamento papal quedó despejada. Se santiguó, cruzó el umbral y cerró la puerta.

Un rancio olor a cerrado se había adueñado de la vivienda. Buscó a tientas el interruptor de la luz. El familiar salón se conservaba exactamente igual que estaba la noche en que el Santo Padre murió. Las cortinas de color limón, bien recogidas. El sofá azul y los dos sillones festoneados. La mesita del café. El reclinatorio. El escritorio, con el maletín negro y gastado del Papa apuntalado contra él.

Se sentó ante la mesa y cogió el maletín, se lo apoyó en las rodillas y lo abrió. Dentro encontró una máquina de afeitar eléctrica, una lata de caramelos de menta, un breviario y un ejemplar en rústica de *La imitación de Cristo*, de Tomás de Kempis. Según el informe emitido por el gabinete de prensa del Vaticano, se sabía que era el último libro en el que el Santo Padre estuvo inmerso hasta que sufrió el ataque al corazón. La página donde se quedó estaba marcada por un billete de autobús amarillento, emitido en su ciudad natal hacía más de veinte años.

De los peligros de la intimidad

No les digas a los demás qué pensamientos albergas y busca el consejo de alguien que sea sabio y le tema a Dios. No abuses de la compañía de los jóvenes y los desconocidos. No admires al acaudalado y rehúye a las celebridades. Es mejor acercarse al pobre y al humilde, al devoto y al virtuoso.

Volvió a guardarlo todo en el maletín, el cual dejó donde lo había encontrado. Intentó abrir el cajón central del escritorio. No estaba cerrado con llave. Lo extrajo del todo, lo puso sobre la mesa e inspeccionó el contenido: el estuche de unas gafas —vacío— y un bote de plástico de líquido para limpiarlas, lápices, una caja de aspirinas, una calculadora de bolsillo, gomas elásticas, un cortaplumas, una vieja cartera de cuero con un billete de diez euros en su interior, un ejemplar del *Anuario Pontificio*, el grueso directorio de cubiertas rojas en el que se relacionaban todos los miembros que ocupaban algún cargo relevante en la Iglesia. Abrió los otros tres cajones. Aparte de algunas estampas firmadas del Santo Padre con las que solía obsequiar a los visitantes, no había ningún tipo de documento. Se reclinó y reflexionó al respecto. El Papa había renunciado a vivir en la residencia pontificia habitual, pero utilizaba el despacho que sus predecesores tenían en el Palacio Apostólico. Todas las mañanas se dirigía allí a pie, con su maletín en la mano, y siempre se llevaba trabajo a casa para dedicarse a él por la noche. Cada día el papado añadía una nueva carga sobre sus hombros. Lomeli recordaba muy bien cuando lo veía firmar cartas y documentos en el asiento que él ocupaba ahora. O bien había abandonado su trabajo por completo en sus últimos días o bien el escritorio había sido limpiado, sin duda por la siempre eficiente mano de su secretario particular, monseñor Morales.

Se levantó y recorrió la habitación, armándose de valor para abrir la puerta del dormitorio.

Las sábanas habían sido retiradas de la inmensa cama de época, las almohadas no tenían funda. Las gafas y el despertador del Papa, sin embargo, seguían encima de la mesita de noche, y al abrir el armario encontró dos sotanas blancas que colgaban como fantasmas del perchero. La visión de las dos sencillas prendas —el Santo Padre se negaba a ponerse las vestimentas papales más elaboradas— pareció romper algo que Lomeli había estado reprimiendo desde el funeral. Se llevó la mano a los ojos e inclinó la cabeza. Se estremeció, aunque no derramó ninguna lágrima. Esta convulsión seca duró apenas medio minuto y, cuando pasó, se sentía extrañamente fortalecido. Esperó hasta que hubo recobrado el aliento, dio media vuelta y observó la cama.

Era de una fealdad pasmosa, tenía varios siglos de antigüedad y estaba dotada de un robusto poste cuadrado en cada esquina y de un tablero tallado tanto en la cabecera como en el pie. De todos los muebles con que se le hubiera permitido equipar el apartamento papal, el Santo Padre solo había querido llevar este armatoste horrendo a la casa de Santa Marta. Los sucesivos papas habían dormido en él durante generaciones. Para introducirlo por la puerta de la entrada debieron de desmontarlo y armarlo de nuevo a continuación.

Con cuidado, igual que hizo la noche en que el Papa falleció, se postró de rodillas, juntó las palmas de las manos, cerró los ojos y apoyó la frente en el borde del colchón para rezar. De repente la terrible soledad que regía la vida del anciano se le antojó casi demasiado insoportable para considerarla. Extendió los brazos hacia los lados a lo largo del armazón de madera y se asió a él.

Más tarde le sería difícil precisar cuánto tiempo permaneció en esta postura. Podrían haber sido dos minutos; podrían haber sido veinte. De lo que sí estaba seguro era de que en algún momento de su meditación el Santo Padre había entrado en su cabeza y le había hablado. Por supuesto, todo podría haber sido producto de su imaginación; los racionalistas tenían una explicación para todo, incluso para la inspiración. Lo único que sabía era que antes de que se arrodillara estaba desesperado y que después, cuando terminó de luchar por levantarse y se quedó mirando la cama, el finado le había dicho cómo proceder.

Lo primero que pensó fue que debía de haber un cajón oculto. Volvió a arrodillarse y palpó el armazón por debajo, sin encontrar nada. Probó a levantar el colchón, aunque sabía que era una pérdida de tiempo; teniendo en cuenta que el Santo Padre vencía al ajedrez a Bellini casi todas las noches, no podía esperar que ejecutase una jugada tan obvia. Al final, descartadas todas las demás opciones, se fijó en los postes.

Empezó por el de la derecha de la cabecera. La parte superior consistía en una bóveda tallada de grueso y bruno roble pulido. A simple vista parecía formar una única pieza con el pesado soporte. No obstante, cuando deslizó los dedos alrededor de la moldura, uno de los pequeños discos tallados se aflojó un tanto. Lomeli encendió la lamparilla de noche, se subió al colchón y lo examinó. Lo apretó con cautela. No pareció que pasara nada. Pero cuando se sujetó en el poste para poder bajar los pies al suelo, la parte superior se le quedó en la mano.

Debajo encontró una cavidad de base plana de madera sin barnizar, en el centro de la cual, tan pequeño que casi se le pasó inadvertido, sobresalía un diminuto pomo de madera. Lo cogió, tiró de él y poco a poco extrajo un estuche de madera lisa. La precisión con que encajaban las piezas tenía algo de maravilloso. Sus dimensiones se asemejaban a las de una caja de zapatos. Lo agitó. Algo se sacudió dentro.

Se sentó en el colchón y deslizó la tapa para retirarla. Dentro, enrollados, halló un fajo de documentos. Los alisó y los hojeó.

Columnas de números. Extractos bancarios. Transferencias de dinero. Direcciones de apartamentos. Muchas de las páginas recogían anotaciones a lápiz con la letra menuda y angulosa del Santo Padre. De pronto su propio nombre pareció saltar ante él.

> Lomeli. Apartamento n.º 2. Palacio del Santo Oficio. ¡¡445 metros cuadrados!!

Parecía tratarse de una lista de apartamentos oficiales habitados por distintos miembros en activo y jubilados de la curia, elaborada para el Papa por la APSA, la Administración del Patrimonio de la Sede Apostólica. Los nombres de los cardenales electores que disfrutaban de un apartamento aparecían subrayados: Bellini (410 metros cuadrados), Adeyemi (480 metros cuadrados), Tremblay (510 metros cuadrados). Al pie del documento el Papa había añadido su nombre: «El Santo Padre, casa de Santa Marta, ¡¡50 metros cuadrados!!».

Anexo a este documento figuraba un apéndice.

> A la atención exclusiva del pontífice.

> Santísimo Padre:
> Según hemos podido determinar, la superficie del patrimonio de la APSA se compone de un total de 347.532 metros cuadrados, cuyo valor potencial superaría los dos mil setecientos millones de euros, si bien el valor contable sería solo de 389.600.000 €. La reducción de los beneficios podría ser el indicativo de una tasa de ocupación de pago de solo el 56 por ciento. Se entiende, por lo

tanto, como Su Santidad sospechaba, que una buena parte de los ingresos no se está declarando de la manera debida.

Con todo el orgullo,

el hijo más devoto y obediente de Su Santidad.

D. Labriola
(Inspector Especial)

Lomeli pasó a las otras páginas, donde volvió a encontrar su nombre. Para su asombro, al fijarse con más atención, comprobó que se trataba de un resumen de sus registros bancarios personales del IOR, el Istituto per le Opere di Religione, el Banco Vaticano. Una lista de totales mensuales que se remontaba a más de una década atrás. El apunte más reciente, del 30 de septiembre, le asignaba un saldo a cierre de 38.734,76 €. Ni siquiera sabía que poseyera esa cantidad. Era todo el dinero que tenía.

Deslizó la vista por los centenares de nombres de la lista. Le repugnaba el mero hecho de estar leyéndolos, pero le era imposible parar. Bellini guardaba 42.112 € en su cuenta; Adeyemi, 121.865 €; y Tremblay, 519.732 € (cantidad merecedora de más signos de exclamación por parte del Papa). Algunos cardenales disfrutaban de balances más modestos (el de Tedesco se quedaba en 2.821 € y Benítez, de hecho, no parecía tener ninguna cuenta), aunque otros eran millonarios. El arzobispo emérito de Palermo, Calogero Scozzazi, quien trabajase temporalmente en el IOR durante la época de Marcinkus y quien, de hecho, había sido investigado por blanqueo de capitales, atesoraba 2.643.923 €. Un buen número de cardenales africanos y asiáticos habían ingresado grandes cantidades a lo largo de los últimos doce meses. En medio de una página el Santo Padre había escrito, con letra temblorosa, una cita extraída del Evangelio de san Marcos: «¿No está escrito "Mi casa será llamada casa de oración para todas las gentes"? Pero vosotros la tenéis hecha una cueva de bandidos».

Cuando hubo terminado de leer, Lomeli enrolló los papeles, apretándolos bien, volvió a guardarlos en la caja y la cerró. La repugnancia que sentía le había dejado un regusto a podrido en la boca. ¡El Santo Padre se había servido de su autoridad para hacerse subrepticiamente con los registros bancarios personales que el IOR tenía de sus compañeros! ¿Acaso pensaba que eran todos unos corruptos? Tampoco se sorprendió del todo; el escándalo de los apartamentos de la curia, por ejemplo, había sido filtrado a la prensa años atrás. Y en cuanto a la riqueza personal de sus hermanos cardenales, era algo que sospechaba desde hacía mucho tiempo; se decía que el espiritual Luciani, quien falleciese cuando solo llevaba un mes de pontificado, había sido elegido en 1978 porque era el único cardenal italiano que estaba «limpio». No, lo que lo conmocionó de verdad, tras una primera lectura, era lo que la lista revelaba sobre el ánimo del Santo Padre.

Volvió a introducir la caja en su compartimento y puso en su sitio la parte superior del poste. Las palabras de temor que los discípulos le dijeron a Jesús le vinieron a la memoria: «El lugar está deshabitado y ya es hora avanzada». Durante unos segundos permaneció aferrado al sólido montante de madera. Le había pedido a Dios que lo guiara, y Dios lo había guiado hasta allí, y aun así tenía miedo de lo que le quedara por descubrir.

Pese a todo, cuando se hubo serenado, rodeó la cama para acercarse al otro poste de la cabecera y examinó la moldura de debajo de la bóveda tallada. Ahí encontró otra palanca oculta. Cuando la parte superior del poste se le quedó en la mano, sacó un segundo estuche. A continuación, se dirigió al pie de la cama y liberó un tercero, y después un cuarto.

14

Simonía

Debían de ser casi las tres de la madrugada cuando Lomeli
salió de los aposentos del Papa. Abrió la puerta lo suficiente
para poder ver el rellano más allá del resplandor carmesí de las
velas. Aguzó el oído. Más de un centenar de hombres, casi todos ellos mayores de setenta años, o bien dormían, o bien reza-
ban en silencio. El edificio se hallaba en perfecta quietud.

Dejó la puerta cerrada. Intentar sellarla otra vez era inútil.
La cera estaba rota; los galones, descolgados. Era obvio que los
cardenales se darían cuenta de ello apenas se levantaran; no
había nada que hacer. Cruzó el rellano en dirección a la escalera y empezó a subir. Recordó que Bellini le había dicho que su
habitación quedaba justo encima de la del Santo Padre, y que
el espíritu del anciano parecía emanar a través del parquet; no
lo ponía en duda.

Encontró el número 301 y llamó a la puerta sigilosamente.
Imaginaba que le costaría hacerse oír sin despertar a medio
pasillo, pero para su sorpresa, casi al instante, oyó algún movimiento, la puerta se abrió y Bellini apareció tras ella, ataviado también con su sotana. Evaluó a Lomeli con la compasión
de quien tiene delante a un compañero de desdichas.

—Hola, Jacopo. ¿Usted tampoco puede dormir? Pase.

Lomeli entró con él en la suite. Era idéntica a la de debajo. Las luces del salón estaban apagadas, pero la puerta del dormitorio se encontraba entreabierta, y era de esa rendija de donde procedía la iluminación. Observó que Bellini había estado rezando. Su rosario pendía del reclinatorio; el *Oficio Divino* reposaba sobre el atril.

—¿Le gustaría elevar una plegaria conmigo? —le propuso Bellini.

—Mucho.

Se arrodillaron. Bellini agachó la cabeza.

—En el día de hoy recordamos a san León I el Magno. Señor, erigiste Tu Iglesia sobre los sólidos cimientos del apóstol Pedro y prometiste que las puertas del infierno nunca la amenazarían. Con el apoyo de las oraciones del papa san León, pedimos que mantengas la Iglesia leal a Tu verdad y que reine en ella una paz perdurable. Amén.

—Amén.

Al cabo de un minuto o dos, Bellini le preguntó:

—¿Puedo traerle algo? ¿Un vaso de agua?

—Me vendría muy bien, gracias.

Lomeli tomó asiento en el sofá. Se sentía agotado e inquieto al mismo tiempo; no era el mejor momento para tomar una decisión trascendental, pero ¿qué otra opción le quedaba? Oyó el siseo de un grifo abierto.

—Me temo que no puedo ofrecerle nada para acompañarlo —lamentó Bellini desde el cuarto de baño. Regresó al salón con dos vasos de agua y le tendió uno a Lomeli—. ¿Y bien?, ¿qué es lo que lo tiene desvelado a estas horas?

—Aldo, debe seguir adelante con su candidatura.

Bellini gruñó y se sentó en el sillón con pesadez.

—¡Por favor, no, otra vez no! Creía que ese asunto estaba zanjado. No quiero y, además, no puedo ganar.

—¿Cuál de esas dos consideraciones entraña más relevancia para usted? ¿La de no querer seguir adelante o la de no poder ganar?

—Si dos tercios de mis compañeros me hubieran considerado digno de la tarea, me habría desprendido de mis dudas con renuencia y habría aceptado la voluntad del cónclave. Pero no ha sido ese el caso, así que no hay discusión posible. —Miró a Lomeli según este se sacaba tres hojas de debajo de la sotana y las ponía sobre la mesita del café—. ¿Qué son esos papeles?

—Las llaves de san Pedro, si está dispuesto a cogerlas.

Se instaló un silencio prolongado, el cual Bellini se encargó de romper.

—Creo que debería pedirle que se marchara.

—Pero no lo hará, Aldo. —Lomeli tomó un largo trago de agua. No había reparado en lo sediento que estaba. Bellini cruzó los brazos y permaneció mudo. Lomeli lo observó por encima del borde del vaso mientras apuraba su contenido—. Léalas. —Empujó las hojas para deslizarlas hacia él—. Es un informe sobre las actividades de la Congregación para la Evangelización de los Pueblos; en concreto, es un informe sobre las actividades de su prefecto, el cardenal Tremblay.

Bellini miró el documento con el ceño fruncido por un momento antes de apartar la vista. Al final, reacio, descruzó los brazos y lo cogió.

—Salta a la vista que es culpable de simonía —dijo Lomeli—, una ofensa, recordemos, que se estipula en la Sagrada Escritura: «Al ver Simón que mediante la imposición de las manos de los apóstoles se daba el Espíritu, les ofreció dinero diciendo: "Dadme a mí también ese poder: que reciba el Espíritu Santo aquel a quien yo imponga las manos". Pedro le contestó: "Que tu dinero sea para ti tu perdición; pues has pensado que el don de Dios se compra con dinero"».

Bellini aún seguía leyendo.

—Sé en qué consiste la simonía, gracias.

—Pero ¿alguna vez se ha llevado a cabo un intento más flagrante de comprar un cargo o un sacramento? Si Tremblay recabó esos votos en la primera votación fue solo porque los compró; la mayor parte de ellos entre los cardenales de África y de Sudamérica. Todos los nombres están ahí: Cárdenas, Diène, Figarella, Garang, Papouloute, Baptiste, Sinclair, Alatas. Incluso les pagó en metálico, para que fuese más difícil rastrear el dinero. Y todo esto se ha hecho durante los últimos doce meses, cuando debía de intuir que el pontificado del Santo Padre concluiría pronto.

Bellini terminó de leer y miró al vacío. Podía verse cómo su mente ágil asimilaba la información, tasando la solidez de la prueba. Al final, inquirió:

—¿Cómo sabe que no emplearon el dinero con fines absolutamente legítimos?

—Porque he visto sus extractos bancarios.

—¡Cielo santo!

—En este momento no se trata de los cardenales. Ni siquiera los acusaría necesariamente de corrupción; tal vez pretendan enviarles el dinero a sus respectivas iglesias, pero todavía no hayan tenido ocasión. Además, sus papeletas fueron quemadas, así que ¿cómo podríamos demostrar por quién votaron? Lo que sí está del todo claro, sin embargo, es que Tremblay ignoró los procedimientos oficiales y repartió decenas de miles de euros conforme a una estrategia a todas luces concebida para promover su candidatura. Y no hace falta que le recuerde que la simonía conlleva una pena automática de excomunión.

—Lo negará.

—Puede negarlo cuanto quiera; si este informe sale a la luz, desatará el escándalo del siglo. Para empezar, confirma que Woźniak decía la verdad cuando aseguró que el Santo Padre, en su último acto oficial, le ordenó a Tremblay que dimitiese.

Bellini no respondió. Dejó las hojas sobre la mesita. Con sus dedos estilizados, las colocó meticulosamente, hasta que quedaron alineadas a la perfección.

—¿Puedo preguntarle cómo ha obtenido toda esta información?

—Del apartamento del Santo Padre.

—¿Cuándo?

—Esta noche.

Bellini lo estudió con incredulidad.

—¿Ha roto los sellos?

—¿Qué otra opción me quedaba? Usted presenció la escena del comedor. Tenía motivos para sospechar que Tremblay, de forma deliberada, había despojado a Adeyemi de sus posibilidades de recibir el papado al traer a esa pobre mujer desde África para ponerlo en evidencia. Él lo negó, por supuesto, de manera que yo necesitaba buscar alguna prueba. En conciencia, no podía quedarme al margen y ver cómo nombraban Papa a un hombre así sin hacer al menos algunas averiguaciones.

—¿Y fue así? ¿Trajo a esa mujer aquí para avergonzar a Adeyemi?

Lomeli dudó.

—No lo sé. Desde luego sí solicitó que la trasladasen a Roma. Pero él dijo que lo hizo a petición del Santo Padre. Tal vez eso sea cierto; parece que el Santo Padre había montado una especie de operación de espionaje para controlar a sus compañeros. Encontré todo tipo de correos electrónicos privados y de transcripciones telefónicas escondidos en su habitación.

—¡Por el amor de Dios, Jacopo! —Bellini resopló como si lo atenazara un intenso dolor físico, con la vista clavada en el techo—. ¡Este asunto es obra del demonio!

—Lo es, estoy de acuerdo. Pero es mejor que lo aclaremos ahora, cuando el cónclave aún se está celebrando y podemos comentarlo en secreto, que descubrir la verdad después de que hayamos elegido un nuevo papa.

—¿Y cómo vamos a «aclararlo» a estas alturas del procedimiento?

—En primer lugar, debemos poner en conocimiento de nuestros hermanos el informe sobre Tremblay.

—¿Cómo?

—Tenemos que enseñárselo.

Bellini lo escrutó horrorizado.

—¿Habla en serio? ¿Una relación de registros bancarios privados, robada del apartamento del Santo Padre? ¡Hederá a desesperación! Podría salirnos el tiro por la culata.

—No le estoy sugiriendo que lo haga usted, Aldo, en absoluto. Usted ha de mantenerse bien al margen. Déjemelo a mí, o tal vez a mí y a Sabbadin. Estoy dispuesto a asumir las consecuencias.

—Es muy noble por su parte, se lo agradezco, por supuesto. Pero usted no es el único que saldría perjudicado. Al final todo terminaría por filtrarse. Piense en la repercusión que eso tendrá para la Iglesia. Nunca aceptaría que me nombraran Papa en tales circunstancias.

Lomeli no daba crédito a sus oídos.

—¿Qué circunstancias?

—Las circunstancias de un juego sucio: allanamiento, robo de documentación y difamación de un hermano cardenal. ¡Sería el Richard Nixon de los papas! Mi pontificado quedaría mancillado desde el principio, en el supuesto de que pudiera ganar la elección, de lo cual tengo serias dudas. ¿Se da cuenta de que quien más se va a beneficiar de todo esto es Tedesco? Su candidatura se fundamenta en que el Santo Padre estaba empujando a la Iglesia hacia el desastre con sus intentos malintencionados de reformarla. Para él y sus partidarios, el hecho de que el Santo Padre haya examinado sus cuentas bancarias y haya encargado informes en los que acusa a la curia de corrupción institucional solo servirá para reafirmarse en su postura.

—Creía que estábamos aquí para servir a Dios, no a la curia.

—Oh, no sea ingenuo, Jacopo, ¡precisamente usted! Llevo luchando estas batallas más tiempo que usted y la realidad es que solo podemos servir a Dios por medio de la Iglesia de Su Hijo, Jesucristo, y la curia conforma el corazón y el cerebro de la Iglesia, por muy imperfecta que sea.

Ninguno de los dos añadió nada más durante unos instantes. Lomeli reparó de pronto en el terrible dolor que empezaba a brotar dentro de su cabeza, justo por detrás de su ojo derecho, el que siempre le producían el agotamiento y la tensión nerviosa. Según los episodios previos, si no tenía cuidado, se vería obligado a guardar cama durante un día o dos. Los estatutos apostólicos recogían una disposición referente a los cardenales enfermos, que podían emitir su voto desde la habitación que ocupasen en la casa de Santa Marta. Su papeleta debía ser recogida por tres cardenales designados, los denominados «*infirmarii*», quienes se encargarían de llevar el voto a la capilla Sixtina en una caja sellada. Por un momento lo tentó la idea de tumbarse en la cama, taparse hasta la cabeza y dejar que fueran otros los que remediasen la situación. Pero de inmediato le rogó a Dios que le perdonase su debilidad.

—Su pontificado fue una guerra, Jacopo —le reveló Bellini—. Comenzó el primer día, cuando se negó a lucir las insignias propias de su cargo e insistió en residir aquí en lugar de en el Palacio Apostólico, y ya nunca dejó de intensificarse. ¿Recuerda cuando celebró aquella reunión de presentación con los prefectos de todas las congregaciones en la Sala Bolonia y exigió total transparencia financiera, es decir, que se llevaran los libros de forma adecuada, que se presentaran las cuentas, que se licitara cada mínima obra de construcción que se necesitara hacer o que se entregasen los recibos? ¡Recibos! ¡En la Administración del Patrimonio ni siquiera sabían qué era un recibo! Después trajo a los contables y a los gestores para que registrasen hasta el último papel, y los ubicó en sus propias oficinas, abajo, en la primera planta de la casa de Santa Marta. Y se preguntaba por qué la curia odiaba todo eso; además, ¡no era solo la vieja guardia!

»Después empezaron las filtraciones, de manera que cada vez que uno abría un periódico o encendía el televisor se sonrojaba viendo de qué manera sus amigos, como Tutino, dilapidaban los fondos para los pobres en las remodelaciones de sus apartamentos o en vuelos en primera clase. Y mientras tanto, entre las sombras, estaban Tedesco y su banda, acechándolo, acusándolo prácticamente de herejía cada vez que decía algo con demasiado sentido común sobre los gais, las parejas divorciadas o la promoción de más mujeres. Y en eso radica la cruel paradoja de su papado: cuanto más lo querían fuera, más aislado se encontraba dentro de la Santa Sede. Al final apenas confiaba en nadie. Ni siquiera estoy seguro de que confiase en mí.

—O en mí.

—No, diría que en usted confiaba de forma especial; de lo contrario habría aceptado su dimisión cuando se la presentó. Pero no tiene sentido que nos engañemos, Jacopo. Estaba débil y enfermo, condición que empezaba a afectar a su juicio. —Se inclinó hacia delante y dio una palmada sobre el informe—. Si utilizamos esto, no estaremos honrando su memoria. Mi consejo es dejarlo donde estaba o destruirlo. —Lo deslizó sobre la mesita hacia Lomeli.

—¿Y dejar que Tremblay sea nombrado Papa?

—Los ha habido peores.

Lomeli lo evaluó por un momento y después se levantó. El dolor de detrás del ojo le resultaba casi cegador.

—Me da usted lástima, Aldo. Mucha lástima. Cinco veces voté por usted con la firme convicción de que era el hombre adecuado para encabezar la Iglesia. Pero ahora veo que el cónclave, en su sabiduría, tenía razón, y que yo estaba equivocado. Le falta el coraje que se requiere para ser Papa. No lo molestaré más.

Tres horas más tarde, mientras el aviso de la campana de las seis y media reverberaba todavía por el edificio, Jacopo Lomeli, cardenal obispo de Ostia, vestido con los hábitos corales al completo, salió de su habitación, recorrió el pasillo aprisa, pasando por delante del apartamento del Santo Padre, con evidentes indicios de haber sido asaltado, bajó las escaleras y llegó al vestíbulo.

Ninguno de los otros cardenales se había levantado aún. Al otro lado de la puerta de cristal cilindrado un guardia de seguridad comprobaba la identidad de las monjas que empezaban a llegar para preparar el desayuno. La escasez de luz le impedía distinguir sus rostros. Bajo la penumbra de la madrugada no eran más que una fila de sombras inquietas, de las muchas que podían observarse en cualquier otro rincón del mundo a esa hora, los pobres de la Tierra listos para iniciar el trabajo de cada día.

Rodeó con premura el mostrador de recepción y entró en la oficina de la hermana Agnes.

Hacía muchos años que el decano del Colegio Cardenalicio

no utilizaba una fotocopiadora. De hecho, ahora que tenía una delante dudaba que alguna vez hubiera usado ese tipo de aparatos. Examinó el panel de control y comenzó a apretar botones al azar. Se encendió una pantallita que le mostró un mensaje. Se inclinó para leerlo. «Error».

Oyó un ruido tras él. La hermana Agnes se encontraba de pie en la entrada. La mirada férrea de la monja lo intimidó. Se preguntó cuánto tiempo llevaría viéndolo toquetear los mandos. Levantó las manos con ademán de impotencia.

—Intentaba hacer unas copias de un documento.

—Si me lo deja a mí, eminencia, yo me encargo.

Lomeli titubeó. La cubierta llevaba por título «Informe preparado para el Santo Padre sobre la supuesta falta de simonía cometida por el cardenal Joseph Tremblay. Resumen ejecutivo. Estrictamente confidencial». Llevaba la fecha del 19 de octubre, el día en que falleció el Santo Padre. Al fin, decidió que no le quedaba elección y se lo entregó. La hermana Agnes lo miró sin hacer ningún comentario.

—¿Cuántas copias necesita Su Eminencia?

—Ciento dieciocho.

Los ojos de la monja se ensancharon un tanto.

—Y una cosa más, hermana, si me permites. Me gustaría conservar intacto el documento original, aunque al mismo tiempo quisiera tapar algunas palabras en las copias. ¿Existe alguna forma de hacer eso?

—Sí, eminencia. Creo que es posible. —Se apreciaba una nota de diversión en su voz. Levantó la tapa de la máquina. Cuando hubo hecho una copia de cada página, se las pasó a él—. Puede realizar los cambios en esta versión, que después será la que emplearemos para sacar las copias. Es una máquina excelente. Apenas se producirá merma en la calidad. —Le ofreció una pluma y le acercó una silla para que se sentase ante el escritorio. En un gesto de cortesía, dio media vuelta y abrió un armario para sacar un nuevo paquete de papel.

Lomeli repasó el texto línea por línea, tachando con la pluma los nombres de los ocho cardenales a quienes Tremblay había dado dinero. ¡Dinero!, pensó, apretando los dientes. Recordó que el difunto Santo Padre solía decir que el dinero era la manzana de su jardín del edén, la tentación original que había llevado a cometer tantos pecados. El metálico fluía por la Santa Sede en una corriente constante que derivaba en una riada en Navidad y en Pascua, cuando se podía ver a los obispos, a los monseñores y a los frailes pulular por el Vaticano portando sobres, maletines y cajas de hojalata llenos de billetes y monedas ofrendados por los fieles. Durante una audiencia papal se podían recaudar cien mil euros en donaciones, dinero que los visitantes ponían con discreción en las manos de los asistentes del Santo Padre cuando aquellos se marchaban mientras el Papa fingía no darse cuenta. En principio el dinero iba derecho a la cámara que los cardenales tenían en el Banco Vaticano. La Congregación para la Evangelización de los Pueblos en concreto, obligada a enviar fondos a las misiones del tercer mundo, donde los sobornos estaban a la orden del día y no se podía confiar en los bancos, acostumbraba a operar con grandes sumas de dinero en metálico.

Cuando llegó al final del informe, Lomeli volvió a empezar para cerciorarse de que había eliminado todos los nombres. La redacción le otorgaba un aspecto todavía más siniestro, como si se tratase de un documento publicado por la CIA conforme a la ley para la Libertad de la Información. Sin lugar a dudas, el asunto terminaría por llegar a la prensa. Tarde o temprano, todo lo hacía. ¿No profetizó el propio Jesucristo, según el Evangelio de san Lucas, que «Pues nada hay oculto que no quede manifiesto, y nada secreto que no venga a ser conocido y descubierto»? Se hacía difícil prever qué reputación resultaría más enlodada, si la de Tremblay o la de la Iglesia; así, cuando le entregó el informe modificado a la hermana Agnes y esta empezó a hacer ciento dieciocho copias de cada página, el resplandor azulado de la máquina, que se deslizaba adelante y atrás, adelante y atrás, adelante y atrás, parecía moverse, a ojos de Lomeli, con la cadencia de una guadaña.

—Que Dios me perdone —rogó con un hilo de voz.

La hermana Agnes lo miró. Ya debía de haber deducido lo que estaba imprimiendo, pues difícilmente podría haber evitado verlo.

—Si su corazón es puro, eminencia —le dijo—, lo perdonará.

—Dios te bendiga, hermana, por tu bondad. Creo que mi corazón es puro. Pero ¿cómo puede nadie saber con certeza por qué actúa como lo hace? Por mi experiencia, a menudo los pecados más bajos se cometen por los motivos más elevados.

Llevó veinte minutos imprimir las copias y otros tantos intercalar y grapar las páginas. Trabajaron codo con codo en silencio. En un momento dado una monja entró para usar el ordenador, pero la hermana Agnes le indicó con brusquedad que se marchara. Cuando hubieron terminado, Lomeli preguntó si habría suficientes sobres en la casa de Santa Marta para sellar y entregar los informes de manera individualizada.

—Iré a mirarlo, eminencia. Por favor, siéntese. Parece agotado.

Mientras la monja buscaba los sobres, Lomeli permaneció sentado ante el escritorio con la cabeza agachada. Podía oír a los cardenales cruzando el vestíbulo de camino a la capilla para la misa matinal. Cogió su cruz pectoral. «Perdóname, Señor, si hoy intento servirte de otra manera.» Pasados unos minutos, la hermana Agnes regresó cargada con dos cajas de sobres marrones de tamaño A4.

Se pusieron a introducir los informes en los sobres.

—¿Qué quiere que hagamos con ellos, eminencia? —preguntó ella—. ¿Entregamos uno en cada habitación?

—Me temo que no nos queda tiempo. Además, quiero asegurarme de que todos los cardenales tengan ocasión de verlos antes de que salgamos para votar. ¿Podríamos repartirlos en el comedor?

—Como desee.

Así, una vez que terminaron de guardar y sellar los documentos, dividieron la pila en dos y se dirigieron al comedor, donde las monjas estaban preparando las mesas para el desayuno. Lomeli recorrió una mitad de la sala, colocando los sobres en las sillas, y la hermana Agnes hizo lo mismo en la otra. Desde la capilla, donde Tremblay estaba celebrando la misa, llegaba el murmullo de los cantos gregorianos. Lomeli sentía que el corazón le golpeaba contra el pecho; el dolor anidado detrás de sus ojos palpitaba al unísono con cada latido. Con todo, el decano siguió adelante, hasta que la hermana Agnes y él se reunieron en el centro del comedor sin ningún informe por repartir.

—Gracias —le dijo Lomeli a la monja.

Conmovido por su amabilidad severa, le tendió la mano con la esperanza de que ella la aceptase. Pero para su sorpresa, la hermana Agnes se arrodilló y le besó el anillo. Acto seguido se levantó, se alisó las faldas y salió del comedor sin decir palabra.

Después ya no había nada que Lomeli pudiera hacer, salvo sentarse a la mesa más cercana y esperar.

A las pocas horas de que el cónclave concluyera emergerían todo tipo de relatos incoherentes sobre lo que sucedió a continuación, ya que si bien todos los cardenales tenían órdenes estrictas de no revelar nada, a muchos de ellos les fue imposible resistirse a comentar el proceso con sus colaboradores más allegados una vez que se reincorporaron a su rutina, y estos confidentes, en su mayor parte sacerdotes y monseñores, levantaron más rumores a su vez, de tal forma que no tardó en aparecer una nueva versión de la historia.

En términos generales, había dos clases de testigos. Los primeros en salir de la capilla y en entrar en el comedor se quedaron atónitos ante el espectáculo de Lomeli, que estaba sentado solo e impasible a una de las mesas del centro, con los brazos apoyados sobre el mantel y la mirada fija ante sí. Aparte del decano, también les llamó la atención el silencio de perplejidad que se impuso cuando los cardenales se encontraron con los sobres y empezaron a leer el informe.

Por su parte, aquellos que llegaron minutos más tarde —quienes habían preferido rezar en su cuarto en lugar de asistir a la misa matinal o se habían quedado un tiempo más en la capilla después de comulgar—, lo que recordaban con más claridad era la algarabía que se había desatado en el comedor y la piña de cardenales que para entonces se había formado en torno a Lomeli para exigirle explicaciones.

La verdad, dicho de otro modo, era una cuestión de perspectiva.

Y además de todos estos, había otro grupo, más reducido, cuyas habitaciones se ubicaban en la segunda planta o que habían bajado por los dos tramos de escaleras desde los pisos superiores, y que se habían fijado en que los sellos del apartamento papal estaban rotos. En consecuencia, una nueva oleada de rumores había entrado en circulación, como contrapunto a la primera, y según la cual se había producido algún tipo de robo durante la noche.

A pesar del revuelo, Lomeli no se movió de su silla en ningún momento. A todos los cardenales que se le acercaban —Sá,

Brotzkus, Yatsenko y demás— les daba la misma respuesta. Sí, él había distribuido el documento. Sí, él había roto los sellos. No, no había perdido el juicio. Tenía conocimiento de que se había cometido una falta que podía penarse con la excomunión y que se había intentado tapar. Entendía que era su deber investigarla, aunque ello implicase entrar en las dependencias del Santo Padre para buscar pruebas. Había procurado llevar el asunto de manera responsable. Ahora sus hermanos electores tenían toda la información en las manos. Suyo era el deber sagrado. Ellos debían decidir qué gravedad atribuirle. Él tan solo había obedecido a su conciencia.

Le sorprendieron tanto la sensación de entereza que lo embargaba como el modo en que esta convicción parecía irradiar de él, de tal forma que muchos de los cardenales que se acercaron a él para manifestarle su estupefacción terminaron haciéndose a un lado mientras asentían en actitud aprobatoria. Otros adoptaron una postura más crítica. Sabbadin se inclinó a su lado según se dirigía al mostrador del bufet y le susurró al oído:

—¿Por qué ha desperdiciado un arma tan valiosa? ¡Podríamos haberla aprovechado para controlar a Tremblay después del cónclave! ¡Lo único que ha conseguido es fortalecer a Tedesco!

Y Fitzgerald, el arzobispo de Boston, Massachusetts, que era uno de los más fervientes partidarios de Tremblay, corrió furibundo hacia la mesa y lanzó el informe contra Lomeli.

—Esto atenta contra el derecho natural. No le ha dado a nuestro hermano cardenal ninguna oportunidad de preparar su defensa. Ha actuado como juez, jurado y verdugo. Este es un acto impropio de cristianos que no me provoca sino espanto.

Algunos otros cardenales, que observaban la escena desde las mesas contiguas, murmuraron su aprobación entre dientes.

—¡Bien dicho! —exclamó uno de ellos.

—¡Amén! —convino otro.

Lomeli permaneció imperturbable.

En un momento dado, Benítez le llevó un poco de pan y de fruta y le indicó por señas a una de las monjas que le sirviera café. Se sentó a su lado.

—Tiene que comer, decano, o caerá enfermo.

—¿He hecho lo correcto, Vincent? ¿Qué opina usted? —le preguntó Lomeli en voz baja.

—Cuando uno escucha a su conciencia nunca hace mal, eminencia. El resultado podría no ser el que esperábamos; el tiempo podría demostrarnos que nos equivocamos. Pero eso no es lo mismo que hacer mal. La única guía por la que una persona puede regir sus acciones es la de su conciencia, porque es en esta donde oímos con más claridad la voz de Dios.

Hasta que dieron las nueve no apareció Tremblay, que salió del ascensor más próximo al comedor. Alguien debía de haberle subido una copia del informe. La llevaba enrollada en la mano. Parecía muy sereno según sorteaba las mesas en dirección a la de Lomeli. El resto de los cardenales interrumpieron sus conversaciones y su desayuno. Tremblay llevaba tocado el cabello entrecano y el mentón proyectado hacia fuera. De no ser por sus hábitos corales escarlata, habría pasado por un *sheriff* de camino a un duelo en una película del Oeste.

—¿Tendría un minuto, decano?

Lomeli dejó su servilleta en la mesa y se levantó.

—Por supuesto, eminencia. ¿Quiere hablar en algún lugar más privado?

—No, preferiría hacerlo en público, si no le importa. Me gustaría que nuestros hermanos escucharan lo que tengo que decir. Usted es el responsable de esto, si no me equivoco. —Agitó el informe ante la cara de Lomeli.

—No, eminencia, el responsable es usted, debido a sus actos.

—¡Este informe es completamente mendaz! —Tremblay dio media vuelta para dirigirse a todo el comedor—. Jamás debería haber salido a la luz, ¡y, de hecho, no lo habría hecho si el cardenal Lomeli no hubiera allanado el apartamento del Santo Padre para sacarlo con el fin de manipular el resultado de este cónclave!

Uno de los cardenales, al que Lomeli no alcanzó a ver, gritó:

—¡Qué vergüenza!

Tremblay continuó hablando para la sala.

—Dadas las circunstancias, creo que debería renunciar a su cargo de decano, ya que nadie puede seguir confiando en su imparcialidad.

—Si el informe es mendaz, como usted sostiene —replicó Lomeli—, tal vez pueda explicar por qué el Santo Padre, en su último acto oficial como Papa, le pidió que dimitiese.

Un murmullo de asombro se extendió por el comedor.

—El Papa no hizo tal cosa, como podrá confirmar el único testigo de la reunión, su secretario privado, monseñor Morales.

—Y, aun así, el arzobispo Woźniak insiste en que el Santo Padre le habló de esa conversación en persona y asegura que durante la cena se inquietó tanto al relatársela que esa angustia podría haber contribuido a su fallecimiento.

La indignación de Tremblay explotó.

—El Santo Padre, que Dios lo guarde entre los sumos sacerdotes, era un anciano enfermo que se enfrentaba a sus últimos días y que se confundía con facilidad, como podrán confirmar todos aquellos que lo veían a diario; ¿no es así, cardenal Bellini?

Bellini frunció el ceño y bajó la vista a su plato.

—No tengo nada que decir sobre este asunto.

Tedesco, que permanecía al fondo del comedor, levantó la mano.

—¿Permitirían que se sumara una nueva voz a su diálogo? —Se puso de pie con pesadez—. Todas estas habladurías acerca de conversaciones privadas me parecen penosas. La cuestión es si el informe recoge la verdad o no. Se ha tachado el nombre de ocho cardenales. Entiendo que el decano podría revelarnos su identidad. Que nos dé los nombres y que esos hermanos nos confirmen, aquí y ahora, si recibieron o no esos pagos. Y, si en efecto lo hicieron, que digan si el cardenal Tremblay solicitó su voto a cambio.

Volvió a sentarse. Lomeli sabía que todas las miradas convergían en él.

—No —opuso con la voz atemperada—, no lo haré. —Se oyeron protestas. Levantó la mano—. Que cada uno lleve a cabo examen de conciencia, como he tenido que hacer yo. Suprimí esos nombres precisamente porque no albergo ningún deseo de suscitar resentimientos en este cónclave, lo cual solo serviría para que nos costase más escuchar a Dios y cumplir con nuestro deber sagrado. He hecho lo que consideraba necesario; muchos de ustedes dirán que he ido demasiado lejos, lo entiendo. Dadas las circunstancias, estaría dispuesto a renunciar a mi cargo de decano y propondría que el cardenal Bellini, el segundo miembro más veterano del Colegio, lo presidiera durante el resto del cónclave.

El comedor bulló en un súbito estrépito de voces, unas a favor y otras en contra. Bellini negó con la cabeza enérgicamente y profirió:

—¡De ninguna manera!

Al principio la propia barahúnda impedía distinguir las palabras, tal vez porque era una mujer la que hablaba.

—Eminencias, ¿me darían su permiso para intervenir? —Tuvo

que repetir la pregunta con más firmeza, y la segunda vez impuso su voz sobre el alboroto—. Eminencias, ¿me permiten decir algo, por favor?

¡Una voz de mujer! ¡Inconcebible! Los cardenales se volvieron atónitos para mirar a la menuda y resuelta hermana Agnes, que se abría paso entre las mesas. En el silencio que se estableció en el comedor se respiraba tanto el espanto que provocaba su atrevimiento como la curiosidad por lo que pensara decir.

—Eminencias —comenzó—, aunque las Hijas de la Caridad de San Vicente de Paúl debemos ser invisibles, Dios nos ha dado ojos y oídos, y yo soy la responsable del bienestar de mis hermanas. Quiero poner en su conocimiento que yo sé qué llevó anoche al decano del Colegio a entrar en las dependencias del Santo Padre, porque antes estuvo hablando conmigo. Le preocupaba que una hermana de mi orden, la que ayer protagonizara esa escena tan lamentable, y por la cual les pido disculpas, pudiese haber sido traída a Roma para avergonzar de forma deliberada a un miembro de este cónclave. Sus sospechas estaban bien fundamentadas. Pude decirle que, en efecto, esta hermana estaba aquí por petición expresa de uno de ustedes: el cardenal Tremblay. Supongo que fue esta indagación, y no una voluntad de sembrar la discordia, lo que guio sus pasos. Gracias.

Se despidió de los cardenales con una reverencia, dio media vuelta y a continuación, con la cabeza bien erguida, salió del comedor y se alejó por el vestíbulo. Tremblay se quedó mirándola, horrorizado. Levantó las manos para rogarle comprensión a la sala.

—Hermanos, es cierto que realicé esa solicitud, pero solo porque el Santo Padre me lo pidió. Yo no tenía la menor idea de quién era, ¡lo juro!

Transcurrieron algunos segundos sin que nadie dijera nada.

Al final, Adeyemi se puso de pie. Poco a poco, levantó el brazo para señalar a Tremblay. Con su voz grave y bien modulada, que los presentes interpretaron como la ira de Dios hecha sonido, articuló una sola palabra:

—¡Judas!

15

La sexta votación

El cónclave avanzaba imparable. Como una suerte de máquina sagrada, llegó a su tercer día, a pesar de los blasfemos incidentes. A las nueve y media de la mañana, conforme a la constitución apostólica, los cardenales volvieron a salir en fila hacia los microbuses. Se regían ya por la mera rutina. Con toda la velocidad que la edad y los achaques les permitían, fueron ocupando los asientos. Pronto los transportes se pusieron en marcha, uno cada dos minutos, y cruzaron la plaza de Santa Marta en dirección oeste, hacia la capilla Sixtina.

Lomeli se quedó a la entrada de la residencia, birreta en mano y con la cabeza destocada pese al cielo plomizo, observando. El ánimo de los cardenales se había aplacado, hasta el punto de que parecían aturdidos, y el decano en parte esperaba que Tremblay adujese problemas de salud y retirase su candidatura de la elección, pero no; salió del vestíbulo apoyado en el brazo del arzobispo Fitzgerald y se subió a uno de los microbuses, en apariencia perfectamente tranquilo, aunque su rostro, que orientó hacia la ventanilla cuando el vehículo arrancó, semejaba una máscara pálida de tristeza.

Bellini, que se hallaba junto a Lomeli, observó con ironía:

—Parece que nos estamos quedando sin favoritos.

—Sí que lo parece. Me preguntó quién será el siguiente.

Bellini lo miró.

—Creía que era obvio. Usted.

Lomeli se llevó la mano a la frente. Con las yemas de los dedos acarició una vena que palpitaba.

—Antes, en el comedor, hablaba en serio. Creo que lo mejor para todos sería que yo renunciase al cargo de decano y que usted pasara a supervisar la elección.

—No, gracias. Además, supongo que se ha dado cuenta de que al final todos estaban de su lado. Es usted quien lleva el timón de este cónclave; con qué rumbo exactamente, lo ignoro, pero sin duda usted lo gobierna, y seguro que tiene sus admiradores.

—No lo creo.

—Anoche le advertí que el tiro de descubrir a Tremblay le saldría por la culata a quien lo realizase, pero se ve que me equivocaba, ¡una vez más! Ahora predigo que esto se convertirá en una competición entre usted y Tedesco.

—En ese caso, espero que vuelva a equivocarse.

Bellini le dedicó una de sus sonrisas más gélidas.

—Después de cuarenta años, puede que al fin tengamos un papa italiano. Eso complacerá a nuestros compatriotas. —Agarró a Lomeli del brazo—. En serio, amigo mío, rezaré por usted.

—Sí, por favor, hágalo. Lo importante es que no me vote.

—Ah, eso también lo haré.

O'Malley bajó su sujetapapeles para avisarlos.

—Ya podemos marcharnos, eminencias.

Bellini se adelantó. Lomeli se puso la birreta, se la ajustó, miró al cielo por última vez y montó en el microbús tras las ondulantes faldas rojas del patriarca de Alejandría. Se acomodó en uno de los pares de asientos vacíos que había justo detrás del conductor. O'Malley ocupó la plaza contigua. Las puertas se cerraron y el microbús traqueteó sobre los adoquines.

Cuando pasaban entre la basílica de San Pedro y el palacio de Justicia, O'Malley se inclinó hacia el decano y, con la voz reducida a un hilo para que nadie lo oyera, le dijo:

—Entiendo, eminencia, dados los últimos acontecimientos, que no hay muchas probabilidades de que el cónclave llegue a tomar una decisión hoy.

—¿Está al tanto de lo ocurrido?

—Lo he oído todo desde el vestíbulo.

Lomeli gruñó para sí. Si O'Malley se había enterado, tarde o temprano todo el mundo lo sabría.

—Bien, como es natural, desde una perspectiva aritmética, comprenderá que muy difícilmente la elección no hará tablas. Dedicaremos la jornada de mañana a meditar y reanudaremos la votación el... —Se interrumpió. Los continuos traslados entre la casa de Santa Marta y la capilla Sixtina, así como el hecho de que no viera la luz del día sino muy de vez en cuando, habían provocado que perdiese la noción del tiempo.

—Viernes, eminencia.

—El viernes, gracias. Cuatro votaciones el viernes, otras tantas el sábado y después seguiremos meditando el domingo, en el caso de que no hayamos avanzado. Tendremos que organizar la lavandería, traer ropa limpia y demás.

—Todo eso está bajo control.

Se detuvieron para dejar que los microbuses que los precedían desembarcaran a sus pasajeros. Lomeli contempló la sencilla fachada del Palacio Apostólico, hasta que instantes más tarde miró a O'Malley y le susurró:

—Dígame: ¿qué es lo que cuentan los medios?

—Predicen que se tomará una decisión, o bien esta misma mañana, o bien esta tarde, de cara a la cual se sigue considerando favorito al cardenal Adeyemi. —O'Malley acercó aún más los labios al oído de Lomeli—. Entre nosotros, eminencia, si hoy tampoco sale humo blanco, me temo que empezaremos a perder el control de las cosas.

—¿En qué sentido?

—En el sentido de que no estamos seguros de qué podría decirles a los medios el gabinete de prensa para que dejaran de especular con que la Iglesia se halla sumida en una crisis. ¿Qué otro modo tienen de rellenar su emisiones? Después están los problemas de seguridad. Se dice que hay cuatro millones de peregrinos en Roma a la espera del nuevo Papa.

Lomeli elevó la vista hasta el retrovisor del autobusero. Un par de ojos negros lo observaban. ¿Le estaría leyendo los labios? Todo era posible. Se quitó la birreta y se tapó la boca con ella al volverse para responder a O'Malley en voz baja:

—Hemos jurado confidencialidad, Ray, de modo que confío en su discreción, aunque creo que debería darle a entender al gabinete de prensa, con toda la sutileza que pueda, que este cónclave podría ser el más largo de la historia reciente. Indíqueles que recomienden a los medios que se preparen para la espera.

—¿Y qué razones debería darles?

—¡Las verdaderas no, eso desde luego! Dígales que hay una abundancia de candidatos fuertes y que elegir a uno de ellos está resultando muy difícil. Diga que nos estamos tomando nuestro tiempo de forma deliberada y que rezamos con todo nuestro fervor para determinar la voluntad de Dios, por lo que todavía podríamos tardar unos días más en elegir a nuestro nuevo pastor. Quizá también debería señalarles que Dios no va a darse más prisa solo para satisfacer las necesidades de la CNN.

Se atusó el pelo y volvió a ponerse la birreta. O'Malley tomaba notas en su cuaderno. Cuando hubo terminado, susurró:

—Una cosa más, eminencia. Una trivialidad. Tal vez desse que no lo importune con esto, si prefiere no saberlo.

—Continúe.

—He seguido investigando al cardenal Benítez. Espero que no le importe.

—Entiendo. —Lomeli cerró los ojos como si fuese a escuchar una confesión—. Será mejor que me lo cuente.

—Bien, ¿recuerda que le informé de que mantuvo una reunión privada con el Santo Padre en enero de este año, después de presentar su renuncia como arzobispo por motivos de salud? Su carta de dimisión se guarda con su expediente en la Congregación para los Obispos, junto con una nota del despacho privado del Santo Padre mediante la que se comunica que su petición de renuncia quedaba anulada. No hay nada más. Sin embargo, cuando introduje el nombre del cardenal Benítez en nuestro motor de búsqueda de datos, averigüé que poco después se le facilitó un billete de avión para que regresara a Ginebra, abonado mediante la cuenta del Papa. Esto consta en un registro aparte.

—¿Reviste alguna importancia?

—Bien, como ciudadano filipino, se le requirió que presentara una solicitud de visado. Se indicó que el motivo del viaje era un «tratamiento médico», y cuando busqué la dirección de la residencia asignada a su estancia en Suiza, descubrí que se trataba de un hospital privado.

El dato hizo que Lomeli abriera bien los ojos.

—¿Por qué no eligió alguna de las instalaciones médicas del Vaticano? ¿De qué dolencia debía tratarse?

—Lo desconozco, eminencia; en principio, de alguna relacionada con las heridas que sufrió durante los bombardeos de Bagdad. En cualquier caso, fuera la que fuese, no debía de consistir en nada grave. Los billetes fueron cancelados. Jamás viajó allí.

Durante la siguiente media hora Lomeli no volvió a pensar en el arzobispo de Bagdad. Cuando desmontó del microbús dejó que O'Malley y el resto se adelantasen, de manera que subió la larga escalera y cruzó la Sala Regia sin compañía en dirección a la capilla Sixtina. Necesitaba pasar unos minutos a solas para despejar ese espacio de su cabeza a través del cual podría recibir a Dios. Los escándalos y las tensiones de las últimas cuarenta y ocho horas, el hecho de saber que al otro lado de aquellos muros millones de personas estaban pendientes de la decisión que tomasen... De todo eso intentó abstraerse recitando para sí la oración de san Ambrosio:

> *Dios misericordioso, venerable en Tu majestad,*
> *Te ruego que me ampares,*
> *Te pido que me cures.*
> *Porque soy un pobre pecador desdichado,*
> *a Ti acudo, fuente de toda piedad.*
> *Aunque no estoy a la altura de Tu juicio*
> *confío en Tu salvación.*

Saludó al arzobispo Mandorff y a sus asistentes en el vestíbulo, donde lo esperaban junto a las estufas, y pasó con ellos al interior de la Sixtina. Dentro de la capilla no se oía ni una palabra. Los únicos sonidos, amplificados por la profundidad del eco, eran los que hacían los cardenales ocasionalmente al toser o cuando cambiaban de postura en sus asientos. La resonancia recordaba a la de una galería de arte o a la de un museo. La mayoría de los religiosos estaba rezando.

Lomeli le susurró a Mandorff:

—Gracias. Esperamos verlo de nuevo a la hora de comer.
—Una vez que las puertas quedaron cerradas con llave, ocupó su asiento con la cabeza agachada y dejó que el silencio se pro-

longase. Percibió el deseo colectivo de que la meditación restaurase el ambiente sagrado. Sin embargo, no podía dejar de pensar en la masa de peregrinos ni en las necedades que los comentaristas estarían soltando frente a las cámaras. Al cabo de cinco minutos se levantó y se acercó al micrófono.

—Mis santísimos hermanos, ahora procederé a pasar lista por orden alfabético. Por favor, respondan con un «Presente» cuando lea su nombre. ¿Cardenal Adeyemi?

—Presente.

—¿Cardenal Alatas?

—Presente.

Alatas, indonesio, se hallaba sentado en el tramo medio del pasillo, a la derecha. Era uno de los que habían aceptado dinero de Tremblay. Lomeli se preguntó por quién votaría ahora.

—¿Cardenal Baptiste?

Este se encontraba dos asientos más allá de Alatas. Otro de los beneficiarios de Tremblay, procedente de Santa Lucía, en el Caribe. Aquellas misiones padecían tantas miserias... Su voz sonó tensa, como si hubiera estado llorando.

—Presente.

Lomeli prosiguió. Bellini... Benítez... Brandão D'Cruz... Brotzkus... Cárdenas... Contreras... Courtemarche... Ahora los conocía mucho mejor a todos, con sus manías y sus puntos débiles. Le vino a la memoria una cita de Kant: «A partir del fuste torcido de la humanidad nunca pudo crearse nada recto». La Iglesia había sido erigida a partir de leños retorcidos; ¿sobre qué otra materia podía fundamentarse? Pero, por la gracia de Dios, sus piezas encajaban entre ellas. Llevaba dos mil años en pie; si era necesario, resistiría otras dos semanas sin Papa. Se sintió imbuido por un amor inmenso y misterioso hacia sus compañeros y su debilidad.

—¿Cardenal Yatsenko?

—Presente.

—¿Cardenal Zucula?

—Presente, decano.

—Gracias, hermanos. Estamos todos reunidos. Oremos.

Por sexta vez, el cónclave se levantó.

—Oh, Padre, para que podamos guiar y velar por Tu Iglesia, concédenos, a Tus sirvientes, las bendiciones de la inteligencia, de la verdad y de la paz, para que seamos capaces de conocer Tu voluntad y de servirte con plena dedicación. Por Jesucristo nuestro Señor.

—Amén.

—Escrutadores, ¿serían tan amables de ocupar su asiento, por favor?

Consultó su reloj. Faltaban tres minutos para las diez.

Mientras Lukša, el arzobispo de Vilna, Newby, el arzobispo de Westminster, y el cardenal Mercurio, el prefecto de la Congregación para el Clero, se distribuían por el altar, Lomeli estudió su papeleta. En la mitad superior ponía «*Eligo in Summum Pontificem*» y, en la inferior, nada. Golpeteó con la pluma en ella. Ahora que había llegado el momento, no sabía qué poner. La confianza que tenía depositada en Bellini se había visto gravemente dañada, aunque cuando consideró las demás opciones ninguna le pareció mucho mejor. Recorrió la capilla Sixtina de un extremo a otro con la mirada y le suplicó a Dios que le enviase alguna señal. Cerró los ojos y rezó, pero no ocurrió nada. Consciente de que todos aguardaban a que él diera comienzo al proceso, cubrió su papeleta y escribió, con renuencia, Bellini.

Dobló el papel por la mitad, se puso de pie, lo levantó, salió al pasillo alfombrado y se dirigió al altar.

Con voz firme, recitó:

—Pongo por testigo a nuestro Señor Jesucristo, quien habrá de juzgarme, de que le doy mi voto a aquel a quien ante Dios considero que debería resultar elegido.

Introdujo el voto en el cáliz y lo dejó caer dentro de la urna. Lo oyó incidir contra la base de plata. De regreso a su asiento notó que eclosionaba en él una profunda desilusión. Por sexta vez Dios le había formulado la misma pregunta y por sexta vez sospechaba que él le había dado la misma respuesta incorrecta.

No guardaba ningún recuerdo del resto del proceso de votación. Agotado por los acontecimientos de la noche anterior, se quedó dormido casi en cuanto tomó asiento y no despertó hasta una hora más tarde, cuando sintió que algo se deslizaba por la mesa que tenía ante sí. Su barbilla descansaba sobre su pecho. Al abrir los ojos se encontró con una nota plegada. «De pronto se levantó en el mar una tempestad tan grande que la barca quedaba tapada por las olas; pero él estaba dormido.» Mateo 8, 24. Miró en derredor y vio a Bellini inclinado hacia él, observándolo. Se avergonzó de haberse mostrado tan débil en público, pero nadie más parecía prestarle demasiada atención. Los cardenales que tenía enfrente estaban leyendo o contemplando el infinito. Los escrutadores ya habían empezado a preparar su mesa delante del altar. La votación debía de haber concluido. Cogió su pluma y escribió debajo de la cita «Me acuesto y me duermo, / me despierto: Yahvé me sostiene», Salmo 3, y devolvió la nota. Bellini la leyó y asintió juiciosamente, como si Lomeli fuese un alumno de la Gregoriana y le hubiera dado una respuesta acertada.

Newby se acercó al micrófono para anunciar:

—Hermanos míos, ahora procederemos al recuento de la sexta votación.

Se reanudó la laboriosa rutina. Lukša extrajo una papeleta de la urna, la desplegó y escribió el nombre. Mercurio lo comprobó y también él tomó nota. Por último, Newby la perforó con un hilo escarlata y anunció el voto.

—Cardenal Tedesco.

Lomeli trazó una marca junto al nombre de Goffredo y esperó a que se contase la siguiente papeleta.

—Cardenal Tedesco.

Y de nuevo, quince segundos después:

—Cardenal Tedesco.

Cuando el mismo nombre fue leído por quinta vez consecutiva, Lomeli temió que a pesar de todos sus esfuerzos solo hubiera conseguido convencer al cónclave de que necesitaba un líder firme y que el patriarca de Venecia estuviera a punto de ser elegido por aplastante mayoría. La espera para que se anunciase el sexto voto, prolongada por la deliberación que Lukša y Mercurio mantuvieron entre susurros, supuso una tortura. Al fin llegó.

—Cardenal Lomeli.

Los tres votos siguientes le fueron adjudicados al decano, y después llegaron dos para Benítez, seguidos de uno para Bellini y de otros dos para Tedesco. Lomeli deslizó la mano arriba y abajo por la lista de cardenales, sin saber muy bien qué lo alarmaba más, si la línea de marcas que se acumulaban junto al nombre de Tedesco o las rayas que comenzaban a apretarse de forma amenazadora al lado del suyo. Tremblay, por increíble que pareciese, arañó un par de los últimos votos, igual que Adeyemi, tras lo cual el recuento finalizó y los escrutadores comenzaron a comprobar sus cálculos. La mano de Lomeli temblaba mientras intentaba sumar los votos de Tedesco, que eran los únicos que importaban. ¿Conseguiría el patriarca de Venecia los cuarenta apoyos que necesitaba para que el cónclave hiciera tablas? Tuvo que contarlos dos veces para determinar el resultado.

Tedesco	45
Lomeli	40
Benítez	19
Bellini	9
Tremblay	3
Adeyemi	2

Desde el otro lado de la capilla Sixtina se propagó un inconfundible murmullo triunfal; Lomeli levantó la mirada justo a tiempo para ver como Tedesco se llevaba la mano a la boca para ocultar su sonrisa. Sus partidarios se inclinaron hacia él desde todos los puntos de la doble hilera de mesas para darle palmadas en los hombros y felicitarlo en voz baja. Tedesco los ignoraba como si de una nube de moscas se tratara. Sí se molestó, en cambio, en orientar la vista hacia la otra parte del pasillo y detenerla en Lomeli, para el que enarcó las cejas con festiva complicidad. Ahora se trataba de ellos dos.

16

La séptima votación

El siseo de un centenar de cardenales debatiendo *sottovoce* con sus compañeros de mesa, amplificado por el eco de los frescos que cubrían las paredes de la Sixtina, provocó que Lomeli evocara un recuerdo que al principio no acertó a situar, aunque después entendió que era del mar de Génova; en concreto, de la marea baja que poco a poco descubría los guijarros de la playa a la que solía ir a nadar con su madre de niño. La imagen lo acompañó durante unos minutos, hasta que, finalmente, después de consultar con los tres cardenales revisores, Newby se levantó para comunicar el resultado oficial. En ese momento el colegio electoral guardó silencio por unos instantes. Pero el arzobispo de Westminster no hizo otra cosa que confirmarles lo que ya sabían, de tal modo que cuando terminó, mientras retiraban la mesa y las sillas de los escrutadores y se llevaban a la sacristía las papeletas contadas, el siseo de los cálculos rebrotó.

Durante todo este tiempo Lomeli permaneció sentado, en apariencia impasible. No habló con nadie, si bien Bellini y el patriarca de Alejandría intentaron captar su mirada. Cuando la urna y el cáliz fueron emplazados de nuevo sobre el altar y los escrutadores ocuparon sus respectivos sitios, se situó ante el micrófono.

—Hermanos míos, puesto que ninguno de los candidatos ha obtenido una mayoría de dos tercios, procederemos de inmediato a la séptima votación.

Bajo la fachada inexpresiva de su ademán, su cabeza no paraba de darle vueltas y más vueltas a la pregunta. «¿A quién? ¿A quién?» Dentro un minuto tendría que votar de nuevo, «pero ¿a quién?». Cuando regresó a su asiento seguía sin saber muy bien qué hacer.

No deseaba ser Papa, de eso sí estaba seguro. Rezó con todo su fervor para eludir ese calvario. «Padre mío, si es posible, haz que este cáliz pase a manos de otro.» ¿Y si su plegaria era desoída y recaía en él? En ese caso, estaba decidido a rechazarlo, igual que el pobre Luciani intentó hacer al término del primer cónclave del setenta y ocho. Negarse a ocupar el lugar que a uno le correspondía en la cruz se consideraba un grave pecado de egoísmo y cobardía, motivo por el que finalmente Luciani cedió a las súplicas de sus compañeros. Aun así, Lomeli se había determinado a mantenerse firme. Cuando Dios lo agraciaba a uno con la capacidad de conocerse a sí mismo, ¿no se estaba en la obligación de ponerla en práctica? La soledad, el aislamiento y la agonía del papado eran aspectos que estaba dispuesto a sobrellevar. Lo inconcebible era tener un papa que no fuera lo bastante santo. Ese sería el pecado.

Por otro lado, empero, debía asumir el hecho de que Tedesco se hubiera adueñado del cónclave. Era él, como decano, quien había trabajado para machacar a uno de los competidores principales y causado la ruina de otro. Había retirado los obstáculos que entorpecían la carrera del patriarca de Venecia, aunque seguía sin albergar la menor duda de que había que detener a Tedesco. Estaba claro que Bellini no tenía ninguna posibilidad; seguir votándole supondría un acto de pura autocomplacencia.

Se sentó a su mesa, abrió su carpeta y sacó la papeleta.

¿A Benítez, entonces? No podía negarse que el filipino irradiaba cierto halo de espiritualidad y de empatía que lo hacía destacar entre el resto del Colegio. Su nombramiento ejercería un efecto galvanizador sobre el ministerio de la Iglesia en Asia, y quizá también en África. Los medios lo adorarían. Verlo aparecer en el balcón que daba a la plaza de San Pedro causaría sensación. Sin embargo, ¿quién era en realidad? ¿En qué doctrinas creía? Estaba tan delgado. ¿Tendría siquiera la resistencia física que el papado requería?

La mente burocrática de Lomeli se regía por una lógica matemática. Si se descartaban las opciones de Bellini y de Benítez, solo quedaba un candidato capaz de evitar una hemorragia de votos de los que se beneficiaría Tedesco, y ese candidato era él. Necesitaba aferrarse a sus cuarenta votos y prolongar el cónclave hasta que el Espíritu Santo los guiara hacia un heredero digno del trono de san Pedro. Nadie más podía hacerlo.

Era ineludible.

Miró su pluma. Cerró los ojos por un instante. Y después en su papeleta escribió: LOMELI.

Muy despacio se puso de pie. Plegó la papeleta y la levantó para que todos la vieran.

—Pongo por testigo a nuestro Señor Jesucristo, quien habrá de juzgarme, de que le doy mi voto a aquel a quien ante Dios considero que debería resultar elegido.

No fue consciente de la verdadera magnitud de su perjurio hasta que se detuvo ante el altar para introducir la papeleta en el cáliz. En ese momento se encontró frente a la escena que Miguel Ángel había pintado de los condenados que eran expulsados de su barca y arrastrados al infierno. «Dios misericordioso, perdóname por este pecado.» Sin embargo, ya no podía echarse atrás, y en el preciso segundo en que depositó su voto en la urna se produjo un estruendo ensordecedor, acompañado por un temblor del suelo, y a su espalda oyó el estrépito de los cristales que estallaban y se precipitaban contra el suelo de piedra.

Durante largos instantes tuvo la certeza de que estaba muerto. En esos momentos, en los que el tiempo parecía haberse detenido, descubrió que el pensamiento no siempre fluye de forma secuencial, que las ideas y las impresiones pueden presentarse apiladas las unas sobre las otras, como si de transparencias fotográficas se tratara. Así, aunque le aterrorizaba la idea de haber desatado sobre él la cólera de Dios, se sentía también eufórico por la confirmación de Su existencia. ¡Su vida no había sido en vano! La convulsión de miedo y dicha lo llevó a suponer que había pasado a otro plano de la existencia. Pero cuando se miró las manos, estas le parecieron tan tangibles como siempre, y de improviso el tiempo retomó su velocidad habitual, como si un hipnotizador acabara de chasquear los dedos. Lomeli reparó en el gesto de estupefacción de los escrutadores, que tenían la vista clavada más allá de él. Dio media vuelta y comprobó que la capilla Sixtina seguía intacta. Algunos de los cardenales se estaban levantando para ver qué había ocurrido.

Bajó del altar y corrió por la alfombra beis hacia el fondo de la capilla. Les hizo señas a los cardenales que ocupaban los dos lados del pasillo para indicarles que volvieran a sentarse.

—Calma, hermanos. Guardemos la calma. Quédense donde están. —Nadie parecía estar herido. Al ver a Benítez frente a él, le preguntó—: ¿Qué ha sido eso? ¿Un misil?

—Diría que un coche bomba, eminencia.

En la distancia se oyó el trueno de una segunda explosión, más débil que la primera. Algunos de los cardenales jadearon.

—Hermanos, por favor, quédense donde están.

Cruzó la pantalla y salió al vestíbulo. El suelo de mármol estaba cubierto de añicos de cristal. Bajó la rampa de madera, se recogió las faldas de la sotana y siguió adelante con cuidado. Al mirar hacia arriba vio que en el lado por donde el humero de las estufas asomaba al exterior las dos ventanas habían reventado. Eran inmensas —de tres o cuatro metros de altura, compuestas por cientos de paneles— y sus escombros parecían ventisqueros de nieve cristalizada. Al otro lado de la puerta oyó las voces de varios hombres —unos estaban asustados, otros discutían—, y un momento después sonó el clac de la llave al desbloquear la cerradura. La puerta la abrieron de golpe dos guardias de seguridad vestidos de negro que llevaban sus pistolas en ristre, con O'Malley y Mandorff tras ellos, protestando.

Horrorizado, Lomeli se situó entre los cristales despedazados con los brazos extendidos para impedirles la entrada.

—¡No! ¡Fuera de aquí! —Los espantó agitando las manos como si fuesen una pareja de cuervos—. ¡Marchaos! Esto es un sacrilegio. No hay nadie herido.

—Lo siento, eminencia —le dijo uno de los guardias—, debemos trasladar a todo el mundo a un lugar seguro.

—No hay lugar más seguro en toda la Tierra que la capilla Sixtina, donde Dios nos protege. Ahora debo insistir en que os marchéis de inmediato. —Los guardias titubearon. Lomeli les gritó—: ¡Este es un cónclave sagrado, hijos míos! ¡Estáis poniendo en peligro vuestra alma inmortal!

Los vigilantes se miraron el uno al otro y finalmente volvieron a salir con renuencia.

—Cierre la puerta con llave, monseñor O'Malley. Lo llamaremos cuando estemos listos.

El rostro de O'Malley, por lo general rubicundo, había adquirido una tonalidad gris deslavada. Agachó la cabeza. Su voz sonó temblorosa.

—Sí, eminencia.

Cerró la puerta. La llave giró.

Cuando Lomeli regresó al cuerpo principal de la capilla, los cristales, de varios siglos de antigüedad, rechinaron y se partieron a su paso. Le dio gracias a Dios; era un milagro que ninguna de las ventanas próximas al altar hubiera estallado sobre ellos. De haber sucedido así, quienes se hubieran encontrado debajo podrían haber sido desmembrados. Tal era así que muchos de ellos miraban al techo con inquietud. Lomeli se fue derecho al micrófono. Tedesco, observó, parecía del todo despreocupado.

—Hermanos míos, es obvio que ha ocurrido algo grave; el arzobispo de Bagdad, que tiene experiencia en este tipo de maldades, sospecha que podría tratarse de un coche bomba. Personalmente, creo que deberíamos tener fe en Dios, quien hasta ahora nos ha librado de todo daño, y continuar con la votación, pero quizá haya quien no esté de acuerdo. Soy vuestro sirviente. ¿Cuál es la voluntad del cónclave?

Tedesco se levantó al instante.

—No deberíamos precipitarnos, eminencia. Puede que no haya sido una bomba. Quizá solo haya sido un conducto del gas o algo así. ¡Haríamos el ridículo si saliéramos corriendo por un simple accidente! O puede que en efecto haya sido un atentado terrorista; pues muy bien, será mejor que le mostremos al mundo la solidez inquebrantable de nuestra fe negándonos a dejarnos intimidar y reanudando nuestra sagrada tarea.

A Lomeli le parecieron buenas razones. Con todo, no podía reprimir la indigna sospecha de que Tedesco había hablado sobre todo para recordarle al cónclave su autoridad como candidato favorito.

—¿Alguien más querría expresar su opinión? —insistió. Algunos de los cardenales seguían mirando temerosos las hileras de ventanas que tenían quince metros por encima de ellos. Ninguno manifestó su deseo de intervenir—. ¿No? Muy bien. No obstante, antes de que continuemos, sugiero que dediquemos unos momentos al rezo. —El cónclave se puso en pie. El decano inclinó la cabeza—. Señor, elevamos esta oración por aquellos que puedan haber sufrido, o estén sufriendo en este momento, como consecuencia de la violenta explosión que acabamos de oír. Por el arrepentimiento de los pecadores, por el perdón de los pecados, por el desagravio de los pecados y por la salvación de las almas.

—Amén.

Lomeli dejó pasar medio minuto más mientras reflexionaban antes de anunciar:

—Ahora se reanudará la votación.

Al otro lado de las ventanas rotas se oyó el aullar débil de las sirenas y, después, un helicóptero.

La votación se retomó en el mismo punto en que quedara interrumpida. Primero los patriarcas del Líbano, de Antioquía y de Alejandría, después Bellini, seguido de los cardenales sacerdotes. Llamaba la atención la prisa con que se acercaban ahora al altar. A algunos se les notaba tan ansiosos por depositar su voto y regresar al refugio hermético de la casa de Santa Marta que apenas se les entendía cuando farfullaban el juramento sagrado.

Lomeli había adherido las palmas de las manos a la mesa para que dejaran de temblarle. Cuando se enfrentó a los guardias de seguridad se sentía absolutamente calmado, pero una vez que volvió a su asiento, la tensión hizo presa en él. No era tan solipsista como para pensar que había explotado una bomba solo porque él hubiera escrito su nombre en un papel. Pero tampoco era tan prosaico como para no creer que todo estaba interrelacionado. ¿De qué manera cabía interpretar el hecho de que la explosión se hubiera producido en el momento en que lo hizo, con la precisión de un rayo, si no consistía en una señal de que Dios estaba disgustado a causa de tantas maquinaciones?

«Me encomendaste una tarea y Te he fallado.»

El gemir de las sirenas se transformó en un *crescendo* propio de un coro de condenados: unas ululaban, otras daban alaridos y otras emitían gritos únicos. Al zumbido del primer helicóptero se había sumado el ruido de un segundo. Parecían burlarse del supuesto recogimiento del cónclave. Para esto, bien podrían haber celebrado la reunión en medio de la piazza Navona.

A pesar de todo, si no se podía encontrar la paz necesaria para meditar, al menos sí era posible suplicarle ayuda a Dios —y aquí las sirenas sí ayudaban a concentrarse—, de modo que cada vez que un cardenal pasaba frente a él, Lomeli rezaba por su alma. Rezó por Bellini, quien, aunque con renuencia, en su momento se dispuso a aceptar el cáliz, pese a que después se lo quitaron de entre los labios de forma humillante. Rezó por Adeyemi, solemne en su dignidad, quien reunía todos los atributos para haberse convertido en una de las grandes figuras de la historia, los cuales se esfumaron bajo el peso del impulso vil al que sucumbiera más de treinta años atrás. Rezó por Tremblay, que pasó raudo ante él mirándolo furtivamente de soslayo y cuya desdicha pesaría sobre la conciencia de Lomeli el resto de su vida. Rezó por Tedesco, que caminaba con dificultad pero decidido hacia el altar, balanceando su corpulencia sobre sus cortas piernas, como un remolcador destartalado que arrostrase una fuerte marejada. Rezó por Benítez, en cuyo semblante se apreciaba una gravedad y una determinación que no había advertido en él hasta ahora, como si la explosión le hubiera traído a la memoria escenas que habría preferido olvidar. Y, por último, rezó por sí mismo, para que se le perdonase aunque hubiese roto el juramento que había hecho, y porque a pesar de su fracaso no fuese tarde para que se le enviara una señal que le revelase cómo salvar el cónclave.

Eran las 12.42, según el reloj de Lomeli, cuando se depositó la última papeleta y los escrutadores empezaron a contar los votos. Las sirenas sonaban ahora con intermitencia y, durante unos minutos, la calma fue absoluta. Un silencio tenso y frágil se asentó en la capilla. Esta vez Lomeli dejó la lista de cardenales dentro de la carpeta. Le espantaba la idea de tener que someterse una vez más a la interminable tortura de seguir los resultados uno a uno. Se habría tapado los oídos con los dedos si eso no le hubiera hecho quedar en ridículo.

«¡Oh, Señor, no dejes que este cáliz recaiga en mí!»

Lukša sacó la primera papeleta de la urna y se la pasó a Mercurio, quien a su vez se la dio a Newby, el cual la ensartó en el hilo. También ellos parecían actuar de manera atropellada en su prisa por concluir la tarea. Por séptima vez, el arzobispo de Westminster empezó su recital.

—Cardenal Lomeli.

El decano cerró los ojos. La séptima votación debía ser favorable. En la Sagrada Escritura, el siete era el número de la compleción y la consecución, el del día en que Dios descansó después de haber creado el mundo. ¿No representaban las siete Iglesias de Asia la completitud del cuerpo de Cristo?

—Cardenal Lomeli.

—Cardenal Tedesco.

Siete estrellas en la mano derecha de Cristo, siete sellos del juicio de Dios, siete ángeles con siete trompetas, siete espíritus ante el trono de Dios.

—Cardenal Lomeli.

—Cardenal Benítez.

Siete vueltas en torno a la ciudad de Jericó, siete inmersiones en el río Jordán.

Así siguió todo el tiempo que pudo, aunque incapaz de desoír del todo la voz pastosa de Newby. Al final, sucumbió y decidió escucharlo. Pero para entonces le era imposible determinar quién iba ganando.

—Con esto concluye la séptima votación.

Abrió los ojos. Los tres cardenales revisores se estaban levantando y encaminando hacia el altar para comprobar los recuentos. Lanzó la vista al otro lado del pasillo, hasta Tedesco, que golpeteaba la lista con la pluma mientras sumaba sus votos. «Catorce, quince, dieciséis...» Aunque moviera los labios, su expresión se mantenía indescifrable. Esta vez no surgió el habitual murmullo de las conversaciones. Lomeli se cruzó de brazos y recogió la vista en su mesa mientras aguardaba a que Newby anunciase su suerte.

—Hermanos míos, el resultado de la séptima votación es el siguiente.

Titubeó y a continuación tomó su pluma.

Lomeli	52
Tedesco	42
Benítez	24

Iba en cabeza. No podría haberse quedado más perplejo aunque los números hubieran estado escritos a fuego. Pero allí los tenía, ineludibles; no variarían por mucho que clavara los ojos en ellos. Las leyes de la psefología, o acaso el mismo

Dios, lo impelían sin contemplaciones hacia el filo del precipicio.

Sabía que todo el cónclave se había vuelto para mirarlo. Tuvo que apoyarse en los reposabrazos de su silla a fin de reunir las fuerzas necesarias para levantarse. Esta vez ni siquiera se molestó en acercarse al micrófono.

—Hermanos míos —dijo, alzando la voz para dirigirse a los cardenales desde su sitio—, de nuevo ningún candidato ha obtenido la mayoría necesaria. Por lo tanto, procederemos a una octava votación esta tarde. ¿Serían tan amables de permanecer en su asiento hasta que los maestros de ceremonias hayan recogido sus notas? Saldremos lo antes posible. Cardenal Rudgard, ¿haría el favor de pedir que abran las puertas?

Se mantuvo de pie mientras el segundo cardenal diácono realizaba su labor. Cada uno de los cautelosos pasos que daba sobre el cristal que alfombraba el suelo de mármol del vestíbulo se oía con nitidez. Cuando aporreó la puerta y exclamó «*Aprite le porte! Aprite le porte!*», parecía hallarse al borde de la desesperación. Apenas regresó a la nave de la capilla, Lomeli salió al pasillo. Pasó junto a Rudgard, que estaba volviendo a su asiento, e intentó dedicarle una sonrisa de ánimo, pero el estadounidense apartó la vista. Tampoco lo miró a los ojos ninguno de los cardenales que continuaban sentados. Al principio pensó que se trataba de una muestra de hostilidad, pero después comprendió que su actitud no era sino una espantosa manifestación de la deferencia que ahora le profesaban; empezaban ya a dar por hecho que sería nombrado Papa.

Cruzó la pantalla a la vez que Mandorff y O'Malley accedían a la capilla, seguidos de los dos sacerdotes y de los dos frailes que los asistían. Tras ellos, a la espera en la Sala Regia,

Lomeli vio a una hilera de guardias de seguridad, acompañada de dos soldados de la Guardia Suiza.

Mandorff avanzó con cuidado entre los añicos en su dirección con las manos extendidas.

—Eminencia, ¿se encuentra bien?

—No hay nadie herido, Willi, gracias a Dios, pero deberíamos limpiar los cristales antes de que los cardenales salgan, para que nadie sufra cortes en los pies.

—Con su permiso, eminencia.

Mandorff hizo una seña para llamar a los hombres que aguardaban al otro lado de la puerta. Entraron cuatro de ellos, equipados con escobas, que tras inclinarse ante Lomeli se pusieron de inmediato a despejar el camino, trabajando aprisa, sin importarles el ruido que hacían. Al mismo tiempo, los maestros de ceremonias subieron la rampa con ligereza y entraron en la capilla para empezar a recoger las notas de los cardenales. A juzgar por su premura, era obvio que se había tomado la decisión de evacuar el cónclave lo antes posible. Lomeli rodeó con los brazos los hombros de Mandorff y de O'Malley y los atrajo hacia sí. El contacto físico lo reconfortó. Aún no conocían el resultado de la votación; no se estremecieron ni intentaron mantener una distancia respetuosa.

—¿Es muy grave?

—Es trágico, eminencia —le confirmó O'Malley.

—¿Sabemos ya lo que ha ocurrido?

—En principio, un terrorista se ha inmolado y también ha explotado un coche bomba. En la plaza del Risorgimento. Al parecer habían elegido un lugar atestado de turistas.

Lomeli soltó a los dos prelados y permaneció inmóvil por unos segundos mientras asimilaba la escalofriante noticia. La plaza del Risorgimento se ubicaba a unos cuatrocientos metros de distancia, justo por fuera de los muros de la Ciudad del Vaticano. Era el lugar público más próximo a la capilla Sixtina.

—¿Cuántos muertos?

—Al menos treinta. También se produjo un tiroteo en la iglesia de San Marcos Evangelista durante una misa.

—¡Dios bendito!

—Además se ha informado de un ataque con armas de fuego en Munich, eminencia, en la Frauenkirche, y de una explosión en la Universidad de Lovaina. Están atentando contra nosotros por toda Europa —resumió O'Malley.

Lomeli se acordó de la reunión que había mantenido con el ministro del Interior italiano, quien lo puso al tanto sobre las medidas de seguridad a aplicar. El joven le habló de «múltiples oportunidades de ataque coordinadas». Debía de ser esto a lo que se refería. Para los profanos, los eufemismos del terror eran tan universales y desconcertantes como la misa tridentina. Se santiguó.

—Que Dios se apiade de sus almas. ¿Alguien se ha atribuido la autoría?

—Todavía no —contestó Mandorff.

—Pero es de suponer que han sido los islamistas.

—Me temo que varios testigos oculares que se encontraban presentes en la plaza del Risorgimento coinciden en que el terrorista suicida gritó «*Allahu Akbar!*», de modo que es lo más probable.

—Dios es grande. —O'Malley negó con la cabeza con repulsión—. ¡Esta gente es una deshonra para el Todopoderoso!

—Mantenga la cabeza fría, Ray —le recomendó Lomeli—. Tenemos que pensar con claridad. Que se haya producido un ataque con armas en Roma ya es de por sí un hecho alarmante. Pero ¿un atentado premeditado contra la Iglesia universal en tres países distintos justo cuando estamos eligiendo a un nuevo papa? Si no obramos con cautela, el mundo lo interpretará como el inicio de una guerra religiosa.

—De hecho, se trata de eso, eminencia.

—Y nos han atacado a propósito ahora que hemos perdido a nuestro comandante en jefe.

Lomeli se pasó la mano por la cara. Aunque estaba preparado para todo tipo de contingencias, esta era una posibilidad que no había previsto.

—Dios bendito —murmuró—, ¡qué imagen de impotencia debemos de estar dándole al mundo! ¡Sale humo negro de la plaza romana donde han estallado las bombas, y sale humo negro también de la chimenea de la Sixtina, y de dos de sus ventanas! ¿Y qué hemos de hacer ahora? Obviamente suspender el cónclave sería una muestra de solidaridad con las víctimas, pero de ninguna manera acabaría con la ausencia de pontífice; de hecho, la prolongaría. Aun así, acelerar el proceso de votación contravendría las normas de la constitución apostólica.

—Contravéngalas, eminencia —lo urgió O'Malley—. La Iglesia lo entendería.

—Pero entonces correremos el riesgo de elegir a un papa sin la legitimidad debida, lo cual sería un desastre. Si surgiera la menor duda acerca de la legalidad del proceso, se discutirían sus edictos desde su primer día de pontificado.

—Hay otro problema a considerar, eminencia —apuntó Mandorff—. En teoría, el cónclave se celebra en reclusión, al margen de cuanto acontece más allá de estas paredes. Es vital que los cardenales electores ignoren los detalles de lo ocurrido para que no interfieran en su decisión.

—¡Por el amor de Dios, arzobispo! —prorrumpió con fuerza O'Malley—. ¡Puede estar seguro de que han oído lo que ha pasado!

—Sí, monseñor —replicó Mandorff con rigidez—, pero desconocen la naturaleza exacta de este atentado contra la Iglesia. Se podría decir que la verdadera intención de estos ataques era lanzarle un mensaje al cónclave. De ser así, se debe impedir que los cardenales electores reciban noticia de lo sucedido para evitar que influya en su juicio. —Pestañeó y miró a Lomeli con sus ojos pálidos a través de sus gafas—. ¿Cuáles son sus instrucciones, eminencia?

Los guardias de seguridad habían terminado de abrir un camino entre los escombros de las ventanas y ahora se servían de palas para volcar los fragmentos en varias carretillas. Los chirridos del cristal contra la piedra producían un eco que resonaba por la Sixtina como si esta hubiera sido el escenario de alguna batalla, ¡un estruendo que allí resultaba sacrílego e infernal! A través de la pantalla, Lomeli vio las túnicas rojas de los cardenales que empezaban a abandonar las mesas para avanzar en fila hacia el vestíbulo.

—No les digan nada por ahora —les indicó—. Si les insisten, recuérdenles que siguen mis instrucciones, pero no mencionen una palabra sobre lo que ha pasado. ¿Lo han entendido?

Ambos asintieron.

—¿Y qué ocurrirá con el cónclave, eminencia? —quiso saber O'Malley—. ¿Seguirá adelante sin más?

Lomeli no supo qué responderle.

Salió presto de la capilla Sixtina, pasó junto a la falange de guardias que colapsaban la Sala Regia y entró en la capilla Paulina. La profunda y penumbrosa cámara estaba vacía. Cerró la puerta. Ahí era donde O'Malley, Mandorff y los maestros de ceremonias esperaban durante las sesiones del cónclave. Las sillas de la entrada se encontraban distribuidas de tal modo que formaban un círculo. Se preguntó cómo pasarían el tiempo durante las largas horas que las votaciones requerían. ¿Especularían sobre lo que estaría pasando? ¿Leerían? Casi se diría que habían estado jugando a las cartas, pero eso no tenía ningún sentido; ¿cómo iban a hacer algo así? Junto a una de las sillas había una botella de agua. Al verla cayó en la cuenta de la sed que tenía. Tomó un trago largo y después recorrió el pasillo en dirección al altar, intentando poner en orden sus ideas.

Como siempre, san Pedro, a punto de ser crucificado cabeza abajo, lo observaba con su mirada reprobatoria desde el fresco de Miguel Ángel. Continuó hacia el altar, hizo una reverencia y, de improviso, dio media vuelta y desanduvo medio pasillo para contemplar el cuadro. Debía de haber unos cincuenta personajes representados, la mayoría de los cuales tenían los ojos clavados en el musculado y semidesnudo santo de la cruz, del cual se estaba tirando para ponerlo derecho. Solo san Pedro sacaba la mirada del marco para dirigirla al mundo real, pero no directamente hacia el observador (ahí radicaba la genialidad de la pintura), sino de soslayo, como si te acabara de ver pasar y te retase a seguir adelante. Lomeli jamás había sentido una conexión tan abrumadora con una obra de arte. Se quitó la birreta y se arrodilló ante ella.

«Oh, san Pedro bendito, primero y principal de los apóstoles, eres el guardián de las llaves del reino de los cielos, y de nada sirven contra ti los poderes del mal. Eres la roca de la Iglesia y el pastor del rebaño de Cristo. Rescátame del océano de mis pecados y líbrame de la presa de mis adversarios. Ayúdame, oh, buen pastor, indícame lo que he de hacer...»

Debía de haber pasado al menos diez minutos rezándole a san Pedro, tan sumido en sus meditaciones que en ningún momento oyó cómo hacían pasar a los cardenales por la Sala Regia y las escaleras de camino a los microbuses. Tampoco oyó que la puerta se abría y O'Malley se situaba a su espalda. Una gloriosa sensación de paz y certidumbre lo embargaba. Sabía lo que tenía que hacer.

«Os serviré a Jesucristo y a ti, y con tu ayuda, concluida una vida de bondad, mereceré disfrutar de la dicha eterna en los cielos, donde tú eres, por toda la eternidad, el guardián de las puertas y el pastor del rebaño. Amén.»

El decano no resurgió de su ensueño hasta que O'Malley, con alguna preocupación, lo llamó respetuosamente.

—¿Eminencia?

—¿Se están quemando las papeletas? —preguntó Lomeli sin volverse.

—Sí, decano. Humo negro, otra vez.

Retomó su meditación. Transcurrió medio minuto.

—¿Cómo se encuentra, eminencia? —le preguntó O'Malley.

Lomeli despegó la mirada del cuadro con renuencia y la elevó hacia el irlandés. También en la actitud de este notó ahora algo distinto —duda, angustia, timidez—. Seguramente O'Malley había visto los resultados de la séptima votación y estaba al tanto del peligro que corría el decano. Lomeli extendió el brazo y O'Malley lo ayudó a ponerse de pie. Se alisó la sotana y el roquete.

—Levante el ánimo, Ray. Fíjese en este extraordinario cuadro, como estaba haciendo yo, y reflexione sobre lo profético que es. ¿Ve, en la franja superior, ese velo oscuro? Antes creía que eran simples nubarrones, pero ahora estoy seguro de que es humo. En alguna parte, fuera del encuadre, arde un fuego que Miguel Ángel prefirió no mostrar, un símbolo de violencia, de guerra, de conflicto. ¿Ve también cómo Pedro se esfuerza por mantener la cabeza boca arriba y derecha, a pesar de que lo estén crucificando del revés? ¿Por qué lo hace? Sin duda por que está decidido a no ceder al ataque del que está siendo objeto. Recurre a sus últimas fuerzas para demostrar su fe y su humanidad. Desea mantenerse recto frente a un mundo que, para él, está literalmente boca abajo.

»¿No es esto una señal que hoy nos envía el fundador de la Iglesia? El mal pretende invertir el orden del mundo, pero a pesar de nuestro sufrimiento, el bendito apóstol Pedro nos ordena que nos atengamos a la razón y a nuestra fe en Cristo el Salvador Resucitado. Completaremos la labor que Dios nos encomendó, Ray. El cónclave seguirá adelante.

17

Universi Dominici gregis

Lomeli fue trasladado de regreso a la casa de Santa Marta a gran velocidad en el asiento trasero de un coche de policía, acompañado por dos guardias de seguridad. Uno de ellos viajaba junto al conductor; el otro, detrás, a su lado. El vehículo salió disparado del Cortile del Maresciallo y dobló la esquina bruscamente. Los neumáticos chirriaron al rozarse contra los adoquines y de nuevo el coche recorrió embalado los tres siguientes patios. La sirena del techo proyectaba sus destellos hacia los muros ensombrecidos del Palacio Apostólico. Lomeli vislumbró los rostros azulados y atónitos de los guardias suizos que se volvieron para mirarlo. Apretó su cruz pectoral y deslizó el pulgar por los bordes afilados. Recordaba las palabras de un cardenal estadounidense, Francis George: «Espero morir en mi cama. Mi sucesor morirá en prisión. Y su sucesor morirá mártir en la plaza pública». Siempre le había parecido una afirmación demencial. Ahora, según accedían a la plaza que se abría ante la casa de Santa Marta, donde contó otros seis coches de policía con las sirenas encendidas, la consideraba más bien profética.

Un guardia suizo se acercó para abrir la puerta del coche. El aire fresco le abanicó la cara. Desmontó con dificultad y levantó la vista hacia el cielo. Nubes arracimadas y plomizas; una pareja de helicópteros que zumbaban a lo lejos, equipados con misiles que sobresalían de su panza, como insectos negruzcos y furiosos listos para picar; sirenas, por supuesto, y la colosal e imperturbable cúpula de San Pedro. La conocida vista del domo robusteció su determinación. Dejó atrás el enjambre de policías y guardias suizos sin devolverles sus saludos y reverencias, y fue derecho al vestíbulo de la residencia.

Todo era igual que la noche en que el Santo Padre falleció; se respiraba la misma atmósfera de desconcierto y alarma contenida; aquí y allá había grupos de cardenales que conversaban en voz baja y clavaron la mirada en él al verlo entrar. Mandorff, O'Malley, Zanetti y los maestros de ceremonias habían formado un corrillo junto al mostrador de recepción. Algunos de los religiosos ya se habían sentado en el comedor. Las monjas permanecían de pie junto a las paredes, al parecer sin saber muy bien si debían empezar a servir la comida. De todo esto Lomeli se dio cuenta al instante. Dobló el dedo para llamar a Zanetti.

—He solicitado los datos más recientes.

—Sí, eminencia.

Había pedido conocer los hechos tal como habían acontecido, nada más. El sacerdote le entregó un único papel. Lomeli lo ojeó. Apretó los dedos de forma involuntaria, estrujándolo un tanto. ¡Qué espanto!

—Señores —les dijo con calma a los oficiales—, ¿serían tan amables de pedirles a las hermanas que se retiren a la cocina? Y, por favor, asegúrense de que nadie más acceda ni al vestíbulo ni al comedor. Me gustaría extremar la confidencialidad.

De camino al comedor vio a Bellini de pie, a solas. Lo tomó del brazo y le susurró:

—He tomado la decisión de anunciar lo que ha sucedido. ¿Hago lo correcto?

—No lo sé. Solo usted puede juzgar eso. Pero puede contar con mi apoyo ocurra lo que ocurra.

Lomeli le apretó el codo y dio media vuelta para dirigirse a la sala.

—Hermanos míos —exclamó—, ¿harían el favor de sentarse? Deseo decirles algo.

Esperó hasta que todos hubieran pasado del vestíbulo al comedor y tomado asiento. Durante las últimas comidas y cenas, a medida que se iban conociendo mejor, se había producido cierta mezcla entre los distintos grupos lingüísticos. Ahora, en esta hora de crisis, observó que, de forma inconsciente, volvían a ocupar las sillas que habían elegido la primera noche: los italianos en la proximidad de las cocinas, los hispanohablantes en el centro, los anglohablantes cerca de la recepción.

—Hermanos, antes de que les diga nada acerca de lo que ha pasado, preferiría contar con la autoridad del cónclave para ello. Conforme a los párrafos cinco y seis de la constitución apostólica, se permite que determinados asuntos o problemas se debatan en circunstancias especiales, siempre que la mayoría de los cardenales congregados esté de acuerdo.

—¿Puedo decir algo, decano? —El religioso que tenía la mano levantada era Krasinski, arzobispo emérito de Chicago.

—Desde luego, eminencia.

—Igual que usted, soy un veterano con tres cónclaves a mis espaldas, y recuerdo que en el párrafo cuatro de la constitución también se estipula que el Colegio Cardenalicio no puede hacer nada que «de alguna manera influya en los procesos que rigen la elección del Sumo Pontífice»; creo que esas son las palabras exactas. Entiendo que el mero hecho de intentar celebrar esta reunión fuera de la capilla Sixtina interfiere en el proceso.

—No propongo realizar ningún cambio en la elección, que

en mi opinión debe reanudarse esta tarde, como dictan las normas. Lo que sí quiero preguntar es si el cónclave prefiere saber lo que ha ocurrido esta mañana al otro lado de los muros de la Santa Sede.

—¡Pero esa información supondría una interferencia!

Bellini se levantó.

—Basta con prestar atención al tono de nuestro decano para comprender que algo grave ha ocurrido y, en mi caso, preferiría saber de qué se trata.

Lomeli lo miró agradecido. Cuando Bellini se sentó, lo hizo recibido por un coro de «Bien dicho» y de «Estoy de acuerdo» susurrados.

Tedesco se puso de pie y de inmediato se hizo el silencio en el comedor. Acomodó las manos sobre la cumbre de su panza —Lomeli pensó que parecía estar apoyado contra una pared— y se tomó unos segundos antes de hablar.

—Con toda seguridad, si se trata de un asunto tan grave, el cónclave se verá todavía más presionado para tomar una decisión apresurada. Esa presión sería sin duda una interferencia, a pesar de su sutileza. Estamos aquí para escuchar a Dios, eminencias, no boletines de noticias.

—Obviamente el patriarca de Venecia considera que también deberíamos hacer oídos sordos a las explosiones, ¡pero todos hemos notado una!

Algunos cardenales se rieron. Tedesco se sonrojó y miró en derredor para ver quién había dicho eso. Era el cardenal Sá, el arzobispo de Salvador de Bahía, un teólogo de la liberación que no tenía amistad ni con Tedesco ni con su facción.

Lomeli había presidido las suficientes reuniones en el Vaticano para saber cuándo era el momento oportuno para atacar.

—¿Podría hacer una sugerencia? —Miró a Tedesco y esperó. Con reluctancia, el patriarca de Venecia volvió a sentarse—. El procedimiento más justo, claro está, sería someter este asunto a votación y, con el permiso de sus eminencias, eso es lo que haré ahora.

—Espere un momento...

Tedesco intentó protestar, pero Lomeli levantó la voz para acallarlo.

—¿Querrían levantar la mano aquellos que deseen que el cónclave reciba esta información? —Al instante, varias decenas de mangas escarlatas se irguieron—. ¿Y quiénes están en contra? —Tedesco, Krasinski, Tutino y tal vez una decena más de cardenales levantaron el brazo con desgana—. La propuesta queda aprobada. Huelga decir que quien prefiera no oír lo que tengo que comunicarles es libre de marcharse. —Esperó. No se movió nadie—. Muy bien. —Alisó el papel—. Justo antes de salir de la Sixtina he solicitado que el gabinete de prensa, en colaboración con los servicios de seguridad de la Santa Sede, preparase un resumen de los datos más recientes. Los hechos han tenido lugar del siguiente modo. A las once y veinte de esta mañana un coche bomba ha explotado en la plaza del Risorgimento. Poco después, cuando la gente huía del lugar, un individuo con una carga de explosivos adherida al cuerpo se ha hecho saltar por los aires. Las declaraciones fidedignas de muchos de los testigos oculares recogen que en ese momento ha gritado «*Allahu Akbar!*».

Varios cardenales gruñeron.

—A la vez que se producían estos ataques, dos pistoleros asaltaban la iglesia de San Marcos Evangelista y abrían fuego contra los feligreses cuando se estaba celebrando la misa; de hecho, en ese instante se estaban elevando diversas oraciones por el buen curso de este cónclave. Había agentes de seguridad en las proximidades y, según se informa, los dos asaltantes han recibido sendos disparos mortales.

»A las once y media, es decir, diez minutos después, se ha

producido una explosión en la biblioteca de la Universidad Católica de Lovaina...

El cardenal Vandroogenbroek, que había impartido Teología en la institución lovaniense, exclamó:

—¡Oh, Dios, no!

—... y un hombre armado ha abierto fuego también dentro de la Frauenkirche de Munich. Este incidente parece haber derivado en un asedio y el edificio se encuentra rodeado.

»La información relativa a las víctimas todavía se está cotejando, pero los últimos números parecen ser los siguientes: treinta y ocho muertos en la plaza del Risorgimento, doce muertos en San Marcos, cuatro en la universidad de Bélgica y al menos dos en Munich. Mucho me temo que estos números no harán sino aumentar con el paso de las horas. Los heridos deben de contarse por centenares.

Bajó el papel.

—Esta es toda la información de la que dispongo. Levantémonos, hermanos, y guardemos un minuto de silencio por aquellos que han resultado muertos y heridos.

Cuando todo terminase, sería obvio, tanto para los teólogos como para los juristas canónicos, que la normativa conforme a la cual se desarrollaba el cónclave —*Universi Dominici gregis*, «De todo el rebaño del Señor»—, redactada por el papa Juan Pablo II en 1996, pertenecía a una época más inocente. Cinco años antes del 11-S ni el pontífice ni sus consejeros concebían siquiera la contingencia de un atentado terrorista múltiple.

Pero para los cardenales reunidos en la casa de Santa Marta a la hora de la comida en la tercera jornada del cónclave nada era obvio. Transcurrido el minuto de silencio, las conversaciones, masculladas con estupefacción e incredulidad, surgieron poco a poco por todo el comedor. ¿Cómo iban a seguir con sus deliberaciones después de lo que había sucedido? Pero, de todos modos, ¿cómo iban a interrumpirlas? Muchos de los cardenales volvieron a sentarse en cuanto se hizo el silencio, pero otros se quedaron de pie. Entre estos últimos se contaban Lomeli y Tedesco. El patriarca de Venecia miraba a su alrededor con el ceño fruncido, a todas luces sin saber muy bien cómo comportarse. Bastaba con que tres de sus partidarios lo abandonasen para que perdiera el tercio de bloqueo que ejercía en el colegio electoral. Era la primera vez que no se le veía rebosante de confianza en sí mismo.

Lomeli vio que, al fondo de la sala, Benítez levantaba la mano con timidez.

—Eminencia, me gustaría decir algo.

Los cardenales que estaban sentados más cerca de él, Mendoza y Ramos, de Filipinas, solicitaron silencio para que se le pudiera oír.

—El cardenal Benítez desea hablar —anunció Lomeli.

Tedesco agitó los brazos de pura consternación.

—En serio, decano, no puede permitir que esto se convierta en una asamblea general, esa fase ha terminado.

—Creo que, si uno de nuestros hermanos desea decirnos algo, se le debe permitir.

—Pero ¿en qué artículo de la constitución se autoriza eso?

—¿En qué artículo se prohíbe?

—¡Eminencia, ahora se me va a escuchar!

Era la primera vez que Lomeli veía levantar la voz a Benítez. Su tono afilado cortó el murmullo de las conversaciones. Tedesco encogió los hombros con exageración y puso los ojos en blanco para sus partidarios, como si pretendiera expresar que la situación rayaba en lo ridículo. En cualquier caso, no volvió a protestar. La sala enmudeció.

—Gracias, hermanos. Seré breve. —Le temblaban las manos ligeramente. Las recogió tras la espalda y se las apretó. De nuevo bajó el tono de voz—. No sé nada sobre la etiqueta del Colegio, por lo que les pido disculpas. Pero quizá precisamente porque acabo de incorporarme, creo que debo decir algo en el nombre de los millones de personas que ahora se encuentran al otro lado de estos muros a la espera de que el Vaticano les ofrezca su liderazgo. Todos somos hombres buenos, creo, todos nosotros, ¿no es así? —Miró a Adeyemi y a Tremblay y los señaló con la cabeza, y después hizo lo mismo con Tedesco y Lomeli—. Nuestras insignificantes ambiciones, disparates y desavenencias se quedan en nada frente al daño que ha sido infligido contra nuestra madre Iglesia.

Varios cardenales murmuraron su aprobación.

—Si tengo el atrevimiento de hacerme oír es solo porque veinticuatro de ustedes han sido tan amables, o acaso debería decir tan insensatos, de emitir su voto a mi favor. Hermanos míos, creo que no se nos perdonará que continuemos con esta elección, un día tras otro, hasta que el reglamento nos permita escoger a un papa por mayoría simple. Después de la última votación ya tenemos un guía claro, y yo les urgiría a que esta tarde todos nos unamos tras él. Por lo tanto, pediría que todos aquellos que hayan votado por mí le trasladen su apoyo a nuestro decano, el cardenal Lomeli, y que cuando regresemos a la Sixtina lo elijamos Papa. Gracias. Discúlpenme. Es todo cuanto quería decir.

Antes de que Lomeli tuviera ocasión de responder, Tedesco lo interrumpió.

—¡Ah, no! —Negó con la cabeza—. ¡No, no, no! —De nuevo rompió a agitar sus dedos cortos y sebosos, sonriendo con desesperación de pura perplejidad—. ¿Lo ven, señores? ¡Esto es exactamente lo que les he advertido que ocurriría! Dios ha sido olvidado debido al fragor del momento y estamos cediendo a la presión de los hechos como si esto no fuese algo más sagrado que un congreso político. ¡El Espíritu Santo no se puede manipular ni invocar a discreción, como si fuese un camarero! Hermanos, se lo ruego, recuerden que le hemos jurado a Dios elegir a aquel a quien creamos más preparado para ser Papa, ¡no a quien nos resulte más fácil colocar en el balcón de San Pedro esta tarde para apaciguar a las masas!

Si Tedesco hubiera sido capaz de parar ahí, consideró Lomeli más adelante, tal vez podría haber logrado que la sala adoptase su parecer, que era perfectamente legítimo. Sin embargo, no era de los que sabían refrenarse una vez que entraban en materia; esa era su virtud y su desgracia, el motivo por el que sus partidarios lo adoraban y por el que lo persuadieron para que se mantuviera lejos de Roma durante los días previos al cónclave. Era como el hombre al que Cristo hacía referencia en su sermón: «Porque de lo que rebosa el corazón habla la boca», con independencia de que lo que rebosase el corazón fuese bondad o maldad, sabiduría o estupidez.

—Y, en cualquier caso —prosiguió Tedesco, haciendo un gesto para señalar a Lomeli—, ¿es el decano la persona más adecuada para lidiar con esta crisis? —De nuevo dejó asomar su espantosa sonrisa—. Lo admiro como hermano y como amigo, pero no es apto como pastor; no está hecho para consolar a los que sufren ni para curar sus heridas, ni menos aún para hacer sonar la trompeta. Si acaso se conduce por alguna postura doctrinal, esta es precisamente la que ha provocado este estado de deriva y relativismo, en el que todas las fes y fantasías pasajeras se consideran igual de válidas; y por eso ahora, cada vez que miramos a nuestro alrededor, vemos la patria de la santa Iglesia católica romana salpicada de las mezquitas y los minaretes de Mahoma.

Alguien —Bellini, advirtió Lomeli— exclamó:

—¡Qué vergüenza!

Tedesco rotó hacia él, incitado, como un toro. El rostro le ardía, colorado de rabia.

—«¡Qué vergüenza!», dice el exsecretario de Estado. Es una vergüenza, estoy de acuerdo. ¡Piensen en la sangre inocente que esta mañana se ha derramado en la plaza del Risorgimento o en la iglesia de San Marcos! ¿No les parece que en parte también nosotros somos responsables? Toleramos el islam en nuestra tierra, pero a nosotros nos insultan en la suya; les ofrecemos comida en nuestra patria, pero ellos nos exterminan en la suya, por decenas de millares y, sin duda, por cientos de millares, el genocidio ignorado de nuestra era. Y ahora se han metido literalmente en nuestra casa, ¡y no hacemos nada! ¿Hasta cuándo persistiremos en nuestra debilidad?

Incluso Krasinski intentó tirar de él para apaciguarlo, pero Tedesco se quitó su mano de encima.

—No, es preciso decir algunas cosas en este cónclave, y se deben dejar claras ahora. Hermanos míos, cada vez que entramos en la capilla Sixtina para votar pasamos, al cruzar la Sala Regia, frente a un fresco de *La batalla de Lepanto*, lo he estado contemplando esta mañana, en la que las fuerzas navales de la cristiandad, aunadas por la diplomacia de Su Santidad el papa Pío V, y bendecidas por la intercesión de Nuestra Señora del Rosario, derrotaron a las galeras del Imperio otomano y salvaron al Mediterráneo de caer esclavo de las huestes del islam.

»Hoy necesitamos recuperar siquiera una fracción de ese liderazgo. Necesitamos aferrarnos a nuestros valores, del mismo modo que los islamistas se aferran a los suyos. Necesitamos ponerle fin a la deriva a la que llevamos abandonados de forma casi ininterrumpida los últimos cincuenta años, desde el Concilio Vaticano II, lo cual nos ha hecho débiles frente a las tropas del mal. El cardenal Benítez habla de los millones de personas que están pendientes de nosotros ahí fuera, en estas horas infaustas, a la espera de que los guiemos. Estoy de acuerdo con él. La tarea más sagrada que puede encomendarse en nuestra madre Iglesia, la concesión de las llaves de san Pedro, ha sido interrumpida por el estallido de la violencia dentro de la misma Roma. La crisis ha alcanzado su apogeo, tal como predijo nuestro Señor Jesucristo, por lo que es hora de que reaccionemos y la combatamos. «Habrá señales en el sol, en la luna y en las estrellas; y en la tierra, angustia de la gente, trastornada por el estruendo del mar y de las olas. Los hombres se quedarán sin aliento por el terror y la ansiedad ante las cosas que se abatirán sobre el mundo, porque las fuerzas de los cielos se tambalearán. Y entonces verán venir al Hijo del hombre en una nube con gran poder y gloria. Cuando empiecen a suceder estas cosas, cobrad ánimo y levantad la cabeza, porque se acerca vuestra liberación.»

Cuando hubo terminado, se santiguó, agachó la cabeza y se sentó aprisa. Respiraba con pesadez. El silencio que se cuajó en la sala a continuación pareció prolongarse una eternidad, a juicio de Lomeli, hasta que lo rompió la voz amable de Benítez.

—Pero, estimado patriarca de Venecia, olvida que soy el arzobispo de Bagdad. En Irak había un millón y medio de cristianos antes de que los estadounidenses atacasen, y hoy solo quedan ciento cincuenta mil. Mi diócesis está casi desierta. ¡Para eso sirve el poder de la espada! He visto bombardear nuestros lugares sagrados y tender en filas los cadáveres de nuestros hermanos y hermanas, en Oriente Próximo y en África. Los he confortado en sus momentos de dolor y los he enterrado, y puedo asegurarle que ni uno solo de ellos, ni uno solo, habría querido combatir la violencia con más violencia. Murieron con el amor, y por el amor, de nuestro Señor Jesucristo.

Varios cardenales —Ramos, Martínez y Xalxo, entre ellos— expresaron su aprobación dando palmadas sonoras. Poco a poco el aplauso se propagó por todo el comedor, desde Asia hasta la misma Italia, pasando por África y las Américas. Tedesco miró en derredor con pasmo y negó con la cabeza apesadumbrado; si lamentaba la insensatez de los demás, había tomado conciencia de la propia o acaso ambas cosas, era imposible de determinar.

Bellini se levantó.

—Hermanos, el patriarca de Venecia lleva razón al menos en una cosa. Esto ya no es una asamblea. Se nos ha convocado aquí para que elijamos a un papa, y eso es lo que deberíamos hacer, observando al máximo la constitución apostólica, para que no haya dudas de la legitimidad de aquel a quien nombremos, pero atendiendo también a la urgencia de la situación, y con la esperanza de que el Espíritu Santo se manifieste en esta hora de necesidad. Propongo, por lo tanto, que suprimamos la comida, estoy seguro de que, en cualquier caso, ninguno de nosotros tiene demasiado apetito ahora, y que regresemos de inmediato a la capilla Sixtina para reanudar la elección. No creo que esto suponga una violación de los estatutos sagrados, ¿verdad, decano?

—No, en absoluto. —Lomeli se abrazó al salvavidas que su viejo compañero le acababa de lanzar—. La normativa solo especifica que esta tarde deben celebrarse dos votaciones si es necesario y que, de no llegar a tomarse una decisión, reservemos la jornada de mañana para meditar. —Miró alrededor de la sala—. ¿La propuesta del cardenal Bellini, que regresemos a la Sixtina de inmediato, es aceptable para la mayoría del cónclave? ¿Serían tan amables de expresarlo quienes estén a favor? —Un bosque de brazos escarlata se erigió al instante—. ¿Y los que estén en contra? —Solo Tedesco levantó la mano, aunque en ese momento miró a otra parte, como si pretendiera desentenderse del asunto—. La voluntad del cónclave está clara. Monseñor O'Malley, ¿querría cerciorarse de que los conductores estén listos? Y, padre Zanetti, ¿podría informar al gabinete de prensa de que el cónclave va a iniciar la octava votación?

Mientras los religiosos se dispersaban, Bellini le susurró al oído a Lomeli:

—Prepárese, amigo mío. Antes de esta noche será usted Papa.

18

La octava votación

Al final muchos de los microbuses no hicieron falta. Una suerte de impulso colectivo espontáneo se apropió del cónclave, de
manera que los cardenales que se veían con fuerzas para andar optaron por trasladarse a pie desde la casa de Santa Marta hasta la capilla Sixtina. Caminaron en formación de falange, algunos tomados de los brazos de sus hermanos, como si
se estuvieran manifestando, algo que de algún modo sí que
estaban haciendo.

Y, por algún capricho del destino, o tal vez por intervención
divina, un helicóptero que distintas cadenas televisivas de noticias solían alquilarle al consorcio se cernía en ese instante sobre
la plaza del Risorgimento, filmando los daños de la explosión.
El espacio aéreo de la Ciudad del Vaticano estaba cerrado, pero
el cámara, por medio de un teleobjetivo, logró capturar a los
cardenales mientras desfilaban por la plaza de Santa Marta,
dejaban atrás el palacio de San Carlos y el palacio del Tribunal,
pasaban frente a la iglesia de San Esteban y bordeaban los Jardines Vaticanos antes de perderse de vista en los patios integra-
dos en el complejo del Palacio Apostólico.

Las imágenes temblorosas de los religiosos vestidos de escarlata, emitidas en vivo por todo el mundo y repetidas sin

cesar durante el resto del día, volvieron a animar en parte a los fieles católicos. La estampa transmitía cierta sensación de propósito, de unidad y desafío. De forma subliminal sugería también que dentro de muy poco habría un nuevo papa. Procedentes de toda Roma, los peregrinos, que intuían el anuncio, comenzaron a afluir hacia la plaza de San Pedro. Al cabo de una hora se habían congregado cien mil.

Lomeli, por supuesto, no tuvo noticias hasta que todo hubo acabado. Por ahora marchaba en el centro del grupo, cogido de una mano con el arzobispo de Génova, De Luca, y de la otra con Löwenstein. Mantenía el rostro orientado hacia el manto pálido del cielo. Tras él, discretamente, Adeyemi empezó a entonar el *Veni Creator* con su voz portentosa, canto al que pronto se sumaron todos.

Aleja al enemigo mortal,
Tráenos la paz verdadera,
Y protégenos de todos los males,
Bajo tu ala sagrada.

Mientras cantaba, Lomeli le daba gracias a Dios. En esta hora de pruebas letales, en el insospechado escenario de este patio adoquinado, donde lo más elevado que el cónclave podía contemplar era el ladrillo desnudo, sintió al fin que el Espíritu Santo fluía entre ellos. Por primera vez aceptó el resultado. Si recaía en él, que así fuese. «Padre, si es Tu deseo, pon este cáliz en manos de otro; en cualquier caso, hágase, no la mía, sino Tu voluntad.»

Sin dejar de cantar, subieron las escaleras que llevaban a la Sala Regia. Según recorrían sus suelos marmóreos, Lomeli miró el inmenso fresco que Vasari pintase de *La batalla de Lepanto*. Como siempre, centró la atención en la esquina inferior derecha, donde la Muerte, representada de forma rudimentaria y grotesca por un esqueleto, blandía una guadaña. Tras la Muerte, las flotas rivales de la cristiandad y el islam se hallaban emplazadas para el combate. Se preguntó si Tedesco se atrevería a volver a mirarlo alguna vez. Sin duda las aguas de Lepanto habían engullido sus esperanzas de obtener el papado con la misma voracidad con que se tragaron las galeras del Imperio otomano.

Los cristales rotos habían sido retirados del vestíbulo de la Sixtina. Aquí y allá se veían pilas de maderos con los que entablar las ventanas. Los cardenales subieron la rampa en parejas, cruzaron la pantalla, avanzaron por el pasillo alfombrado y se distribuyeron para ocupar sus sitios en las distintas mesas. Lomeli se situó tras el micrófono, junto al altar, y aguardó mientras el cónclave se acomodaba. Su mente estaba perfectamente despejada y receptiva a la presencia de Dios. «La semilla de la eternidad ha arraigado en mí. Con su ayuda puedo apartarme del afán incesante; puedo desprenderme de cuanto no pertenezca a la casa de Dios; puedo permanecer sereno y completo, y así responder con sinceridad a Su llamada; "Estoy aquí, Señor".»

Cuando los cardenales hubieron terminado de sentarse, señaló con la cabeza a Mandorff, que esperaba de pie al fondo de la capilla. La testa calva del arzobispo se inclinó en respuesta y, a continuación, él y O'Malley, seguidos de los maestros de ceremonias, abandonaron la capilla. La llave bloqueó la cerradura.

Lomeli empezó a pasar lista.

—¿Cardenal Adeyemi?

—Presente.

—¿Cardenal Alatas?

—Presente.

No se apresuró. La recitación de los nombres conformaba un ensalmo en sí misma, cada uno de ellos un escalón que los acercaba un poco más a Dios. Al terminar, agachó la cabeza. El cónclave se puso en pie.

—Oh, Padre, con el fin de que podamos guiar y velar por Tu Iglesia, concédenos, a Tus sirvientes, la bendición de la inteligencia, de la verdad y de la paz, para que alcancemos a conocer Tu voluntad, y para que Te sirvamos con toda nuestra dedicación. Por Cristo nuestro Señor.

—Amén.

Los rituales del cónclave, que hacía solo tres jornadas se antojaban tan extraños, les resultaban ahora a los cardenales tan familiares como la misa matinal. Los escrutadores se acercaron sin necesidad de que se les llamara para colocar la urna y el cáliz en el altar, mientras Lomeli se retiraba a su mesa. Abrió la carpeta, sacó la papeleta, destapó la pluma y extravió la mirada ante sí. ¿Por quién debía votar? Por sí mismo no, no de nuevo; no después de lo que había ocurrido la última vez. Esto solo le dejaba un candidato a considerar. Por un segundo mantuvo la pluma detenida a escasos milímetros sobre el papel. Si cuatro días atrás le hubieran dicho que en la octava votación le daría su apoyo a un hombre al que no conocía de nada, del que ni siquiera sabía entonces que era cardenal y que, en gran medida, incluso ahora seguía suponiendo para él un misterio, habría tachado la idea de disparate. Y, aun así, le confió su voto. Con mano firme y en letras mayúsculas escribió: BENÍTEZ, y cuando miró el nombre otra vez, sintió una inusitada satisfacción, de tal modo que cuando se levantó y enarboló la papeleta plegada para que todos la vieran, pudo pronunciar el juramento con el corazón limpio.

—Pongo por testigo a nuestro Señor Jesucristo, quien habrá de juzgarme, de que le doy mi voto a aquel a quien ante Dios considero que debería resultar elegido.

La metió en el cáliz y la dejó caer en la urna.

Mientras el resto del cónclave votaba, Lomeli se entretuvo leyendo la constitución apostólica. Esta formaba parte del material impreso que se les había facilitado a todos los cardenales. Quería cerciorarse de tener bien organizado en su cabeza el procedimiento de lo que acontecería después.

Sección 7, párrafo 87: una vez que un candidato obtenía una mayoría de dos tercios, el segundo cardenal diácono tenía que solicitar la apertura de las puertas, momento en que Mandorff y O'Malley entrarían con los documentos necesarios. Lomeli, en calidad de decano, le preguntaría al candidato vencedor: «¿Acepta su elección canónica como Sumo Pontífice?». Una vez que este manifestase su consentimiento, él tendría que preguntarle: «¿Por qué nombre desea que se le llame?». Entonces, Mandorff, en calidad de notario, cumplimentaría el certificado de aceptación con el nombre elegido, y dos de los maestros de ceremonias serían requeridos para que interviniesen como testigos.

Tras la aceptación, el elegido se convertía de inmediato en el obispo de la Iglesia de Roma, Papa verdadero y cabeza del Colegio Episcopal. Por lo tanto, adquiría y podía ejercer el poder absoluto y supremo de la Iglesia universal.

Una palabra de aceptación, un nombre proporcionado, una firma añadida, y estaba hecho; en su sencillez radicaba su gloria.

A continuación, el nuevo Papa se retiraría a la sacristía conocida como la sala de las lágrimas para que lo vistieran. Mientras tanto, el trono papal se levantaría en la Sixtina. Cuando el pontífice reapareciese, los cardenales electores formarían una fila «de la manera prescrita, con el fin de rendir homenaje y obediencia». Se haría salir humo blanco por la chimenea. Desde el balcón que daba a la plaza de San Pedro, Santini, prefecto de la Congregación para la Educación Católica y primer cardenal diácono, haría el anuncio: «*Habemus papam*» («Tenemos Papa»), y poco después el nuevo pontífice se presentaría ante el mundo.

Y si, pensó Lomeli —la posibilidad parecía casi demasiado trascendental para que la contemplase siquiera, aunque cometería una irresponsabilidad si no lo hiciese—, si Bellini daba en el clavo con su predicción y el cáliz recaía en sus manos, ¿qué sucedería entonces?

En ese caso le correspondería a Bellini, en calidad de siguiente miembro más veterano del cónclave, preguntarle qué identidad pontificia deseaba adoptar.

La mera idea le producía vértigo.

Al comienzo del cónclave, cuando Bellini lo acusó de ambicioso y aseguró que todos los cardenales jugueteaban en secreto con el nombre que se asignarían de resultar elegidos, Lomeli lo contradijo. Pero ahora, que Dios lo perdonara por su fingimiento, admitió para sí que siempre había tenido un nombre en mente, pese a que nunca se hubiera decidido a pronunciarlo, ni siquiera dándole voz solo en su cabeza.

Hacía años que tenía claro quién sería.

Sería Juan.

Juan en honor del bendito discípulo, y del papa Juan XXIII, durante cuyo pontificado revolucionario él cumplió la mayoría de edad; Juan como símbolo de su intención reformista; y Juan porque era un nombre asociado a los papas que ostentaban el pontificado durante poco tiempo, y estaba seguro de que también sería ese su caso.

Sería el papa Juan XXIV.

El nombre tenía empaque. Sonaba auténtico.

Cuando saliera al balcón, lo primero que haría sería pronunciar la bendición episcopal, *urbi et orbi* («para la ciudad y para el mundo»), pero después tendría que decir algo más personal, para tranquilizar e inspirar a los miles de millones de espectadores que estarían deseosos de que los guiara. Tendría que convertirse en su pastor. Para su asombro, cayó en la cuenta de que la idea no lo aterraba. Surgieron en su cabeza, de forma espontánea, las palabras de nuestro salvador Jesucristo: «Que no te angustie el modo en que has de hablar ni lo que has de decir; porque lo que has de decir se te revelará en ese momento». Aun así, pensó —el burócrata que llevaba dentro nunca se dormía del todo—, le convendría tener algo preparado, de modo que, durante los últimos veinte minutos de la votación, elevando la vista de vez en cuando hacia el techo de la Sixtina para inspirarse, Lomeli bosquejó las primeras palabras que pronunciaría como pontífice para confortar a su Iglesia.

La campana de San Pedro sonó tres veces.

La votación había concluido.

El cardenal Lukša levantó del altar la urna llena de papeletas y la mostró a ambos lados de la capilla; la agitó con una firmeza tal que el decano oyó sacudirse los votos en su interior.

Hacía frío. Por las ventanas rotas llegaba un ruido extraño, amortiguado, inmenso, una suerte de murmullo, de suspiro. Los cardenales se miraban los unos a los otros. Al principio no lo entendían. Lomeli, sin embargo, lo identificó al instante. Era el zumbido que producían las decenas de miles de personas que afluían a la plaza de San Pedro.

Lukša le tendió la urna al cardenal Newby. El arzobispo de Westminster introdujo la mano en ella, extrajo una papeleta y dijo con voz sonora:

—Una. —Se volvió hacia el altar y la echó en la segunda urna, tras lo que volvió a rotar de cara a Lukša y repitió el proceso.

—Dos.

El cardenal Mercurio, con las palmas de las manos unidas sobre el pecho para concentrarse en su rezo, pivotaba mínimamente la cabeza mientras observaba cada movimiento.

—Tres.

Hasta ese momento Lomeli se había sentido desligado, incluso en calma. Ahora cada papeleta contada parecía tensar un poco más un cinturón invisible en torno a su pecho, dificultándole la respiración. Incluso cuando se esforzó por abstraerse en sus oraciones fue incapaz de oír otra cosa que la recitación cadenciosa e ineludible de los números. Se eternizaba como una tortura gota a gota, hasta que por fin Newby sacó la última papeleta.

—Ciento dieciocho.

En el silencio, alzándose y hundiéndose como una distante ola gigantesca, surgió de nuevo el clamor sordo y leve de los fieles.

Newby y Mercurio abandonaron el altar y entraron en la sala de las lágrimas. Lukša los esperó sosteniendo el paño blanco. Aquellos regresaron cargados con la mesa. El arzobispo de Vilna la cubrió con delicadeza, acariciando la tela, alisándola; después levantó del altar la urna llena de votos y la colocó con un cuidado reverencial en el centro. Newby y Mercurio dispusieron las tres sillas. Newby tomó el micrófono de su soporte. El trío de escrutadores se sentó.

En el otro extremo de la capilla Sixtina los cardenales cambiaron de postura en sus asientos y cogieron la lista de candidatos. Lomeli abrió su carpeta. Sin darse cuenta, mantuvo la punta de la pluma suspendida sobre su nombre.

—El primer voto es para el cardenal Benítez.

Llevó la pluma columna arriba, trazó una marca junto al nombre de Benítez y volvió a bajarla hasta el suyo. Esperó, sin levantar la vista.

—Cardenal Benítez.

De nuevo recorrió la lista con la pluma, hizo otra marca y regresó a la posición predeterminada.

En esta ocasión, después de añadir la rayita, alzó la cabeza. Lukša había introducido la mano hasta el fondo de la urna para extraer la siguiente papeleta. La sacó, la desplegó, anotó el nombre y se la pasó a Mercurio. El italiano lo escribió también el nombre con esmero y se la entregó a Newby. Este la leyó y se inclinó sobre la mesa para acercarse al micrófono.

—Cardenal Benítez.

Los primeros siete votos le fueron adjudicados al arzobispo de Bagdad. El octavo a Lomeli, y cuando también obtuvo el noveno, supuso que quizá la ventaja inicial de Benítez se debiera tan solo a uno de esos golpes de suerte que llevaban viéndose desde el comienzo del cónclave. Pero después volvió a sonar la cantinela de «Benítez», «Benítez», «Benítez», y sintió que la gracia de Dios lo abandonaba. Transcurridos unos minutos, empezó a contar los votos del filipino, tachando con una raya cada grupo de cinco. Diez porciones de cinco. Sumaba cincuenta y uno... cincuenta y dos... cincuenta y tres...

Al llegar aquí ya no se molestó en calcular sus propios votos.

Setenta y cinco... setenta y seis... setenta y siete...

A medida que Benítez se acercaba al umbral que lo convertiría en Papa, el aire de la Sixtina pareció tensarse, como si las moléculas estuviesen siendo estiradas por alguna suerte de fuerza magnética. Decenas de cardenales tenían la cabeza inclinada sobre la mesa mientras realizaban el mismo cómputo.

Setenta y ocho... setenta y nueve... ¡ochenta!

Se produjo un profundo jadeo colectivo, una especie de aclamación de manos que se dejaban caer de plano sobre las mesas. Los escrutadores interrumpieron el recuento y levantaron la cabeza para ver qué estaba pasando. Lomeli sacó el cuerpo hacia delante y condujo la mirada por el pasillo hasta detenerla en el filipino. Tenía la barbilla apoyada en el pecho. Parecía estar rezando.

El recuento de votos se reanudó.

—Cardenal Benítez...

Lomeli tomó el papel en el que había bosquejado su discurso y lo redujo a un amasijo de pedazos minúsculos.

Cuando la última papeleta hubo sido leída, un voto que resultó ser para él, el decano se reclinó en la silla y aguardó mientras los reclutadores y revisores comprobaban las cifras oficiales. Más adelante, cuando intentó describirle sus emociones a Bellini, le dijo que se sintió como si un torbellino formidable lo hubiera elevado hacia los cielos por unos instantes, solo para volver a dejarlo caer a plomo y alejarse en busca de otro.

—Fue el Espíritu Santo, supongo. Una sensación aterradora, estimulante y sin duda inolvidable; me alegro de haberla experimentado, pero cuando todo pasó, solo sentí alivio. —Era la verdad, más o menos.

Newby se acercó al micrófono para decir:

—Eminencias, este es el resultado de la octava votación.

Por simple costumbre, Lomeli tomó la pluma por última vez y anotó los números.

Benítez	92
Lomeli	21
Tedesco	5

El final del anuncio de Newby se perdió bajo el estallido de los aplausos. Nadie batió palmas con más fervor que Lomeli. Miró en torno a sí, asintiendo y sonriendo. Se oyeron algunos vítores. Frente a él, Tedesco hacía chocar las manos con extrema lentitud, como si marcase el compás de una endecha. Lomeli, aplaudiendo con redoblado vigor, se levantó, lo cual fue interpretado como una señal para que todo el cónclave se pusiera de pie unido en su ovación. Solo Benítez permaneció sentado. Con los cardenales que tenía a su espalda y a ambos lados mirándolo y aplaudiéndolo, parecía, en su momento de triunfo, aún más menudo y más fuera de lugar que antes; un hombre diminuto, con la cabeza todavía agachada mientras rezaba, el rostro ensombrecido por un mechón descolgado de cabello negro, igual que cuando Lomeli lo viera por primera vez, con su rosario, en la oficina de la hermana Agnes.

Lomeli subió al altar, sosteniendo su ejemplar de la constitución apostólica. Newby le cedió el micrófono. El aplauso se extinguió. Los cardenales se sentaron. Reparó en que Benítez no se había movido.

—Se ha alcanzado la mayoría requerida. ¿Sería el segundo cardenal diácono tan amable de hacer pasar al maestro de celebraciones litúrgicas pontificias y al secretario del Colegio?

Esperó mientras Rudgard salía al vestíbulo y daba una voz para que abrieran las puertas. Al cabo de un minuto, Mandorff y O'Malley aparecieron por el fondo de la capilla. Lomeli bajó al pasillo y se acercó a Benítez. Era consciente de la expresión que configuraban el rostro del arzobispo y del monseñor. Se habían parado discretamente junto a la parte interior de la pantalla y lo miraban atónitos. Debían de haber dado por hecho que él sería nombrado Papa, por lo que ahora se estarían preguntando qué pretendía hacer. Cuando llegó a donde estaba el filipino, se detuvo ante él. Miró el texto de la constitución y leyó:

—En el nombre del Colegio Cardenalicio, le pregunto, cardenal Benítez: ¿acepta su elección canónica como Sumo Pontífice?

Benítez parecía no haberlo oído. No levantó la vista.

—¿La acepta?

Se impuso un largo silencio mientras más de un centenar de hombres contenía la respiración y, por un momento, Lomeli temió que Benítez decidiera negarse. ¡Santo cielo! ¡Eso sería un desastre! A media voz, inquirió:

—¿Me permite citarle, eminencia, un pasaje de la constitución apostólica, redactada por el propio san Juan Pablo II? «Le pido a quien resulte elegido que no rechace, por temor a su peso, el cargo para el que ha sido llamado y que se someta con humildad al designio de la voluntad divina. Dios, quien le impone esta carga, lo sostendrá con Su mano, para que pueda sobrellevarla.»

Finalmente, Benítez levantó la cabeza. Titilaba en sus ojos negros un destello de resolución. Se puso en pie.

—Acepto.

Varias ovaciones espontáneas de júbilo estallaron a ambos lados de la capilla, seguidas de una nueva ola de aplausos. Lomeli sonrió y se dio unas palmadas en el corazón para expresar el alivio que lo embargaba.

—¿Y por qué nombre desea que se le llame?

Benítez se quedó mudo y, de súbito Lomeli, intuyó el motivo del aparente aislamiento del filipino; durante los últimos minutos había estado intentando decidir qué título papal adjudicarse. Debía de ser el único cardenal que se había presentado en el cónclave sin tener ya un nombre en mente.

Con voz firme respondió:

—Inocencio.

19

Habemus papam

La elección del nombre cogió a Lomeli por sorpresa. Optar por un título papal derivado de una virtud —inocencia, piedad, clemencia— y no de un santo era una tradición olvidada desde hacía generaciones. Había habido trece papas llamados Inocencio, el último de los cuales pereció tres siglos atrás. Aun así, mientras más lo consideraba, incluso en los segundos iniciales, más lo asombraba su idoneidad, lo que simbolizaba en estos tiempos de barbarie, la audacia de su declaración de intenciones. Parecía prometer tanto un retorno a las tradiciones como un distanciamiento de ellas, justo el tipo de ambigüedad con el que la curia se sentía satisfecha. Y, además, le quedaba como un guante al decoroso, aniñado, grácil y apacible Benítez.

Papa Inocencio XIV, ¡el tan esperado pontífice del tercer mundo! Lomeli dio gracias para sí. Una vez más, milagrosamente, Dios les había mostrado la opción correcta.

Era consciente de que los cardenales habían roto a aplaudir de nuevo, en aprobación del nombre. Se arrodilló ante el recién designado Santo Padre. Sonriendo de pura impresión, Benítez se inclinó sobre la mesa y tiró de la muceta de Lomeli para indicarle que se levantase.

—Es usted quien debía estar en mi lugar —le susurró—. Lo

he apoyado en todas las votaciones y necesitaré su consejo. Me gustaría que siguiera en el cargo de decano del Colegio.

Lomeli estrechó la mano de Benítez al tiempo que se ponía en pie. A su vez, le susurró:

—Y mi primer consejo, santidad, sería que no prometa aún la adjudicación de ningún cargo. —Llamó a Mandorff—. Arzobispo, ¿sería tan amable de hacer pasar a los testigos y cumplimentar el certificado de aceptación?

Dio un paso atrás para permitir que se procediese con las formalidades. Se tardaría cinco minutos a lo sumo. El documento ya había sido redactado; solo era necesario que Mandorff incluyera el nombre de pila de Benítez, su título pontificio y la fecha, que el nuevo Santo Padre lo firmara y que quedase atestiguado.

Hasta que Mandorff puso el papel sobre la mesa y empezó a rellenar los espacios en blanco Lomeli no se fijó en O'Malley. Miraba fijamente el certificado de aceptación, como sumido en un profundo trance.

—Monseñor —le dijo Lomeli—, disculpe que lo interrumpa. —Al ver que el irlandés no reaccionaba, insistió—: ¿Ray? —Entonces sí, O'Malley se volvió para mirarlo. Su gesto reflejaba confusión, temor casi. El decano le recomendó—: Creo que debería empezar a recoger las notas de los cardenales. Cuanto antes podamos encender las estufas, antes sabrá el mundo que tenemos un nuevo papa. ¿Ray? —Estiró la mano hacia él, preocupado—. ¿Le ocurre algo?

—Lo siento, eminencia. Estoy bien.

Aun así, Lomeli se dio cuenta del gran esfuerzo que le suponía comportarse como si no pasase nada.

—¿Qué sucede?

—Es solo que no me esperaba este resultado.

—No, pero es maravilloso de todas maneras. —Bajó la

voz—: Escuche, si está preocupado por el puesto que yo pasaré a ocupar ahora, mi querido amigo, permítame asegurarle que no siento sino alivio. Dios nos ha bendecido con su misericordia. Nuestro nuevo Santo Padre será mucho mejor Papa de lo que yo habría llegado a ser jamás.

—Sí. —O'Malley forzó una media sonrisa alicaída y les hizo una seña a los dos maestros de ceremonias que no estaban ocupados atestiguando el certificado de aceptación para que comenzasen a recoger los papeles de los cardenales. Se adentró unos pasos más en la Sixtina, después se detuvo y retrocedió aprisa—. Eminencia, un terrible cargo de conciencia me asola.

Fue en ese momento cuando de nuevo Lomeli sintió que los tentáculos de la angustia le constreñían el pecho.

—¿De qué rayos está hablando?

—¿Podríamos hablar en privado? —O'Malley lo tomó del codo e intentó dirigirlo con urgencia hacia el vestíbulo.

El decano miró en derredor para ver si alguien los observaba. Todos los cardenales tenían su atención puesta en Benítez. El nuevo Papa había firmado el certificado de aceptación y se estaba levantando para que lo llevasen a la sacristía, donde procederían a vestirlo. Renuente, Lomeli cedió al tirón del monseñor y se dejó conducir al otro lado de la pantalla, hacia la fría y desierta antesala de la capilla. Elevó la vista. El viento entraba por las ventanas sin cristal. Empezaba ya a oscurecer. No cabía duda de que la explosión había afectado a los nervios del pobre hombre.

—Mi estimado Ray —le dijo—, por el amor de Dios, cálmese.

—Lo siento, eminencia.

—Dígame de una vez que le causa tanto desasosiego. Tenemos mucho por hacer.

—Sí, ahora sé que debería haber hablado con usted antes, pero parecía una trivialidad.

—Continúe.

—La primera noche, cuando le llevé al cardenal Benítez los artículos de aseo que necesitaba, me dijo que no tenía por qué haberme molestado en facilitarle una maquinilla, puesto que él nunca se afeitaba.

—¿Qué?

—Me lo dijo con una sonrisa y, para serle sincero, con todo el ajetreo que había, no le di mayor importancia. Quiero decir, eminencia, no es algo tan raro, ¿no?

Lomeli lo miró con los ojos entornados, sin comprender.

—Ray, lo siento, pero no le encuentro ningún sentido a lo que me está contando. —Recordaba vagamente el momento en que apagó la vela del cuarto de baño de Benítez y vio la maquinilla envuelta aún en el celofán.

—Sin embargo, ahora que he averiguado lo de la clínica de Suiza... —No pudo evitar que se le quebrase la voz.

—¿La clínica? —repitió Lomeli. De pronto el mármol del suelo pareció empezar a licuarse—. ¿Se refiere al hospital de Ginebra?

O'Malley negó con la cabeza.

—No, esa es la cuestión, eminencia. Algo no terminaba de encajar, así que esta tarde, cuando he visto que existía la posibilidad de que el cónclave se decantara por la opción del cardenal Benítez, he decidido hacer unas comprobaciones. Resulta que no es un hospital normal. Es una clínica.

—¿Qué tipo de clínica?

—Una especializada en lo que llaman «reasignación de sexo».

Lomeli volvió raudo a la nave principal de la capilla. Los maestros de ceremonias iban bordeando las hileras de mesas según recogían los papeles que en ellas quedaban. Los cardenales se encontraban todavía en sus asientos, conversando unos con otros en voz baja. Solo el sitio de Benítez estaba vacío, además del suyo. El trono papal había sido levantado frente al altar.

Recorrió el pasillo de la Sixtina en dirección a la puerta de la sacristía y llamó. El padre Zanetti abrió una rendija.

—Están vistiendo a Su Santidad, eminencia —susurró.

—Necesito hablar con él.

—Pero, eminencia…

—¡Padre Zanetti, haga el favor!

Sobresaltado por su tono, el joven sacerdote lo miró fijamente por unos segundos antes de agachar la cabeza. Lomeli oyó voces en el interior y, en cuanto la puerta se abrió un poco más durante un momento, entró. La cámara de techo bajo recordaba al cuarto de utilería de un teatro. Había ropa desechada por todos los rincones, entre la mesa y las sillas que habían usado los escrutadores. Benítez, vestido ya con la sotana papal de muaré blanco, se encontraba de pie con los brazos extendidos hacia los lados, como si lo hubieran clavado a una cruz invisible. Arrodillado a sus pies estaba el sastre papal de Gammarelli, con varios alfileres entre los dientes, cosiendo el dobladillo, tan afanado en su labor que ni siquiera levantó la vista.

Benítez sonrió a Lomeli con resignación.

—Parece que incluso las prendas más pequeñas me quedan grandes.

—¿Podría hablar con Su Santidad a solas?

—Por supuesto. —Benítez bajó la vista hasta el sastre—. ¿Has terminado, hijo mío?

Entre los dientes apretados y los alfileres, la respuesta brotó ininteligible.

—Déjalo —le ordenó Lomeli con sequedad—. Ya lo acabarás después.

El sastre se volvió hacia atrás para mirarlo y escupió los alfileres en un bote de hojalata, después desenhebró la aguja y cortó con los dientes el vaporoso filamento de seda hilada blanca.

—Usted también, padre —añadió Lomeli.

Los dos hicieron una reverencia y salieron.

Cuando la puerta quedó cerrada, Lomeli dijo:

—Debe contarme lo de ese tratamiento al que iba a someterse en la clínica de Ginebra. ¿Cuál es su situación?

Había previsto varias respuestas, como negativas furibundas o confesiones lacrimógenas. Benítez, no obstante, parecía más divertido que alarmado.

—¿Debo, decano?

—Sí, santidad, debe hacerlo. Dentro de una hora será el hombre más famoso del mundo. Puede estar seguro de que los medios intentarán averiguar todo cuanto puedan acerca de usted. Sus compañeros tienen derecho a saberlo primero. Por lo tanto, insisto: ¿cuál es su situación?

—Mi situación, como usted dice, es la misma que era cuando fui ordenado sacerdote, la misma que era cuando fui nombrado arzobispo y la misma que era cuando fui hecho cardenal. Lo cierto es que en Ginebra no se llevó a cabo ningún tratamiento. Me lo pensé mejor. Recé para recibir consejo. Y al final decidí no seguir adelante.

—¿Y en qué habría consistido ese tratamiento?

Benítez suspiró.

—Creo que en términos clínicos se denomina «cirugía para corregir una fusión de los labios mayores y los menores», y una «clitoropexia».

Lomeli se sentó en la silla que tenía más cerca y hundió la cabeza entre las manos. Al cabo de unos instantes notó que Benítez colocaba otra silla a su lado.

—Permítame contarle cómo fueron las cosas, decano —le pidió Benítez con voz queda—. Esta es la verdad. Nací en el seno de una familia muy pobre de Filipinas, en una región donde los niños valen más que las niñas, preferencia que, me temo, se sigue dando en todo el mundo. Mi deformidad, si tenemos que llamarla así, era tal que me resultaba de lo más fácil y natural pasar por niño. Mis padres pensaban que era un varón. Incluso yo pensaba que era un varón. Y puesto que la vida del seminario era muy púdica, como usted sabe, y había una gran aversión a la desnudez, yo no tenía ninguna razón para sospechar siquiera otra cosa, ni yo ni nadie. Huelga decir que en ningún momento de mi vida he faltado a mis votos de castidad.

—Y ¿de verdad no se lo imaginó nunca? ¿En sesenta años?

—No, jamás. Ahora, por supuesto, cuando echo la vista atrás, veo que mi ministerio como sacerdote, el cual desempeñé sobre todo entre mujeres que sufrían de una u otra manera, era tal vez un reflejo inconsciente de mi condición natural. Aunque por aquel entonces ni siquiera me lo planteaba. Cuando resulté herido en Bagdad a causa de la explosión, me llevaron a un hospital, donde por primera vez un médico me examinó todo el cuerpo. Como es lógico, una vez que me explicaron en términos médicos lo que me ocurría, me horroricé. ¡Sentí que una oscuridad infinita se cerraba sobre mí! Tuve la impresión de que llevaba toda la vida cometiendo pecado mortal. Le presenté mi dimisión al Santo Padre, sin exponerle los motivos. Me invitó a Roma para que lo discutiéramos e intentó disuadirme.

—¿Y le reveló las razones de su dimisión?

—Al final, sí, tuve que hacerlo.

Lomeli lo miró fijamente, sin dar crédito.

—¿Y a él le pareció lícito que usted mantuviera su condición de ministro ordenado?

—Dejó que lo decidiera yo. Rezamos juntos en su habitación para recibir consejo. Finalmente opté por someterme a la cirugía y abandonar el ministerio. Pero la noche antes de tomar el vuelo a Suiza, cambié de parecer. Soy lo que Dios hizo de mí, eminencia. Me parecía más pecaminoso reparar Su obra que dejar mi cuerpo como estaba. De modo que cancelé mi cita y regresé a Bagdad.

—¿Y el Santo Padre no tuvo inconveniente en autorizarlo?

—Pienso que no. Al fin y al cabo, me nombró cardenal *in pectore* cuando ya tenía pleno conocimiento de quién soy.

—Entonces ¡debía de haber perdido la razón! —estalló el decano.

Alguien llamó a la puerta.

—¡Ahora no! —gritó Lomeli.

—¡Adelante! —permitió Benítez, sin embargo.

Era Santini, el primer cardenal diácono. Más adelante Lomeli se preguntaría a menudo qué debió de pensar de aquella escena: el Santo Padre recién elegido y el decano del Colegio Cardenalicio sentados en sendas sillas, las rodillas del uno casi en contacto con las del otro, interrumpidos en el momento en que obviamente estaban manteniendo una conversación trascendental.

—Discúlpeme, santidad —dijo Santini—, pero ¿cuándo le gustaría que saliera al balcón para anunciar que ha resultado elegido? Dicen que hay unas doscientas cincuenta mil personas en la plaza y las calles adyacentes. —Miró a Lomeli con ojos suplicantes—. Estamos esperando para quemar las papeletas, decano.

—Denos un minuto más, eminencia —le solicitó Lomeli.

—Por supuesto. —Santini hizo una reverencia y se retiró.

Lomeli se masajeó la frente. El dolor de detrás de los ojos había resurgido, más cegador incluso que antes.

—Santidad, ¿cuántas personas conocen su condición médica? Monseñor O'Malley la ha deducido, pero jura que no se la ha revelado a nadie salvo a mí.

—Entonces solo la conocemos nosotros tres. El doctor que me trató en Bagdad pereció en un bombardeo poco después de que me hubiera examinado y el Santo Padre ha fallecido.

—¿Qué hay de la clínica de Ginebra?

—Solo me registré para una consulta preliminar bajo una identidad ficticia. Nunca me presenté allí. Ningún miembro del personal imaginaría que el posible paciente era yo.

Lomeli se reclinó en la silla y consideró lo impensable. Por otro lado, ¿no estaba escrito en el capítulo 10, versículo 16, de Mateo «Sed, pues, prudentes como las serpientes, y sencillos como las palomas»?

—Diría que existe una posibilidad razonable de que podamos mantenerlo en secreto a corto plazo. O'Malley puede ser ascendido a arzobispo y enviado a otro destino. No hablará; puedo encargarme de él. Pero a largo plazo, santidad, la verdad saldrá a la luz, de eso podemos estar seguros. Recuerdo que había una solicitud de visado para su estancia en Suiza, donde figuraba la dirección de la clínica; puede que algún día alguien la descubra. Irá teniendo achaques y requerirá tratamiento médico; puede que entonces se le haya de realizar algún examen. Puede que sufra un ataque al corazón. Y un día fallecerá, y embalsamarán su cuerpo.

Permanecieron en silencio por unos instantes.

—Por supuesto, nos olvidábamos —señaló Benítez—; hay alguien más que conoce este secreto.

Lomeli lo miró sobresaltado.

—¿Quién?

—Dios.

Eran casi las cinco cuando los dos salieron. El gabinete de prensa del Vaticano anunciaría más tarde que el papa Inocencio XIV se había negado a oír las tradicionales promesas de obediencia sentado en el trono papal, y que en su lugar había preferido saludar a los cardenales electores uno a uno, de pie ante el altar. Les dio un abrazo caluroso a todos y cada uno de ellos, sobre todo a los que antes soñaban con ocupar su lugar: Bellini, Tedesco, Adeyemi, Tremblay. Para todos ellos tuvo una palabra de consuelo y de admiración, además de prometerles su apoyo. Con esta muestra de amor y perdón les dejó claro a todos los religiosos que en aquel momento se encontraban en la capilla Sixtina que no habría recriminaciones, que nadie sería expulsado y que la Iglesia afrontaría los peligrosos días y años que tenía por delante con un espíritu de unidad. Se percibía una atmósfera de alivio. Incluso Tedesco hubo de admitirlo con renuencia. El Espíritu Santo había hecho su trabajo. Habían elegido al hombre acertado.

En el vestíbulo, Lomeli observaba cómo O'Malley metía los sacos de papel de los votos junto con las notas y los registros del cónclave en la estufa redonda y les prendía fuego. Los secretos ardieron con facilidad. A continuación, en la estufa cuadrada vació un bote de clorato de potasio, lactosa y resina de pino. Lomeli dejó que su mirada ascendiera poco a poco por el tramo del humero, hasta la ventana sin cristales por donde salía, y se elevase hacia los cielos oscurecidos. No alcanzó a divisar la chimenea ni el humo blanco, sino tan solo el resplandor pálido del reflector entre las sombras del techo, seguido un momento después por el fragor distante de cientos de millares de voces alzadas en un abrazo de esperanza y aclamación.

Agradecimientos

Al comienzo de mi investigación le solicité permiso al Vaticano para visitar los escenarios a los que se acude durante un cónclave y están cerrados al público de forma permanente. Le estoy agradecido a monseñor Guillermo Karcher, de la oficina para las celebraciones litúrgicas del Sumo Pontífice, por organizar mi visita y a la señora Gabrielle Lalatta, por su experta orientación. Entrevisté también a un buen número de católicos prominentes, entre ellos un cardenal que participó en un cónclave; sin embargo, las conversaciones que mantuvimos fueron de carácter extraoficial y, por lo tanto, solo puedo darles las gracias en conjunto y no de forma individualizada. Espero que el resultado no los horrorice en exceso.

Me he inspirado en el trabajo de muchos periodistas y autores. En particular, me gustaría destacar a los siguientes: John L. Allen (*All the Pope's Men; Conclave*), John Cornwell (*A Thief in the Night: The Death of Pope John Paul I* [Hay trad. cast.: *Como un ladrón en la noche: la muerte del papa Juan Pablo I*, Madrid, Aguilar, 1989]; *The Pope in Winter: The Dark Face of John Paul II's Papacy*), Peter Hebblethwaite (*John XXIII: Pope of the Century* [Hay trad. cast.: *Juan XXIII, el Papa del Concilio*, Boadilla del Monte, PPC, 2000]; *The Year of Three Popes*), Richard Holloway (*Leaving Alexandria: A Memoir of Faith and Doubt*), Austen Ivereigh (*The Great Reformer: Francis and the Making of a Radical Pope* [Hay trad. cast.: *El gran reformador: Francisco, retrato de un papa radical*, Barcelona, Ediciones B, 2015]), papa Juan XXIII (*Journal of a Soul*) [Hay trad. cast.: *Diario del alma*, Madrid, San Pablo], Sally Ninham (*Ten African Cardinals*), Gianluigi Nuzzi (*Merchants in the Temple: Inside Pope Francis's Secret Battle Against Corruption in the Vatican; Ratzinger Was Afraid: The secret documents, the money and the scandals that overwhelmed the Pope*), Gerald O'Collins S. J. (*On the Left Bank of the Tiber*), Cormac Murphy O'Connor (*An English Spring*), John-Peter Pham (*Heirs of the Fisherman: Behind the Scenes of Papal Death and Succession*), Marco Politi (*Pope Francis Among the Wolves: The Inside Story of a Revolution*), John Thavis (*The Vatican Diaries*).

Asimismo, desearía manifestarles mi agradecimiento, una vez más, a mis editores de Londres y de Nueva York, Jocasta Hamilton y Sonny Mehta, por sus siempre sabios consejos y su entusiasmo; a Joy Terekiev y a Cristiana Moroni, de las oficinas de Mondadori en Milán, que ayudaron a hacer posible mi visita al Vaticano; y, como siempre, a mi traductor alemán, Wolfgang Müller, por su habitual buen ojo para los errores.

Por último, quiero expresarle todo mi amor y mi gratitud a mi familia: a mis hijos, Holly, Charlie (a quien este libro está dedicado), Matilda y Sam; y sobre todo a mi esposa, Gill, mi primera lectora, como siempre. *Semper fidelis*.